雪に撃つ

佐々木 譲

ハルキ文庫

角川春樹事務所

雪に撃つ

本書は二〇二〇年一二月に小社より単行本として刊行されました。

目次

火曜日　夜

いつもの冬と同様に、太平洋側の噴火湾に面したこの町は、積雪もさほどではなかった。年明けに市街地で十センチばかり積もったのを最後に、あとはほとんど降っていない。ただ、冬は晴れの日が続く土地だから、放射冷却現象のために寒気はそこそこきつい。年明けに積もった雪は、溶けたわけではなかった。昼間見るなら、市街地の広場、公園、民家の庭も真っ白であり、郊外の平地、里山、そして湾を取り巻く山々は雪に覆われている。いっぽう、幹線道路は完全に路面が出ている。乾いていて、走りやすかった。

松野《まつの》太《た》一《いち》は、車載ナビの時刻表示に目をやった。

午後八時十一分だ。函館《はこだて》からのスーパー北斗《ほくと》二一号が到着する五分前だ。前方の信号が青に変わった。ちょうどうまいタイミングで、ＪＲ長万部《おしゃまんべ》駅の駐車場に入ることができるだろう。

太一は、助手席の妻に言った。

「着くって、メールしてやれ」

「うん」と妻の雪江《ゆきえ》は短く言って、膝元《ひざもと》のトートバッグの中から、携帯電話を取り出した。

もう十年ほど前から、夫婦ふたりとも表示が見やすく、ボタンが大きいシニア用携帯電話を使っている。

国道五号線、通称大沼《おおぬま》国道は、長万部市街地を抜けるこのあたりでも、片側一車線ずつだ。右手側が市街地、左側は噴火湾の海岸である。夜でもあるし、いま交通量はさほど多くない。すんなりと右折できそうだった。先の信号を右折して、そこから三百メートルで長万部駅となる。

ほどなく道路の左側は二車線となった。右折専用レーンが増えたのだ。太一は右折専用レーンに入って、右折合図のウィンカーを出した。

ミラーを見て驚いた。すぐ後ろに、車高のある車が迫っていたのだ。SUV車のようだ。

そのSUV車はパッシングしてきた。

よけろと言うのか？　太一はわけがわからなかった。自分は先の信号で右折するつもりだ。なのに、よけて左側車線に入れと？

信号まであと百メートルほどとなった。太一はアクセルペダルから右足を離した。車は少し減速した。

またミラーを見た。そのSUV車は太一の車に急速に迫ってくる。追突する！と、太一は覚悟した。

直後、SUV車は左側車線に入った。

そう、それが正解、と太一は声には出さずに思った。

　SUV車は左側車線で急加速し、太一の車を追い抜いた。前方の信号が青となった。対向車はかなり先だ。直角に曲がろうと、太一は自分の車をさらに減速させた。

　SUVが左側からふいに右折した。

　助手席の妻は小さく悲鳴を上げた。いまこの瞬間まで、SUVの乱暴な運転には気づいていなかったようだ。乾いた路面でタイヤがこすれる音を立てて、SUVは信号を右折した。

　呆《あき》れながら、太一も自分の車を右折させた。真正面の突き当たりに、長万部駅がある。木造平屋建ての小さな駅だ。建物の外側に照明が多いので、まるでライトアップされているようにも見えた。SUVはまっすぐ駅へと突進していく。乗り遅れることでも心配しているのだろうか。

　たしかに列車の到着まで、あと四分。乗るつもりなら急いだほうがいいだろうが、それなら、もっと早くに駅に着いているべきだ。

　雪江が、携帯画面を見ながら言った。

「お土産買ってきたって」

　いま太一たちは、孫娘を迎えに来たのだった。高校生の孫、和葉《かずは》は、きょう放課後、函館に行っていた。三日前、太一の息子、つまり和葉の父親が、函館の病院に入院したのだ。和葉の母親はその日から函館のホテルにいる。きょうは和葉が初めて函館の病院まで見舞いに行って、函館発の特急スーパー北斗で自宅に帰って来るところだった。太一は息子家族と一緒に暮らしているから、こうして孫娘を迎えに来た。

駅前と言っても、人口六千人を切った町だ。商店街と言える規模の店の並びもないし、ましてや飲食街などもない。ただこの町は、函館本線と室蘭《むろらん》本線の分岐点に位置しており、国道五号から国道三七号が分かれる町でもあった。前者は途中ニセコや小樽《おたる》を経由して札幌《さっぽろ》に通じているし、後者は室蘭で番号を三六号と変えて、やはり札幌に通じる。交通の要衝、という形容ができなくもない。十年と少し先に札幌まで延びることになる北海道新幹線も、この町で太平洋岸を離れて内陸へと進路を変え、日本海側に向かうことになる。

SUVの赤いテールランプが見えなくなった。駅前の広場に着いて曲がったようだ。

雪江が言った。

「いまの車、乱暴だったね」

太一は言った。

「煽《あお》られて、焦った」

「いくら乗り遅れそうでも、事故でも起こしたら元も子もないだろうにね」

「どうしても今度の汽車に乗りたかったんだろう」

「これが最終でもないんだから」

市街地の交差点を三つ通過して、太一の運転するミニバンは駅前の広場に入った。送迎用の駐車スペースは、駅舎から遠い側だ。駅舎にもっとも近い場所は、ふつうタクシーが停《と》まることになっている。いまタクシーは一台もなく、代わりに白っぽいSUVが、向きを逆にして停まっていた。つまり運転席側を駅舎に向けてだ。ロータリーを逆方向に回ったのだろう。いま車には誰《だれ》も乗っていない。

太一は送迎客のための駐車スペースに車を入れると、雪江と一緒に降りて、広場をまっすぐ駅舎に向かった。

駅舎に入るときに、SUVのボディを見た。

ドアの部分に社名が書かれている。

ラメール未来開発（株）

知っている。道央自動車道静狩《しずかり》パーキングエリアの近くで、メガソーラー発電所を作っている会社だ。パーキングエリアの近くには、急速充電の施設もある。あの場所には、ソーラー発電所を作る理由があるのだろう。建設工事はわりあい大がかりで、発電機組立て作業を含めて外国人労働者が二百人ぐらい働いていると聞いていた。その会社に関係する、少しよその訛《なま》りのある柄の悪い連中も、駅前周辺の飲み屋には来るようになっているらしい。

引き戸を開けて駅舎の中に入った。列車が接近しているので、改札はもう始まっていた。函館からの北斗は、二番ホームに着く。ホームには、改札口を入ってからいったん跨線橋《こせんきょう》を渡って降りなければならない。太一は、正面の時計を見た。午後八時十四分になっていた。到着二分前だ。迎えの自分たちはホームに行く必要はない。このまま改札の外で待っていればよかった。

太一はふと気になった。

あのSUVに乗っていた連中は、どうしたのだろう。車には誰も乗っていなかったが、車をあのまま置いて、全員が北斗二一号に乗るはずはない。運転者は、入場券を買って、送る相手と一緒にホームに出たか。

太一は改札口の前から右手の待合室の方へと歩き、中を覗《のぞ》いた。ヒーターの前にふたり、客がいる。テレビを見ている七十代かと見える男性がひとりと、スマートフォンをいじっている二十歳そこそこかと見える女性。どちらも、あのSUVの運転手のようには見えなかった。いま到着する北斗二一号に乗る客でもないようだ。次の函館行きに乗るのだろう。

改札口の前まで戻ると、雪江が訊《き》いてきた。

「どうしたの？」

「ああ」太一は答えた。「あの車の連中が気になる」

「乗り捨てたみたいに停めているね」

そうか、と太一は思いついた。逃げようとしているのか？　だったら、車を乗り捨てて、乗っていた者全員プラットホームに駆け込むということは、ありうる話だろう。でも、誰が誰から逃げている？　あの車に乗っていたのは、ラメール未来開発の社員ではないのか？　だとしたら、そんなふうにして逃げる理由もないはずだが。

駅近くの警報機の鳴る音が聞こえてきた。列車がそこまで来ている。太一は改札口の正面で、防寒ジャケットのポケットに両手を入れて、孫の到着を待った。

やがて線路の軋《きし》む音、鉄の車輪がレールの継《つ》ぎ目を越える音が大きくなり、逆に小刻《こきざ》みだったそのリズムが間延びしていった。列車が制動をかけて、ほとんど惰性《だせい》で進むように駅に入ってきた。改札口ごしに、二番ホームに列車が入ってきたのがわかった。列車の停車時間は三十秒だ。すぐに列車は発進し、室蘭方面に向かうのだ。まだ降りた客が改札口に現れないうちに、列車は出発していった。

ひとの声や、ホームを踏みしめる固い音が大きくなった。跨線橋を渡った乗客が、こちらのホームに降りてきたのだ。たぶんその数はさほど多くない。せいぜい十人ぐらいだろう。真夏であれば観光客が降りることもあるが、いまのこの季節、この時刻に降りる観光客は少ない。温泉が目当てならこの列車で登別方面まで乗っていくし、スキーに行くならもっと早い時刻にここで函館本線に乗り換えて、倶知安《くっちゃん》やニセコを目指すのだ。

改札口の向こうにひとの姿が現れた。最初に改札口を抜けてきたのは、年配の男性で、ついで若い母親と子供。それからまた年配の男性がひとり。七十代かと見える女性。そのあとに孫の和葉だった。高校の制服のオーバーコートを着ており、首にはマフラー、頭にはニットの帽子だ。通学鞄《かばん》を手に提げている。孫娘は太一と雪江の顔を見て、ほっとした表情となった。

孫娘のあとに五人か六人の客が続いて改札口から出てきた。

「どうだった？」と、雪江が孫娘に訊いた。

「うん」と孫娘。「父さん、経過はぜんぜんいいんだって。来週には予定どおり退院できるって」

雪江が孫娘の肩に手をやって言った。

「さ、帰ろう。おなか、すいたでしょ」

「ぺこぺこ」

太一は、改札口から出てくるふたりの男に目を留めた。ひとりは三十代だろうか。丈の短いジャンパーにカーゴパンツ。丸刈りで、眉《まゆ》を剃《そ》っているように見える。もうひとりは五十代で、ダウンジャケットを着ていた。太い作業ズボンに防寒靴を履いている。荷物はふたりとも持っていない。怪訝《けげん》そうな顔だった。自分たちがなぜこの駅にいるのか、理解できていないという顔だ。次の瞬間にわかった。これがあのSUVの男たちだ。つまりふたりは、列車から降りたのではなく、到着寸前にホームまで入っていたのだろう。誰かを迎えに来たのだろうか。その誰かが列車に乗っていたのは確実なら、改札口で待っていればよかっただろうに。

改札口を出てきたのは、その男たちが最後だった。

男たちふたりは、改札口を出ると待合室の戸を開いて、中を覗きこんだ。誰かを探していると見えた。しかし、探している相手はいなかったようだ。すぐに戸を閉じて、ふたりは顔を見合わせた。年長の男のほうが、ちっと舌打ちした。雪江と和葉もちらりとその男たちに目をやった。

太一たちは、駅舎の外に出た。目の前に、あのSUV。自分のミニバンは、広場を二十メートルばかり突っ切った先だ。

男たちふたりが太一たちを追い抜き、SUVに乗り込んだ。若い男が運転席だ。太一たちは足を止めた。SUVはエンジンを始動させるとすぐに、乱暴にその場から発進していった。

ミニバンに着いてドアを開けると、和葉が運転席の後ろのシートに腰を下ろした。雪江も助手席に乗ってシートベルトを締めた。太一は駐車場からミニバンを出した。

国道五号線との交差点に出て、太一は左折させた。自宅は、室蘭・苫小牧《とまこまい》方面に十二キロメートルばかり戻った位置にある。国道五号線は、長万部市街地を抜けたところで左に湾曲し、曲がりきったところで、国道三七号線と分岐する。国道五号はそのまま内陸に入り、札幌に向かう。三七号は、太平洋岸を走って、室蘭で国道三六号となる。三七号線の愛称は、静狩国道である。

太一は、三七号との分岐でミニバンを右折させた。市街地を抜けたので、ここから先は人家の灯もまばらになる。左手にぽつりぽつりと農家がある程度なのだ。

自動車の解体業を営む太一の自宅を兼ねた作業所は、この三七号沿いの、静狩という集落の中にあった。静狩にもJRの駅はあるが、特急は停まらない。

雪江は、和葉から太一の息子の容態を聞いている。空腹がつらいと嘆いているという。嫁は、病院食ぐらいの量がちょうどいいのだと、笑っていたとか。たしかに息子はこのところ、ずいぶん肥満体型になってきている。医者からも、少し食事を控えろと言ってもらったほうがいいのだ。

三七号線に入って数分してから、数台の車が立て続けに太一のミニバンを追い抜いていった。ちょうど速度違反自動取締装置オービスの下をくぐってからだ。地元のドライバーなら、ここからは速度を上げるのがふつうだ。

ややがてミニバンは、ソーラー発電所工事現場に至る細い道路との交差点を通過した。ラメール未来開発の標識が立っている。現場はちょうど三七号線と並行して走る道央自動車道の静狩パーキングエリアのあたり、自動車道の下をくぐって内陸側に出た先にあるはずだ。

また二台、乗用車が太一の車を追い越していった。あとはもうヘッドライトはかなり後方に見えるだけとなった。自宅まで、ここでちょうど長万部駅から半分くらいの距離ということになる。

前方、左手からふっと影が出てきた。それもひとつではない。ふたつ。エゾシカ？このあたりにはほとんどいないはずだが。出てくるとしたら、苫小牧から先の日高地方だ。もっともあちらは、シカではなく、ときたま馬も出てくるらしいが。

人間だった。ひとりが車道の脇《わき》で大きく手を振っている。もうひとりは、歩道の上でうずくまっているように見えた。

「あんた！」と雪江が驚いた声を出した。

太一はルームミラーで後ろを確認してから減速した。女性だ。女性がふたり、人家もない場所にいる。

路外転落か？

スピードを出しすぎて、このほとんど直線と言っていい道路から路外に飛び出してしまった？

何人乗っていたんだ？　怪我《けが》はないのか？

太一はさらに減速した。手を振っていた女性は、道路脇によけた。緊張した表情だ。うずくまっている女性も、車に顔を向けてくる。半分脅《おび》えているようにも見えた。

太一は車を路肩に寄せて停めた。道路横の斜面に車は見当たらなかった。

手を振っていた女性が助手席のドアのそばまで駆け寄ってきた。若い女性だ。ピンクの防寒着に、ジーンズ。

雪江がウィンドウを下げて女のひとりに訊いた。

「事故なの？　大丈夫？」

ピンクのジャケットの女性が、ウィンドウの枠に手をかけて、必死の調子で言ってきた。

「助けて。お願いです。助けてください！」

ちょっと変わったイントネーションだ。

歩道でうずくまっていた女性も立ち上がった。彼女も若い。二十代前半だろうか。黒っぽい防寒着を着ているけれども、寒そうだった。

太一は運転席から、大きな声で訊いた。

「どうしたの？　事故かい？」

「違うんです」と、ピンクのジャケットの女性は首を振った。「駅まで、お願いします。乗せてください」

「どうしたの？」と太一はもう一度訊いた。「こんなとこで、何があったの？」

「すいません。すいません。駅まで乗せてください」

後ろのシートから、和葉が言った。

「おじいちゃん、日本人じゃないよ」

「そうか？」と和葉の声に反応してからもう一度訊いた。「怪我してないの？」

ピンクのジャケットの女性は、和葉のほうに顔を向けて言った。

「逃げてるんです。助けてください。札幌まで行きたいんです」

和葉が訊いた。

「どうしたの？」

「逃げたんです。戻ると、殺されます。お願い。助けて」

さっきのふたりの男を思い出した。堅気とは見えぬ雰囲気の男たち。殺気だった様子で駅にいた。もしかして、この女性たちは、あのふたりに追われていた？　だとしたら、ただごとじゃない。この女性が言っていることは、嘘《うそ》ではないのだ。どういうことが起こっているのか、想像はつく。

和葉が太一に言った。

「おじいちゃん、乗せてあげて。助けてあげて」

雪江も、太一を見つめてくる。なんとかしてやれない？　と訊いている顔だった。

太一は和葉に指示した。

「開けてやれ」

和葉が中腰になって、後部席のドアをスライドさせた。

「すいません。すいません」

ピンクのジャケットの女性が、もうひとりを後ろから抱えるようにしてミニバンに乗せた。

「怪我してるのか？」と太一は訊いた。

「いえ。寒いんです」

その女性は三列目のシートに身体《からだ》を入れた。ついでピンクのジャケットの女性。彼女も三列目のシートに腰を下ろした。

「行くぞ」と太一は、車を発進させながら言った。「和葉ちゃん、警察に行くぞと、言ってくれ」

「駄目です！」とピンクのジャケットの女性が言った。「警察、駄目。ニュウカンに捕まる。駄目なんです」

太一は、ミニバンを加速しながら、大きな声を出して訊いた。

「もしかして、技能実習生なのか？」

「そうです」とピンクの女性が答えた。次に続く言葉は聞き取れなかった。外国語のようだ。英語か？

和葉が言った。

「ベトナム人なんだって。技能実習生のはずなのに、全然違う仕事させられてるんだって」

「和葉は、英語できるのか？」

「いまのはわかった」

雪江が、自分のことのように得意気に言った。

「かずちゃんは、英語すごくできるんだって」

和葉はまた日本語英語まじりで、ベトナム人だという女性たちと話し始めた。

技能実習生という名目で、北海道ではずいぶん多くの外国人が働いている。技能実習というと、まるで技術を身につけるために実習しているように聞こえるが、それがただの単純低賃金労働しか意味していないことは常識だ。いっときは中国からずいぶん働きに来ていたが、いまはほかのアジアの国からの出稼ぎが半分以上を占めているのではないか。故国で借金をして送り出し団体に高額の手数料を支払い、それでもなお貯金はできるはずと、無理をして働きに来る者も多いとか。借金で縛られているから、年季が明けるまでは勤め先を変えることもできない。

北海道の住人なら、昔はタコ部屋という制度があったことを知っている。それが技能実習制度と何が違うかと言えば、片一方は国がお墨付きを与えているということだ。タコ部屋よりもタチが悪い制度だとは、太一の周りでもよく話題になる。自営業者の知り合いの中には、そういう制度でも使わなきゃ中国や韓国との競争に負けるんだと言う者もいるが、ベンツに乗った男にそれを言われても太一は同意できない。

しかも技能実習生の場合、低賃金と重労働に耐えかねてその職場から逃げ出した瞬間に不法滞在者となる。帰国するための飛行機代を稼ごうと、大都会の暗がりで働けば不法就労だ。出入国管理法違反で捕まり、収容施設に何カ月も、ときに何年も閉じ込められたあげく、借金の取り立てが待つ故国に強制送還だ。

太一は和葉に言った。

「事情、もっと訊いてくれ。警察が駄目なら、どこに行けばいいかと」

「うん」

和葉とピンクのジャケットのベトナム人女性が、また話し出した。

彼女は仲間ふたりと一緒に、一年前に日本に来た。衣料品製造実務全般を学ぶつもりだった。最初は北九州の縫製工場で働いたのだが、来る日も来る日もTシャツの縫製ばかり。自分はただの単純労働者なのだと気づくのに五日もかからなかった。しかし研修と実習の期限は合わせて二年間だ。辞めたくても辞められないし、その受け入れ企業で働くことがビザの条件だから、勤め先を移ることもできなかった。そこでは、ひとりの中国人女性実習生が事故死した。過労で体調を崩していたのに、働いていたせいだ。そして一カ月前から、長万部に移されて、メガソーラー発電所建設工事現場にいる。女性の実習生たちは、中国から届くソーラー発電機を組み立てる仕事だ。工事が遅れているとかで、一日十二時間勤務なのだという。ここでも、先輩にあたるベトナム人女性が十日ほど前に過労死した。彼女たちは、自分たちもいずれ死ぬと思い、脱走を決意した。

話の途中で、太一はふたりの名前を訊いた。

チャム、だとピンクのジャケットの女性は答えた。

もうひとりは、タン、だという。

太一はチャムに訊いた。

「警察も駄目で、このあとどうするんだ？　飛行機に乗るのか？」

チャムが答えた。

「でも、パスポートない。取り上げられた。おカネは少しだけ」

雪江が言った。

「東京のベトナム大使館に行くのがいいんじゃない？　力になってくれるでしょ？」

チャムが答えた。

「ええ。札幌に、助けてくれるひとたちがいます。札幌まで行って、まずそのひとたちに会います」

技能実習生を助ける支援組織のようなものが、札幌にあるらしい。ふたりは、携帯電話で支援組織と連絡を取り、脱走を決めたのだという。ほんとうの脱走決行日は、もう一日か二日後のはずだった。その支援組織が近くまで車で迎えに来てくれることになっていた。しかし、脱走の計画がばれてしまったようだった。監視が厳しくなった。寮の外に出るのも制限されそうだった。そうなると、支援組織に迎えに来てもらっても逃走できない。それでチャムたちは急遽《きゅうきょ》、逃走の日を早めたのだ。

そこまで聞いて、雪江が首を振りながら言った。

「まるで昔の女郎屋みたいな話だねぇ」

太一はこほんと咳《せき》をした。和葉はまだ高校生なのだ。

「どうする」と、太一は和葉とチャムたちに声をかけた。「札幌まで送るってのは無理だ。うちで一泊して行くか？」

チャムが言った。

「少しでも早く札幌に行きたいです」

和葉が言った。

「このあとのスーパー北斗に乗るのは？」

いま和葉が函館から乗ってきたのは、札幌行きの特急スーパー北斗二一号だ。札幌まで行くなら、同じスーパー北斗がもう一本ある。二三号。二十三時四十分札幌着だ。長万部を出る時刻が、二十一時二十二分。

パネルの時計を見た。二十時二十八分だ。長万部まで戻っても、余裕で乗ることができる。

「じゃあ、長万部まで引き返して下ろすから、次のスーパー北斗に乗ってもらえ」

「駄目だよ」と雪江が言った。「あの男たち、この子たちを探していたんだよ。長万部駅に戻るのはまずいよ」

和葉も言った。

「洞爺《とうや》まで行って、そこでスーパー北斗に乗ってもらうのは？」

スーパー北斗の次の停車駅は、洞爺なのだ。長万部と洞爺とのあいだの距離は、およそ五十キロばかりだろう。

あの男たちが、洞爺駅まで探しに来るということはないだろうか。そもそも彼らには、逃げた実習生が列車に乗るという確信はあるのか。ヒッチハイクなり、支援団体の車で逃げる、と考えるのではないか。どれだけの頻度で逃走が起こり、どれだけ追いかけた経験があるのかわからないが、それでも特急が停まる次の駅で探す、という手は取らないような気がする。もしあのふたりが、すでに実習生は特急に乗ってしまったと判断したのなら、諦《あきら》めるか。もしどうしても連れ戻したいのであれば、誰か札幌の知人に待ち伏せさせるという手もあるかもしれない。あのふたりの風体はどう見ても堅気ではなかった。ラメール未来開発の実体は知らないが、あの手の男たちが従業員だとするなら、かなり黒い企業であることは間違いない。札幌の暴力団とも、何かしらのつながりがあって、協力を頼むことはできるのではないか？

つまり、いま洞爺駅には、あのふたりはいないだろうと判断できる。洞爺から、次のスーパー北斗に乗ることができる。むしろ、札幌で降りるときが危ないかもしれないが、その場合は支援団体になんとかしてもらえばいいのではないか。連絡が取れるようであれば。

太一は和葉に言った。

「洞爺に着くのは何時か、調べてくれ」

和葉がすぐにスマートフォンで調べて答えた。

「二十一時四十七分」

前方に集落の灯が連なって見え始めている。太一たちの家のある静狩の集落に入ろうとしているのだ。洞爺までは、このあたりから三十キロと少々か。時速六十キロで走れば、渋滞などあるような道ではないから、三十分で着くということだ。四十分以上もゆとりがある。

「洞爺に行く。札幌行きの特急に乗ってもらうんだ。それでいいか、訊いてくれ」

和葉がまたチャムと話し出した。

チャムは、和葉の話を聞き終えると、携帯電話を取り出して、どこかに電話をかけた。言葉は英語ではなかった。ベトナム語だろうか。

それからもう一本。こんどは日本語だった。

「助けてもらいました」とチャムは相手に言った。「危ないところでした。次の特急で、札幌に行きます」

少しの沈黙。チャムは英語で話し始めた。長万部、札幌、東京、という言葉が何回か聞こえた。

二分ほど話してから、チャムは携帯電話を切って言った。

「お願いします。札幌で待っていてくれるそうです」

和葉が訊いた。

「まだ誰かいるの？」

「え、どうしてですか？」

「もうひとり、ミン、とかって言ってたの、ひとの名前じゃないの」

「あ、いえ」チャムは少し動揺した声で言った。「いいえ。違います」

「はぐれてしまったんじゃないの？」

「違います。そうじゃないです」

和葉は、それ以上は訊かずに、雪江に言った。

「時間、余裕あるでしょ。送って行く前に、うちに寄れないかな」

すでにミニバンは、静狩の集落に入るところだった。この集落を東に抜けたところに、太一の家がある。

雪江が訊いた。

「どうしたの？」

「寒そうだから、チャムたちにマフラーとか、あげようかなと思って。使ってないのあるし」

「あたしのも、あげよう」

「わかった」と太一は言った。「寄って行く。もうひとりのひと」

「タンのこと?」と和葉。

「静かだけど、大丈夫か?」

タンが口を開いた。

「あ、もう大丈夫です。さっきは寒くて、死にそうだったけど」

雪江が言った。

「ベトナムのひとには、北海道はきっと寒いよね」

チャムが言った。

「信じられない寒さでした。わたし、気温零度って、初めての体験でした」

声が明るくなっていた。車の中が、ふいになごんだ。このふたりの女性たちは、どうやらこのまま逃走できるだろう。列車に乗ってしまえば、あとは札幌で支援団体が彼女たちを助ける。もう心配しなくていい。

それにしても、と太一は思った。どこに本社を置く会社なのか知らないが、こんな土地にタコ部屋を設けるなんて。奴隷を使うように外国人労働者を集めて、安く働かせて利益を出しているなんて。制度ができた初期とは違って、いまは日本側の受け入れ団体設立をめぐる許認可権が監督官庁や外郭団体の利権になっていると聞いている。そうした機構が、受け入れ企業からひとりあたり何万かの上納金を出させているというのも有名な話だ。上前をはねてできたカネは、管轄する役所のトップや大臣にも上る。つまりこの制度は、国が作り上げたタコ部屋だと言ったって言い過ぎではないのだ。業界団体や親しい経営者仲間からも、繰り返し聞かされている話だった。

いやな制度だ、と思わず太一はつぶやいていた。

雪江が、え？　と言うように顔を向けたが、太一は黙っていた。

二十一時四十七分に、スーパー北斗二三号は洞爺駅を出発していった。太一たち三人は、チャムとタンのふたりをこの洞爺駅まで乗せてくると、あらかじめ駅の中に柄の悪い男たちがいないかを確かめてから、ふたりを下ろした。チャムとタンには、もし列車の中でラメール未来開発の男たちとか暴力団に捕まったら、ためらわずに大声を出して車掌を呼べと伝えた。車掌は拉致《らち》誘拐か脅迫の刑事事件とみなしてすぐにふたりを引き剝《は》がしてくれるだろう。警察とも連絡し、その男たちを次の停車駅で拘束してくれるはずだ。警察沙汰《ざた》になることは強制送還に直結することかもしれないが、傷つけられたり、飯場に連れ戻されるよりはいいだろう。不法就労しないうちは、ふたりはまだ契約違反のブラック企業の軟禁場所から逃げ出した被害者でしかない。警察も、ふたりを罪に問うことはできないのだ。

納得してくれたかどうかはわからないが、太一の言葉にふたりは何度もうなずき、何度も頭を下げた。

「ありがとうございます。ありがとうございます」

「いいんだ。まだ安心できない。故郷にうまく帰れるといいな」

雪江も言った。

「こんどは、北海道には観光旅行でおいで。うちに泊まっていきなさい」

「ええ」チャムもタンも涙顔になった。

チャムが言った。

「また来ます。ありがとう」

そうしてふたりは、改札口の向こうへ歩いていったのだった。

列車が出発したのを見届けてから、太一たちは車に戻った。

「まったくねえ」と、雪江が首を振りながら言った。「ひどいことをするひとたちがいるんだねえ」

和葉が言った。

「無事に逃げられたらいいね。番号交換したから、安全なとこまで行ったら、連絡くれるんだ」

太一は、孫娘を見てふと思った。この子もいずれは、外国に出稼ぎに行くようになるかもしれない。いや、そうなる可能性はかなり高いのではないか。この十年ばかりは、地元の高校を出ても、まともな就職先などここにはないのだ。和葉の高校では、去年は就職希望者およそ八十人のうち、正社員として就職できたのはふたりだけと耳にしている。それも、札幌と函館でひとりずつだ。その一方で、この洞爺でも、ニセコや倶知安でも、中国人観光客の経済力は驚くほどのものになった。高いホテルに泊まり、贅沢《ぜいたく》し、高い土産物を買い込んでいく。あちらの豊かさは、たぶんもう日本を超えてしまっているのではないかとさえ感じる。この分だと、和葉が来年卒業するときは、彼女は中国の工場の「技能実習生」の口を探すことになるかもしれないのだ。

それからもうひとつ思った。

脱走がもう数日遅れてもよかったのなら、彼女たちは札幌の雪まつりを楽しむこともできたのに。

金曜日　午前中

深夜から降り始めた雪は、午前九時にはかなり本格的な降りとなっていた。

たぶんきょうじゅうに、十五センチか二十センチは積もりそうだ。さほど湿気を含まない、軽めの雪だ。

二月上旬の札幌の天気としては、この雪は珍しい。例年、立春を過ぎれば寒気もゆるみ、大雪は滅多に降らなくなるのだ。

北海道警察本部札幌方面大通《おおどおり》署の佐伯宏一《さえきこういち》は、部下の新宮昌樹《しんぐうまさき》の運転する捜査車両で、通報のあった自動車窃盗《せっとう》現場へと向かっていた。

道路の視界は、いま三百メートルくらいだろうか。南方向に向かう車線にはテールランプの赤い灯が連なっているが、その灯も信号三つ先ほどからは雪に滲《にじ》んで見えなくなっている。対向車線の車のほとんどはヘッドライトのほかにフォグランプもつけていた。ワイパーが速い調子でフロント・ウィンドウに降りかかる雪を払っている。

明日からは札幌雪まつりが始まる。今夜は前夜祭なので、今晩からまつりは始まるとも言えるのだが、ともあれそういう季節だった。

この雪だからもちろん、除雪車は早朝から総出動となるだろうが、市の中心部と郊外の雪まつり会場周辺、それに会場へのアクセス道路の除雪が最優先とされる。住宅街の市道はあとまわしだ。もしかすると、朝に一回除雪車が通って、それで終わりとなるかもしれない。車道から道路脇に除雪した雪の処理は、何日かあとにやっとということになるのではないか。

道の左手、通報で聞いた理容室の前の歩道に、三十代と見える男が立っている。防寒ジャケットも着ないスーツ姿で、右手をズボンのポケットに入れ、寒そうに肩をすくめている。運転している新宮がそのスーツ姿の男の前で車を停めた。男は、やれやれという表情を見せて、車から下りた佐伯たちを迎えた。

佐伯が男に警察手帳を見せた。

「大通署です。通報はあんたが？」

「ええ」男はその場で足踏みしながら言った。「自分が運転していた車です」

男が右手で運転免許証を取り出して見せてきた。左手には、コーヒーの紙コップ。

免許証に記されているのは、田中圭介《たなかけいすけ》という名だった。

「盗まれたのは、ここで？」

歓楽街の薄野《すすきの》を西に少しはずれたあたりの、半商業地域であり、半住宅地域だ。札幌の中では開拓が早かった古い地区であり、とくに商店主などは何代目かが多いだろう。中心部に近いが、オフィス街というわけではない。集合住宅もけっこうあるエリアだった。薄野に近いわりには、治安は悪くない。

そのエリアの南六条通り、北側だった。この道路はいちおう片側二車線ずつ。しかし幹線道というわけでもない。この季節は、数日前の大雪のあと車道から除雪された雪が、歩道と車道の境に山となっている。まだその雪の山を運び出す排雪作業は終わっていない。事実上、一車線はふさがっていた。いま佐伯たちは、雪まつり会場となっている大通り公園を避け、石山《いしやま》通りと呼ばれる国道二三〇号側からこの通りに入ってきたのだった。

男は言った。

「ここです。ここに停めておいた」

「エンジンはかけたまま？」

「ええ」

「キーを持っていかなかったんですか？」

「古い車なんで、リモコンキーじゃないんですよ。ほんの少し、車を離れるだけだったので、差したままにして離れたんです」

「盗まれたとき、田中さんはどこにいたんです？」

田中は道の反対側を指さした。市電の通る西七丁目通り寄りに、北海道資本のコンビニがある。

「あそこでコーヒーを買っていたんです」

佐伯の隣で、新宮がかすかに表情を変えたのがわかった。この除雪も満足にできていない道路で、こいつはコーヒーを買うために車を停め、エンジンも切らずに道を横切った？と、半分呆れ、半分怒ったのだ。佐伯も、正直なところは、まず、この田中という盗難被害者に言ってやりたかった。馬鹿野郎と。

佐伯の顔にも、その想《おも》いが出たのかもしれない。田中はあわてて言った。

「もうひとつのコンビニの前が、停められなかったんですよ。気持ちとしては、営業所を出て、きょう一日を頑張るために、もうとにかくコーヒーだったんです。それにコーヒーだけですから、一分もかかんないでしょ」

「一分もかかんない？」

「いや、レジでカネ払って紙コップもらってだから、まあ二分くらいかもしれないけど。だからキーをつけたままで、あっち側へ走ったんですよ」

「じっさいは何分離れました？」

「三分弱かな。時計見てたわけじゃないんで」

佐伯は時計を見た。

午前九時十八分だった。通報が七分前。犯行はその三分か四分前だろう。つまり、午前九時七、八分前後。

佐伯はさらに訊いた。

「車の種類は？」

わずかなタイミングで車を盗んだとなれば、窃盗犯は尾行し、盗む機会を窺《うかが》っていたのかもしれない。エンジンをかけたまま運転手が車を離れた一瞬の隙に、窃盗役が素早く乗り込んで車を発進させた。つまり、車はそうとうな高級車だったのだろうと考えたのだ。

「スバルの四駆ですよ」田中はさらに車種名を言った。

その車は、本州では遊び用SUVのイメージがあるらしい。でも荷室が広く、常時全輪駆動のせいか、北海道ではむしろ実用車の扱いだ。ルートセールスマンのための社用車として使っている事業所も多いだろう。

「何年式？」

「二〇〇七年、色はシルバー」

十年落ちの車だ。自動車窃盗犯が狙《ねら》うような車とは思えない。外国で人気の車でもなかった。何かのついでにそこにあれば拝借するということはあるかもしれないが。そもそも故買屋に運び込んだところで、いくらで引き取ってもらえるか。少し頭の回る犯罪者なら、あえて手を出すこともない車だ。

もっとも、最近の自動車窃盗で留意すべきこととして、九〇年代のスバル、もしくはホンダ車の盗難の場合、組織的な窃盗グループが関《かか》わっている可能性があるとは伝えられていた。日本では二十年落ちの車はほとんど無価値だが、アメリカでは、この二社の車のエンジンやパーツが盗品市場で人気なのだという。アメリカと較《くら》べて、日本国内で使われていた車は、同じ年式でも、走行距離、運転時間が極端に言えばひと桁《けた》少ない。中古エンジンやパーツをそっくり換装するために使う、という需要があるとか。このケースはそれに当てはまるだろうか。いくら九〇年代車の需要があるからといって、さして大きな利益が出る犯罪でもないはず。北海道から手間隙《ひま》かけて盗んで本州の解体工場に運びこんでも、割に合うとは想像できない。

では、車自体に価値がないとなれば、盗犯の欲しがったものは、積み荷か。

「田中さんのお仕事は何でしたっけ？」

「営業です。建築資材の。お得意に顔を出して、注文を聞く仕事です」

「何か盗まれそうなものを積んでいました？」

「いや。パンフレットとか見本とか。あとはおれの鞄だけ」

「鞄には何が？」

「たいしたものは何も」

「売上金とか」

「いや」

「ノートパソコンは？」

「必要な仕事じゃないんです」

佐伯はあらためて周囲を見渡した。どんな車であったにせよ、いまはただでさえ走りにくい季節だ。運転手が離れてから一分程度の時間で盗んで発進したとしても、前方二十メートルほどのところにある信号で引っかかってしまえば、追いかけられて取り押さえられるかもしれない。自動車窃盗には不向きだ。盗んだ方に何か切迫した事情があったか。

いや、レッカー移動かもしれない。なにせ明日から札幌雪まつりが始まる。今夜は前夜祭だ。札幌管内の交通課は、市内で違法駐車を徹底的に取り締まっている。それは交通渋滞を引き起こすだけではなく、除雪作業の邪魔になるからだ。ルーフに雪をかぶったままの車が停まっていたりしたら、除雪車はそこに車があることに気づかず、その車を押しつぶすことさえもある。札幌市役所も、市内警察署の交通課も、レッカー移動を躊躇《ちゅうちょ》しない。通報で民間の業者が引っ張ってしまうことだって、きょうはありえた。田中が申告しているとおり、三分弱しか車を離れていなかったのだとしたら、その可能性は薄いが。

佐伯はもう一度田中に向き直って言った。

「田中さん、冷静になって思い出してもらいたいんですが、車を停めたのはたしかにここですか？」

田中は佐伯の顔と道の反対側のコンビニを交互に見ながら言った。

「そうですよ。この道を走っていて、右手にあの店を見て停めたんです。営業所を出るとき、ときどき停めてる場所だから、間違えない」

佐伯は、十メートルほど背後にある中通りの入り口を示して訊いた。

「そこの中通りじゃない？」

「一瞬、自分の勘違いかと思って見ましたよ」

「被害届を書いてもらいます」佐伯は部下の新宮に言った。「周辺、写真撮ったか？」

新宮が、防寒コートのポケットを上から叩《たた》いて答えた。

「十分です」

佐伯もう一度その周辺の商店の防犯カメラを探した。まだ排雪されていない雪の山が多すぎて、近隣の事業所にもし車道側に向けた監視カメラがあったとしても、窃盗の現場は撮られていないのではないか。

佐伯は言った。

「じゃあ、田中さん、大通署のほうにいったん行きましょう」

田中はスーツの襟元を掻《か》き合わせてから、うなずいた。

レッカー移動されていないかどうかの確認は、大通署に戻ってからでいい。


田中が盗難届を書き終えて、佐伯に差し出してきた。

盗まれた車の正確なグレードや諸元を、田中はきちんと覚えていなかった。覚えていたのは、ナンバー、車種名と色だけだったのだ。社用車のうちの一台というだけで、仕事が終われば会社の駐車場に置いて自宅に帰る。とくに何の愛着もなかったらしい。だから盗難届を書くのに、何度か勤務先の総務課に電話を入れて、教えてもらっていた。届け用紙を埋めるのに、十五分以上かかった。

ようやく書き上げて、佐伯に渡してきてから、田中が訊いた。

「すぐ出ますかね？」

佐伯は難しい顔で言った。

「なんとも言えません。ただ、そんなに高級車じゃないし、新車でもない。プロの窃盗グループが盗んだわけじゃないようです」

「ということは？」

「転売目的じゃないと思えます。エンジンがかかったままの車があったので、しばらく借用するつもりで乗っていったのかもしれません」

「適当に遊んで、あとは乗り捨てとかですかね？」

「憶測で言うわけにはいかないんですが」

「夜のコンビニなら、アホな連中がいて、エンジンかけた車を拝借って、あるかもしれないけどなあ」

「夜のコンビニでありうることなら、雪まつり前の昼間の町なかでもありえますよ」

「出てこなかったら、おれが会社に弁償するんだろうか？」

「会社は保険に入っているでしょうし、その必要はないでしょう」

田中は、まだ自分の災難が呑《の》み込めていないという顔で、刑事課のフロアを出ていった。

刑事三課係長の伊藤成治《いとうせいじ》が、佐伯に顔を向けてきた。報告しろと言っている。

佐伯は盗難届を持って、伊藤のデスクに向かった。伊藤は報告を受けているあいだも、たいして興味がなさそうだった。大きな事案ではない。いまこの雪まつりという時期に、人手を割くべきほどのことではないとでも考えているのだろう。

佐伯は報告を終えてから、確認した。

「タクシー会社には、A号照会ですね？」

A号照会とは、職務質問時の用語にもあるが、この場合はまさにその車で犯罪が行われているか、犯罪者が乗っているという場合の照会である。協力を受け入れているタクシー会社の無線を通じて流される。それほどの緊急性のない照会の場合は、Bというランクの暗号で市内の全タクシードライバーに伝えられる。この場合、窃盗犯が乗っているわけだから、とうぜんA号照会だ。その四駆が市内を走行中で、後ろにタクシーがいた場合は、確実に通報があるだろう。

「いま、やる」と伊藤は言った。

小島百合《こじまゆり》巡査部長は、大通署二階の食堂で休憩を取っていたところだった。いまこの大通署から南に一ブロックの大通り公園から戻ってきたのだ。

今夜は札幌雪まつりの前夜祭。明日からまつりが始まる。雪まつりの会場は、大通り公園の一丁目広場から十二丁目広場までがいわば主会場で、そのほかに薄野の歩行者天国や郊外の大公園でも開催される。もっともデザインに凝った大雪像が作られるのが大通り会場で、人出ももっとも多くなる。

正式の開会宣言は明日だが、すでに大通り会場は、主催者制作の大雪像作りも終了、足場の撤去作業も、ほぼ終わろうとしている。応募の市民グループによる小雪像作りも同様だ。事実上、雪まつりは始まっていた。飲食店も、土産物屋も営業しているし、ほうぼうに観光ボランティアも待機している。

その大通り会場の六丁目広場に、北海道警察本部は、雪まつりの現地警備本部を置く。大通署地域課と生活安全課も、臨時交番や迷子センターという名前で仮設の小屋を出して、道案内から迷子の保護、各種相談などにあたっていた。生活安全課少年係の百合は、朝から早々に外国人の迷子が出たということで、六丁目広場の迷子センターに応援に出向いていたのだった。

迷子はアジア人の男の子で、十歳ぐらい。言葉が通じなかったが、百合はその子をなだめながら所持品を調べ、バッグの中にあったホテルのリーフレットからなんとか名前を調べた。タイから家族と来ていた子だった。案内所から会場全体に迷子のお知らせを放送してもらった。日本語と英語、それにタイ語だ。十五分後に、迷子センターに日本人のボランティア・ガイドが親御さんを連れてきて、迷子は無事に引き取られていった。

自動販売機からホットココアを選び、カップを取り出したところで、携帯電話に着信があった。

村瀬《むらせ》香里《かおり》だった。かつてストーカー被害に遭った女性。当時は接客業だったけれど、その後美容学校を卒業、いまは美容師として働いている。年に一度くらい、会って近況を聞いたり、カラオケを楽しんだりしている。

テーブル席に歩きながら「はい」と出ると、香里は言った。

「お姉さん、いまいい？」

急用のある雰囲気だ。

「待って」椅子《いす》に腰掛けてから、携帯電話を持ち直した。「いいわ」

「知り合いの身内の子が、家出してしまったの」

「お友達？」

「お客さんの姪《めい》っ子さん。高校二年」

「そうとうまずいことになってる？」

「たぶん。かなり捨て鉢で出たみたいだから」

「警察の助けが必要ってことね？」

「ええ。できればお姉さんの」

「詳しく話して」

「釧路《くしろ》の子なの」

百合はメモを取りながら、香里の話を聞いた。

家出した子の名前は、中林沙也香《なかばやしさやか》。十六歳だ。中学三年の弟と本人のふたり姉弟《きょうだい》。弟が生まれたあとに、母親は離婚、五年くらい前に再婚した。香里の知り合いだという美容院の客だった女性は、その母親の妹になる。

沙也香の父親は家具工場の工員だが、あまり真面目《まじめ》な男ではなく、母親と結婚してからも女性とつきあってトラブルを起こしているのだという。最近はどうやら、義理の娘である沙也香の身体に触れたり、裸を見たりするようになっているらしい。沙也香は高校に入ったころから、何回か家を出て、友達の家に泊まったり、叔母《おば》の家に避難したりしていた。でも、とうとう我慢できないところまできたようだ。昨日、釧路の家を出たのだという。

香里は言った。

「その叔母さんのほうは、去年、引っ越していて、札幌にいないの。沙也香ちゃんの母親から電話があって」

「つまり、あなたのお客のお姉さんからね？」

「ええ。そのひとからあたしのお客さんに、沙也香ちゃんが家出したっていう電話があったんだけど、あたしのお客さんにも連絡なし。一度電話がつながったけど、そのあとはお母さんからの電話にも出ない。お母さんを恨んでいるみたいな雰囲気があったんだって」

「叔母さんのうちに向かうことは考えられないの？」

「いま伊達なの」

伊達市は、道南にあって、温暖な気候のおかげで北海道の中でも人気の小都市だ。釧路からだと、いったん札幌に出て、それからまたJRに乗り換えてさらに二時間以上だろうか。たしかに遠すぎる。

「その叔母さんのうちには、赤ん坊もいる。泊めてもらうことは考えていないみたい」

「札幌にいることは、確かなの？」

「昨日の夜、お母さんと電話がつながったときに、札幌に行くと言っていたそう」

「知り合いのところじゃないのね？」

「お母さんも、叔母さんも、札幌の知り合いって誰も知らない」

少年係の女性警察官としては、ネットで知り合った男に誘われたかとまず考える。家庭に居場所がない、というか、家庭が危険過ぎる少女は、見知らぬ男の甘言にも乗りたくなる。どんな場所だっていまより悪くないはず、とさえ思い詰めているときは。

「沙也香ちゃんは、おカネは持っている？」

「持ち出したのは、一万円ぐらいじゃないかって」

「釧路からは汽車で？」

「たぶん、夜行バスだと思う」

釧路から札幌までの夜行バスの料金は、たしか五千円くらいだ。すると、昨日釧路を出た沙也香は、きょうは五千円ほどしか所持金がないことになる。親戚《しんせき》もなく、知り合いもない真冬の都会で。ホテルの空きなどろくにない時期の都会で、所持金が五千円。

「もしもし」と、不安そうに香里が言った。

百合が聞いているかどうか心配になったようだ。

百合は言った。

「その子のことをもっと知りたい。その叔母さんから、できるだけ聞き出してもらえる？ほんとうに札幌には知り合いはないか。札幌のことをどの程度知っているか。どの程度大人か」

香里がすぐに訊き返してきた。

「どの程度すれているか、ってことね？」

「ええ。世の中の危険を、察知できるかどうかが気になる」

「あたしが十六のときとは違うと思う」香里の言葉に少しだけ棘《とげ》が混じったように感じた。

「その子があたしみたいな十六歳なら、お姉さんに電話していない」

「ごめん。そういう意味じゃない」自分の謝罪の言葉が適切かどうかも吟味している暇はなかった。とにかく、中林沙也香という女の子の情報が欲しい。ただ、いま札幌雪まつりが始まるところというのは、もしかしたら彼女にとっては好運かもしれないのだ。女性を食い物にしている裏稼業の連中は、いまは客からぼったくる時期だ。商品を仕込むことは二の次になっている。「写真もあれば。お願いできる？」

「その叔母さんに、頼んでみる。少し時間がかかるかもしれないけど、いい？」

「ええ。お母さんの電話番号も知りたい。直接事情を聞きたい」

「家出の事情なんて、ほんとうのことを話してくれるかどうかわからないよ」

「家出人の届けが出れば、わたしは仕事として沙也香ちゃんを探すことができるの。応援も頼める」

「わかった」

通話を終えて、携帯電話をテーブルの上に置き、ココアをすすった。少しぬるくなっていた。やむをえない。温かいココアを飲みたくて、大通り公園の迷子センターから戻ってきたのだけど。

ふた口目のココアをすすりながら、百合はあらためて沙也香という少女のことを思った。少女の場合、懸念しなければならないことがある。それが母親であれ父親であれ、親への反抗もしくは復讐《ふくしゅう》としての非行はときに、親からもらった自分の肉体を汚す、という形を取ることだ。つまりこの世相では、性産業へ積極的に飛び込む、という非行の形態となることだった。

その沙也香という少女は、母親に義父から受けた自分の被害を正直に明かしているだろうか。もし一線が越えられていないのであれば、なんとかその子が回復不能の傷を負う前に救うことも可能だが。

百合は祈るような気持ちで沙也香を思った。その家出が、緊急避難であることを。安全な居場所を求めての、家出であることを。

中林留美《るみ》、というのが、母親の名前だった。向こうからかけてきたのだ。仕事中なので、あまり長くは電話できないという。

百合は、札幌方面大通警察署生活安全課の女性警察官であることを名乗ってから言った。

「中林さんの妹さんの知り合いから電話があったんです。沙也香さんが、昨日家出をしたとか」

「ええ」言いにくそうだ。「そうなんです」

「近くに、ひとがいます？」

「いま、動きます。あ、大丈夫です」

「家出は確かなんですね。夜行バスで札幌に向かったんだと聞きました」

「はい。間違いありません。昨日、真夜中にやっと電話がつながって、家を出た。もう帰らない、と。そのあとはもう出ません。充電切れかもしれませんが」

「行く先の心当たりはないんですね？」

「妹が札幌にいたときなら、妹のところに転がりこんだと思います。何回かあったんです。だけど、伊達に引っ越してしまって、ふたり目の子が生まれたばかりで」

「友達とか、学校の先輩とか、札幌にいません？」

「聞いたことはないです」

「かなり覚悟の家出だと思います？」

「ええ」

「再婚されたかた、沙也香さんの義理のお父さんとはうまくいっていないんですね」

返事は遅れた。

「はい」

「事件になるようなことはありましたか？」

こんどは沈黙が長かった。五秒か、それ以上だ。

「いえ。ありません。まだ、まだないです。だけど、あの子は、もう我慢ならないと感じたんだと思います。年頃《としごろ》ですから」

「お母さんご自身はどうです？」

「正直なところ、家出したくなる気持ちも、わからないではないです」

「ご家庭は、沙也香さんにとって、安全なところじゃないということですね」

「ええ」

亭主を追い出せ、別れろ、と言いたいところだけど、こらえた。百合はつとめて平静に言った。

「かといって、高校二年生が保護者なしに、ひとりで札幌で生きていくことは無理です。ご家庭よりも危険かもしれない。それはわかっていますよね？」

「ええ。でも、どうしたらいいかわからないんです」

泣きそうな声になっている。

再婚相手と別れることは、まだ夢にも考えていないということか。百合は、最悪の場合を想像して、身震いした。

「ふたつ、お願いがあります。なんとか沙也香ちゃんを救うために、していただきたいことが、ふたつ」

「どういうことですか？」

「ひとつは、沙也香ちゃんの捜索願を、近くの警察署で出すことです。釧路市内ですよね？」

「ええ」

「では釧路警察署に」

「探してもらえるんですか？」

「高校二年生ということであれば、特異行方不明者として捜索することになると思います」

「なんですか、それは」

「早く見つけないと命に関わるという、切迫した事情の行方不明者のことです。事情を詳しく伺ったうえでの判断となりますので確約はできませんが、でも出さない限りは警察も動きようがありません。きょうじゅうに、身分証明書と印鑑、それに本人の写真を持って警察に捜索願を出してください。必ずです」

「写真は、ケータイに入っているものでいいんですか？」

「かまいません。それがひとつ。次に旦那《だんな》さんによる娘さんへの性的虐待について、警察の生活安全課に相談してください」

「いえ、それは、虐待ってほどでも」

「でも、娘さんから、聞いているんですよね？」

「ええ。だけど」何を、という部分は省略して留美が言った。「されてはいないんですよ」

百合は、はっきりと言葉にした。

「触ったり、裸を見たりというのは、事実ですね？」

「それって、見方によります」

「娘さんは、嫌がっているんでしょう。それでも虐待じゃない？」

「愛情表現かと。不器用なひとなんで」

「本気でそう思っているんですか？」

「そのう」中林留美は苦しげな声となった。「どうしても、相談しなきゃなりませんか？」

「娘さんの家出の原因なんです。そこを解決しなければ、娘さんは戻ってきませんよ。見つかって帰っても、もっと悪いことが起きるかもしれない」

「まだ何も起こっていないと思うんです。いえ、ないんです」

「娘さんが家出するほど切迫しているんですよ」

「相談して、どうなります？」

「ご主人から、事情を訊くことになるでしょう」

「捕まるんですか？」

「そこでご主人が理性を取り戻せば、そうはなりません。お母さんも、ふたりきりにしないとか、物理的な距離を置くことが必要です。でもご主人が、警察で訊かれたことなど知ったことかということであれば、最悪の事態が起きます。刑事事件となります。娘さんも、傷つきます」

「あの、もう仕事に戻らないと」

「約束してください。ふたつのこと。釧路署の生活安全課にも、伝えておきます」

もちろん、いまこの段階でそれを言ってしまうのはやりすぎなのだ。まだ公的には少女の捜索願さえ出ていないのに、方面本部の枠まで越えてそんなことをしてしまっては。向こうだって多忙であるのは確実だし、もし電話すれば、かなり迷惑がられるかもしれないのだ。しかし、いったん自分が警察官として頼られた以上、組織の仕事として当たる責務はある。これから自分は、係長に相談することになるだろう。動くなと命じられることは、よもやないはずだし。

通話が切られそうだったので、念を押した。

「お願いしましたよ。困ったら、わたしのこの電話に」

「はい」

通話はそこで切れた。

百合は席を立ち、直属上司の荒川《あらかわ》のデスクへと向かった。同僚の吉村《よしむら》が、横を通るときにちらりと自分を見たのがわかった。たぶん彼は、電話の内容について想像がついている。その深刻さについても、承知しているはずだ。


佐伯が自分のデスクに戻って時計を見ると、新宮が椅子から立ち上がった。

「もう一度、現場ですね？」

「ああ」

顔をすっかり読まれていた。

地下の駐車場から捜査車両を出し、北二条通りから西方向に車を進めた。大通り公園を横切るのが近道だけれども、いまは雪まつりの会場を横切ることになる。避けたほうがいい。

車を西に走らせながら、新宮が言った。

「何か気になるという顔ですよ」

佐伯は正面に目を向けたまま答えた。

「盗難現場がなあ。お前の言うとおり、なんであんな路上で、ほんのわずかな隙にいただこうという気になったのか、うまく解釈できない」

「目の前で車を離れたドライバーがいた。いきなり出来心で盗んでしまった、とは思えないんですね」

「最初はその線かなと思ったんだけどな。だったら、数時間で車は乗り捨てられているはずだ」

「まだ発生から一時間です」

「長い時間乗り続ければ発覚の危険も増す。どっちみち自分のものにして持ち続けることはできないんだ。ちょっと遊んだだけで手放すはずだ。そう思った」

「いま、全道の方面本部から応援が来ています。放置されている車両も、そろそろ見つかるでしょう」

　新宮が佐伯の疑念を本気で支持してくれているのか、わからなかった。先輩の顔を立てて、あえて異論を出していないのかもしれない。彼にも、合理的な解釈が思いつかないのかもしれないが。

　佐伯はひとりごとのように言った。

「真冬の、朝の、浮かれたところのない市街地だ。出来心が生まれる条件が薄い。それなりに気持ちが高ぶっていないと、咄嗟《とっさ》にそういう犯罪はやれない。仲間でご機嫌になっているとか。どうも読みが違ったなという気になってきた」

「場所があの市街地ですから」と、新宮が言った。「ドライバーも、車から離れることに警戒がない。あんなエリアで、車を盗もうとする馬鹿などいないと思い込んでいる。だからエンジンをかけっぱなしでコーヒーを買いに道を横断したんでしょうが、盗むほうも、あのエリアがそういう場所だと承知していたんでしょうかね。そういう車に出くわす確率は高いと」

　フロント・ウィンドウに雪がたまりがちになってきた。新宮がワイパーのレバーを回して、ワイプの速度を上げた。

指定された西改札口を出たところで、その男を見つけた。

携帯電話を耳に当てて、こちらを見ている。

「はい、見つけました」

男は手を振った。

石塚南海男《いしづかなみお》は、通話を切ってスマートフォンをポケットに入れた。相手の男も、携帯電話をポケットに入れた。

改札口を抜けると、その若い男は軽く頭を下げて言った。

「お待ちしていました。徳田《とくだ》です。お荷物、持ちます」

石塚の旅行鞄は、サラリーマンがよく使っている黒いナイロンタフタ製だ。こぶりで、数日程度の出張向きのサイズ。これを肩にかけている。

「いや、いい」と石塚はショルダー・ストラップにかけた手の位置を変えた。

徳田は、それ以上、持つとは言ってこなかった。バッグの中に何が入っているか承知のはずだ。石塚が、他人に預けたくはないと意思表示をした以上、年長の客人に対するマナーも、ここで忘れていい。

徳田が、身体の向きを変えて歩きだした。石塚は徳田に並んだ。ぶるりと身体が震えた。思わず身をすくめていた。

石塚は言った。

「さすがにこっちは寒いな」

徳田が歩きながら言った。

「いま、マイナス二度くらいです。福岡は暖かいのでしょうね」

「それでも年に一、二度は雪がちらつく」

「コートはなしですか？」

「荷物になる」

「あったほうがいいかもしれません」

徳田が石塚の足元に目をやって言った。

「ふつうの靴ですよね」

「ふつうの靴とは？」

「札幌では、冬は滑り止めのある靴がふつうなんです。それでないと歩けません」

「大げさに言っていないか？」

「そんなことはありません。取り外しのできるスパイクを用意しておいたんですが、よかった」

「とにかく早く出発しろ。けっこう距離あるんだろう？」

「道が乾いていればせいぜい二十分ですが、連日雪が降ってるんで時間はかかります」

「車はどこだ？」

「一町ぐらい先に停めてます」

「使い捨てにできる車だろうな」

「ご指示どおり、目立たない四駆を用意してあります」

「手配されてるってことはないか？」

「細工したナンバープレートにつけ変えています。検問で停められたぐらいでは、わかりません」

目の前から、中国人観光客らしい一団が近づいてきた。子供が三人いる家族連れだ。

石塚は徳田と一瞬だけ離れて、家族連れをふたりのあいだに通した。

コンコース内側の自動ドアを抜け、さらにその外側にあるガラス戸を抜けると、駅舎の外だった。あまり広くもなく、整備されたという印象もない駅前だった。札幌駅の裏手にあたるのかもしれない。

雪が降っている。寒気もいっそう強く感じられた。やはりコートが必要かもしれない。震えていては、運動能力が落ちる。それが何であれ、咄嗟に反応できなくなる。風邪を引いてしまったら、締まらない話だ。この徳田に、何か用意させたほうがいいかもしれない。

徳田が言った。

「防犯カメラがいやなんで、地下駐車場には入れませんでした。少し歩きます」

「ああ」

仕方がない。この場合、札幌の気温を甘く見た自分が悪い。しかし、伊達の薄着という言葉もある。福岡では、どんなに寒くてもコートなど着ないのが自分たちの稼業のドレスコードだった。よっぽど寒いときは白いマフラーを巻く。それが真冬に許される防寒対策の最大のものだ。コートを着ても許されるのは、引退間際の大親分くらいだ。しかし、寒い。

駅舎の外のステップを降りながら、徳田が訊いてきた。

「腹減ってませんか？」

「特急の中で、コンビニ弁当食ってきた」

「福岡からずっとJRですか？」

「手荷物検査を通るわけにはいかないからな。いきなり指示されて、支度してすぐ福岡で新幹線に乗った」

「函館には夜遅くでしたね」

「函館に着く最終の新幹線だった。さすがに遠いな」

「お疲れさまです」

「函館まで迎えに来ていてもよかったんじゃないのか？」

「二百六十キロあるのと、この大雪ということもあって」

「通行止めになると？」

「その心配と、深夜の雪の中の運転にあまり慣れていないので」

「そんなに違うか？」

「最初の冬は怖くてまともに走れませんでしたよ。スピンしてぶつけたこともあります」

「それじゃあ、二百六十キロを往復させるのは無理だな」

「それにわたしも、確かな情報取るのに朝まで動いていたものですから」

「間に合うんだろうな」

「かなりぎりぎりですが」それから、徳田がちらりと石塚の様子を見て言った。「手袋、お持ちですか？」

右手をズボンのポケットに入れているのが気になったのだろう。

石塚は訊き返した。

「いや。必要か？　おれの仕事はわかっているよな」

徳田は一瞬戸惑ったような顔を見せてから言った。

「手がかじかんでは、お仕事に差し障りがあるかと」

「車には、ヒーターは入ってないのか？」

「すいません」と徳田は謝った。「防寒用の上着とかも、必要でしたら言ってください。買います」

歩道に出るステップの最下段が圧雪状態となっていた。そのステップで、石塚の靴が滑って身体のバランスを崩した。徳田がさっと横から支えて、石塚の転倒を防いでくれた。

早くそのスパイクを貸せよ、と石塚は胸のうちで毒づいた。おれは車にたどりつくまでに、あと何回足を滑らせなきゃならないんだ？

雪の降り方が、激しくなってきた。雪の密度が濃くなってきたというべきか。風はさほどないので吹雪と表現できる雪ではないが、しかしかなりの雪だ。この分だと夜までに十センチぐらいは積もるのではないか？　そのまま降りやまなければ、最後には二十センチほどの大雪となってもおかしくはない。

須川聡史《すがわさとし》は、ナビに目をやった。時刻が表示されている。十時四十五分。

自分の受け持ちはすべて札幌の北側の地域だ。一日その一帯を回って、午後の早めの時刻に営業所まで帰って報告したら、この雪だし、あとは書類仕事と電話で片づく仕事だけで許されるのではないか。へたにこの雪の中を出ていって事故にでも遭っては、会社にとっても損害だ。係長は無理は言わないだろう。

六時になれば、妻もパートの仕事が終わる。小学生の男の子も、学童保育から帰宅する。久しぶりに三人一緒で晩飯ができる。なんならファミリーレストランに行くのでもいい。もし行くことになれば、正月休み以来のファミレスということになる。もっとも目に見えて身体が大きくなっている息子は、最近はハンバーグ定食よりも、回転寿司《ずし》のほうが気に入っている。十一歳になったのだ。食べ物の好みも変わってくる。何より、テンションが上がる。ファミレスで食べるときよりも三倍くらいは喜ぶ。その喜ぶ顔は見たかった。

回転寿司に行くとなれば、三カ月ぶりか。ただ、ハンバーグ定食を食べさせるよりもカネがかかるので、あまり頻繁には連れて行けない。でも、そろそろ回転寿司で父と息子の会話を取り戻しておきたいという気持ちもある。こんなに早く仕事が終わるなんて滅多にないことだし、次がいつになるかもわからないのだ。日曜日は、自分は身体を休めることを優先する。ファミレスも回転寿司もどこも混むし、そんなところに行ってなお疲れるのはいやだった。ただ一日、ぐったりしていたいというのが本音だ。

須川はもう一度ナビに目をやった。

ライトバンのナビの画面に表示されているのは、札幌市の東区元町《もとまち》周辺だ。開拓初期には札幌市とは別の札幌村があった一帯で、かつてはタマネギ畑が広がる札幌市北部の農業エリアだった。いまは幹線道路沿いにこそ商店や事業所も建つが、その裏手は一戸建ての住宅が整然と建ち並ぶ、純然たる住宅地だった。冬は石狩湾から吹き抜けてくる風のせいで、雪は多い。

須川の勤め先、土木資材の卸会社は、いま走っている苗穂《なえぼ》・丘珠《おかだま》通りの北、札樽《さっそん》自動車道をくぐった先にある。もう二、三分の距離だ。

ワイパーがグラスを掻く音に混じって、破裂音が響いたような気がした。鋭く、短く、一回。さほど大きな音ではなかったが、須川は聞き取ることができた。

ふっと目の前に、車が飛び出してきた。左手の雪の山の陰から、いきなり道路に直角に入ってきたのだ。細い市道がある場所だ。車は白っぽいワゴン車だった。

須川は思わずライトバンに急制動をかけていた。アンチロックブレーキは、ゴリッゴリッと、制動と解除を繰り返した。雪の路面で、後ろのタイヤがぐりっと滑ってわずかに腰を振った。

また破裂音があった。破裂音とほとんど間をおかずに、ゴツンという音。ボディに小石でも当たったような。

飛び出してきた車は右折して、反対車線に入っていった。衝突は免れた。須川はブレーキペダルから足を離した。

と、いまワゴン車が出てきた同じ場所から、もう一台の車が飛び出してきた。シルバーのSUVだ。飛び出しながら、右に曲がろうとしている。

須川はあらためて制動をかけた。こんどは思い切り強く踏み込んだのだ。スピンは覚悟だ。衝突も避けられないと思った。でも、身体だけは守る。惰性を最小限のものにする。フロント・ウィンドウいっぱいに、SUVのボディが広がった。ぶつかる、と須川は覚悟を決めた。ステアリングを握る手に力をこめ、両足を踏ん張った。ブレーキのゴリッゴリッという音が大きくなった。

すっと目の前が開けた。SUVは、間一髪で右手に消えていた。須川の車が停まった。車は少し斜めを向いていた。須川は振り返って、反対車線を見た。最初に飛び出してきた車のものと思える赤いテールランプが遠ざかっていく。二台目のSUVのほうは、少し遅れて走っていった。

追いかけっこか？　と須川はいまいましげにテールランプを見送った。子供じゃあるまいし、左右の確認もしないまま雪の山の陰から立て続けに飛び出してくる。この車とぶつからなかったのは、幸運だった。車列が続いていないのも幸いだった。あれはほとんどロシアン・ルーレットだぞ、と須川は思った。そんなものに命を賭《か》けてどうするんだ、馬鹿野郎。

ふっとさっきの小石が当たったような音が気になった。この真冬の雪の日に、小石が飛んだ? あの二台のうちのどちらかが、何か落としていった音ではないのか?

須川は車を発進させた。前方、高架の札樽自動車道の手前に、中古車販売店の看板が出ている。あそこなら駐車スペースがあるだろう。当然、車道との境も完全に除雪してあった。そこなら、事情を話せば少しの時間停めても迷惑にはなるまい。

その販売店の事業所の前まで走って、運転席から降りてみた。

雪が顔に吹きつけてくる。思わず顔をそむけ、首をすくめて防寒ジャケットのジッパーを襟もとまで上げた。

運転席側のボディには、傷痕《きずあと》などは見当たらなかった。後部にもない。助手席の側にまわった。ずっと見ていくと、ボンネットの左側、かなりヘッドライトに近い位置に穴が空いている。一センチ前後の直径で、外縁部分の塗料がはがれているのだ。その穴の中心部は陥没し、黒く見えた。

さっきまで、こんな穴はなかった。やはりあの小さな衝撃音があったときに空いたのではないか。でも、これは小石とかボルトなどが当たってできた傷には見えない。細身の鏨《たがね》をたたき込んだらこんな穴ができるのではないか。

いや、と須川は思い当たった。これって、テレビドラマなどで見る弾痕《だんこん》ではないのか?

銃弾を撃ち込まれたときにできる穴が、これではないのか?

あの二台の車の様子を思い出した。左右を確かめることもなく、まずワゴン車がこの道路に飛び出してきた。ついでＳＵＶ。二台続いてきた、というよりは、ＳＵＶはワゴン車を追っていたということだろうか。追っていたのではなく、煽っていたのかもしれない。煽っても避けない車に対してぶち切れたのだろうか。でも、自動車道ならともかく、こんな市街地の、それも幹線道路でもない道で煽ったりするか？　ぶち切れるやつは、場所を選ばず高速道路の上でも、市街地でも、どこででも切れるのかもしれないが。それにしても、最後にはピストルを持ち出した？

ありえないか。

須川はもう一度指で穴に触ってみた。もし運転席に、この穴を空けたものが飛び込んできたなら、自分はどうなっていた？

須川は二台の車が走り去っていった道の先に目をやった。雪が視界を遮っている。もう赤いテールランプは見えない。雪の向こうにいくつかぼうっと見える光の点は、大型の車のフォグランプだろう。

いちおう警察に連絡したほうがいいかな、と須川は思った。もしこれを会社が修理に出したとき、修理工場から、弾丸が見つかりましたが、とでも連絡が来たら、厄介なことになりそうな気がする。

自分で警察に連絡すると決めて、須川はスーツのポケットに入っている携帯電話に手を伸ばした。

雪の中、津久井卓《つくいすぐる》巡査部長と、相棒の滝本浩樹《たきもとひろき》巡査長が乗っている機動捜査隊の捜査車両は、東区の環状通りを東方向に走っていた。時刻は午前十時四十五分をまわったところだ。まだまだ機動捜査隊が出動すべき事件が起こる時間帯ではなかった。きょうは雪まつりの前夜祭だし、金曜日。何か起こるとすれば、むしろ午後も遅くになってからなのだ。

捜査車両の方面本部系無線電話に着信があった。

「東区元町、苗穂・丘珠通りで発砲事件です。銃弾を撃ち込まれたようだと、一一〇番通報がありました。現場から不審な車両が立ち去ったのが目撃されています。機動捜査隊七号車は臨場してください。銃弾を撃ち込まれた車の正確な位置は……」

津久井はマイクに手を伸ばしながら、運転する滝本の顔を見た。

滝本もちらりと津久井を見てくる。ちょっと驚いている顔だ。たしかに、街の中心部、とくに歓楽街の薄野エリアなら発砲事件があってもわからなくはないのだが、東区元町あたりとなると、堅気の市民の戸建て住宅が並ぶエリアだ。発砲事件というのは奇妙だ。

津久井はマイクを通して通信指令室に言った。

「機捜七号、現場に向かいます」

「ドライバーへの接近にも、十分に気をつけてください」

これが虚偽通報の可能性もあるということだった。拳銃《けんじゅう》強奪目的で、こんな雪の日の、札幌の住宅街のはずれへと警察車両を誘い出した可能性もないではないのだ。

「了解です」こちらもいつでも拳銃を持ち出せるようにしておけということだ。津久井は逆に訊いた。「不審車両の追跡は？」

「機捜のほかの車を向かわせています。七号は、現場から詳しい報告を」

「了解」

通信を切ったところで、滝本が赤色回転灯をルーフに出すスイッチを押した。ついでサイレンのスイッチ。車内にもサイレンの音が満ちてきた。

滝本が捜査車両を加速して、車を中央車線に入れた。津久井の身体は、シートの背もたれに軽く押しつけられた。

ルーフの回転灯をつけて、田中が車を停めたという場所に捜査車両を停めた。

左手の歩道と車道のあいだに除雪され、積み上がっていた山は消えている。この場を離れているうちに、排雪車が雪をダンプカーに積んで雪捨て場に運んでいってしまったのだろう。

雪まつりが始まるのだ。今夜は前夜祭。市中に出る市民や大勢の観光客のために、どうにか市街地の雪は片づきつつある。道路脇の雪山が消えているため、降雪の中でもこの南六条通りの建物や商店がよく見通せた。

停めた車の前方、この南六条通りにクロスしているのは、路面電車の走る西七丁目の通りだ。ちょうど街の中心部方向から来た市電が、交差点を通過していくところだった。その交差点の南西角から少し西寄りに、コンビニがある。田中が道を横切って入った店だ。二階以上は集合住宅というビルの一階だ。

佐伯は除雪された歩道の上に立って、周囲を見渡した。

田中が車を停めた場所は、交差点の横断歩道からまだ二十メートルばかり手前の、少し古い四階建てのビルの前だ。一階が理容室だった。その東隣に、不動産会社の事務所。理容室の西側には、トリマーの案内が出ている。

理容室の脇にガラス戸があり、喫茶店の看板が立っていた。全国チェーンのものではない。店の名前は、喫茶トラム、だ。すぐそばを市電が通るところからつけたのだろうか。店の名前の印象では、最近できた店ではないだろう。

ドアの奥を覗《のぞ》いてみると、階段があった。二階が店なのだろう。なんとなく、常連が毎日同じ時間、いつもの席にいるような店と思えた。佐伯は歩道から二階を見上げてみた。理容室の真上が喫茶店のようだ。あの窓からであれば、車道の端に雪の山があった時刻でも、道路際の様子が見えていたかもしれない。

佐伯は新宮に店のドアを示してから、中に入った。床に雪落としマットが敷いてあって、真正面は木製の古いドアだ。入ってすぐの横には、札幌交響楽団ほか、いくつかのオーケストラのコンサートのチラシが貼《は》ってあった。

階段を上がりきり、左手にあるガラス戸を押し開けると、中はコーヒーが香る空間だった。少しレトロな内装だ。カウンターがあって、中にいるのは、銀髪の婦人だ。目礼してきた。佐伯は微笑を婦人に向けて、警察手帳を示した。婦人は少し戸惑いを見せた。

「ちょっと窓を見せていただけます？」

「何か？」

「窓から外がどんなふうに見えるのか、見たくて」

「お仕事なの？」

「そうなんですよ」

細長い店の窓側へと歩いた。左手の四人掛けのテーブルの席で、壁を背にして腰掛けると、ちょうど盗難現場を見下ろすことができる。

佐伯はカウンターの婦人に訊いた。

「きょうの九時過ぎというのは、こちらは開店していました？」

「ええ」と婦人は答えた。「うちは八時半オープンなんです。そこの席には、九時五分に常連さんがやってくる。四十分くらいまでいて、うちの新聞を読んでいきますね」

「連絡先はわかりますか？」

「何か？」

「このお店の下で、今朝、車の盗難があったんですが、それを見ていなかったかと思って」

「電話しましょう。すぐ近所だし、そういう話なら、喜んでやってくる」そしてつけ加えた。「毎日退屈しきっているみたいで」

その常連客は、五分もしないうちに店に現れた。たぶん定年退職後の、仕事は公務員だったろうという雰囲気の男性だ。ニットの帽子をかぶってやってきた。

佐伯は警察手帳を見せてから訊いた。

「今朝、午前九時十分前後に、この窓の下で、四輪駆動車が盗まれたんです。運転手が向かいのコーヒーショップに走っていったあいだに」

男は言った。

「ああ、あれか。覚えてる」

「見ていたんですか」

「見たよ。この真ん前に停まった車……」その初老の男は、車種まで正確に言った。「……から降りて横切っていった。危ない真似《まね》をするなと思った」

「じゃあ、盗んでいった者の姿も見た？」

「そのときは盗んだとは思わなかったけれど、あれが盗んだ場面だったのか」

「何がありました？」

「すっと後ろに停まった車があった。その助手席からひとりが降りて、停まってた四駆に乗って出ていった。いや、いま訊かれて、時間の前後を思い出した。たぶんそういうことだ」

「後ろに停まった車は、車種なんて覚えています？」

「パールホワイトの」と男は答えた。メーカーの、車種までだ。いわゆる高級ミニバンだ。

「あの除雪車みたいなフロントは、たぶん現行モデルだろう。二〇一五年からの」

「車にお詳しいんですね」

「陸運局に勤めていたんだ。定年したときは、運輸支局って名前は変わっていたけど」

「乗っていった男の様子、思い出せますか？」

「ジャンパーにマフラーだった。サングラスをしていたな」

「いくつぐらいでした？」

「三十代。前半だろう」

「ふつうの社会人？」

「というと？」

「崩れているとか。粗暴そうだとか」

「ううん」と男は思案する顔となった。「そこまではわからないが、暴力団ふうだったか、と訊いているのかな？」

「いえ。受けた印象を」

「典型的なそっちのひとふうじゃなかった。遊び人という感じでもないな」

男の目が一瞬だけ、何かを思いついたという色となった。

「何か？」

「いや、芸能人の付き人って言葉がなんとなく思い浮かんだんだけど、違うよな」

佐伯は試しに訊いてみた。

「四駆を下りた男は、どんな印象でした？」

「堅気だ。営業マンかな」

男の観察眼は、ずれていない。表現も正確だ。

「もし捜査にご協力をお願いしたら、写真など見ていただけますか？」

「いますぐ？」

「こちらの準備が整ったところでお電話して、お迎えに上がりますよ」

「真正面から顔を見たわけじゃないよ」

「かまいません」

新宮が男の連絡先を訊いた。男は、自分がパソコンで作ったという名刺を渡してきた。肩書なしで、大滝康夫《おおたきやすお》、と記されていた。住所はその喫茶店の近くだ。

佐伯たちは礼を言って、喫茶店を出た。


ライトバンは、その中古車販売店の駐車場の端に停まっていた。防寒ジャケットを着て、フードをかぶった男が、その運転席の脇で足踏みしている。三十代なかばから四十歳くらいと見える男だった。両手はジャケットのポケットに突っ込まれている。

滝本が、そのライトバンの前に直角に行く手をふさぐ格好で機動捜査隊の車両を停めた。ルーフの赤色回転灯で、相手にはこの車が警察車両だとわかるだろう。

ライトバンの中に、ほかにひとの姿は見えない。駐車場にも、誰の姿もなかった。駐車場の奥の店舗で、ふたりの男がこちらに目を向けている。面倒には関わりになるまいと決めて、外に出てこないつもりらしい。

津久井は腰のホルスターに一度手をやってから、助手席を下りた。

防寒ジャケットの男が、小さく頭を下げた。

津久井は左手で警察手帳を示しながら、言った。

「通報した須川さんは、あなたですか」

「ぼくです」と相手は言った。「ほんとにピストルを撃たれたのかどうかは、自信はないんですけど、念のためにと思って」

滝本も、運転席から降りてきた。エンジンはかけたままだ。

津久井は訊いた。

「穴は、どこです？」

須川はライトバンの助手席側のボンネットの脇に回ってしゃがみ、ホイールスペースの前側、ヘッドランプの二十センチばかり後ろを指で示した。津久井も須川の横にしゃがんだ。滝本はふたりの後ろで立ったままだ。

たしかに、貫通弾痕と見える穴が穿《うが》たれている。新しい傷と見えた。むき出しの鋼の部分に錆《さび》のようなものは見当たらない。しかし、津久井にはそれ以上のことはわからない。弾痕だとして、銃弾のサイズは？　拳銃弾か？　あるいは狩猟用ライフル銃弾か？　発砲は近距離から？　でないとしたら、どのくらいの距離から？

いずれにせよ、鑑識がすぐに基本的なところを調べる。素人があまり先入観を持たないほうがいい。ただ、拳銃が使われたようだ、とは想定して捜査にあたったほうがいいだろう。それも単なる発砲ではないのだ。一台の車が追いかけられ、銃撃された、という事件だ。暴力団の抗争、と見ていいのではないか。

いや、でも。

津久井が周囲を見渡しながら立ち上がると、次に滝本がしゃがんで、同じ傷を見た。

津久井は須川に訊いた。

「撃たれた場所は、ここではないんですね？」

須川は道路側に数歩歩いて答えた。

「少し向こう。横道からいきなり飛び出してきた車があって、こっちは急ブレーキをかけた。そこにもう一台横道から飛び出してきて」須川は言葉を切った。「ブレーキをかけた前後に二回、音が聞こえた」

「発砲音ですね？」

「何かが破裂したような音。バキューン、じゃなくて、パン、と短い音だった。二回。あとの音とほとんど重なって、ゴツンと何かがボディに当たったような音がした」

「その二台の車の車種、わかります？」

「通報したときにも言ったけど、先に飛び出てきたのが、白っぽいワゴン車」

「白じゃないんですね」

「明るいグレーだったかもしれない。車種はわからないな。二台目はシルバーで四駆。スバルだと思う」

津久井は運転席に目をやってから訊いた。

「ドライブ・レコーダー、つけてます？」

「いや。これ社用車なんで」

車種の特定は、すぐにはできないということだ。

「ドライバーの顔を見ましたか？」

「この雪だし、こっちもびっくりしていた。よくは見ていない。でも最初のワゴン車のほうには、何人か乗ってた」

「ふたりじゃなく？」

「後ろの席にも、影があった」

「二台目は？」

「ふたりだ。ふたり」

「男ですか？」

「ううん」須川は首を振った。「そう言われると、どっちかわからない」

「場所に案内してもらえますか」

滝本が続けた。

「こっちの車で」

須川は素直に捜査車両の後部席に乗った。

須川を乗せたので、津久井は車載の隊内無線を使わずに携帯電話で上司の長正寺《ちょうしょうじ》に報告した。

「発砲はほぼ確実です。セールスマンの乗る社用車に弾痕が残っています。近くで二台の車が追っかけなのか煽りなのか、無茶な運転をしていたとのことです。車種ははっきりしませんが、逃げているのが明るいグレーか白のワゴン車、追いかけているのがシルバーのSUVです。その二台は、苗穂・丘珠通りを中心部方向に向かっています」

車を停めてある中古車販売店の位置を伝え、自分たちは運転者の案内で、発砲のあった現場まで移動するとつけ加えた。

「応援をやる」と長正寺が言った。「その近所の暴力団事務所とか企業舎弟の情報をもらう」

「いま、抗争は？」

「平穏のはずだが、確認する」

通話を終えてから、津久井は捜査車両の助手席に乗った。

その発砲のあった現場までは、半ブロックだった。北二十七条通りと苗穂・丘珠通りとの交差点西側ということになるが、北二十七条通りは道幅も除雪の具合も中通り扱いの市道だ。交差点には、信号機は設置されていない。

現場で状況を訊いて、発砲のあった前後のことがわかった。

まず、数人の乗った白っぽいワゴン車は、積雪のために狭くなった市道を、苗穂・丘珠通りに向かって走ってきた。右折するつもりだった。つまり、札幌の中心部方向へ曲がるつもりだった。これをシルバーのSUVが追っていた。

ワゴン車は、市道から幹線道の苗穂・丘珠通りに出るとき、さすがに左右を確かめずに飛び出す真似はしなかった。出る直前にある程度減速していたのだ。だから須川も急制動をかけることができた。ワゴン車は、停止しようとする須川の車の鼻先をかすめて右折した。須川の車は、停まろうとしながら市道の出口をほとんどふさいだ。

このワゴン車を追っているSUVは、おそらく十メートルぐらいまで接近していたのではないか。SUVから見て前方、雪がたまって狭くなった市道の出口は、須川のライトバンが右から出てきたせいで、SUVの直進を防ぐ格好だった。ワゴン車は、市道の出口で向こう側の車線に右折しようとしている。

そこでSUVのおそらくは助手席に乗る男が、いや、乗っていたふたりというのが男だと仮定してだが、ウィンドウから手を出して二度発砲した。左手で撃った、ということになる。雪道で追走している状況だから、運転席に乗る男が右手で撃ったということは考えにくい。撃ったのは左利きの男か。利き腕ではないけれども、無理して撃ったのか。

その一発目は、もしかするとワゴン車のボディとかウィンドウとかに当たっていたかもしれない。

二発目を撃つとき、ワゴン車はすでに幹線道の向こう車線に回ろうとしていた。ワゴン車とSUVのあいだには、急制動をかけているライトバンの前部がある。拳銃を持つ男は、かまわずライトバンのボンネット越しにワゴン車に向けて撃った。しかし市道は積雪で、SUVは上下に激しく振動しながら走っていたはずだ。弾道は銃撃者の期待したものとはならなかった。銃弾は下を向き、須川のライトバンのボンネットを越えずに、そのヘッドランプのすぐ後ろに当たったのだ。

追走中のその無理な発砲の目的は何だったのかと、新しい疑問も湧《わ》いてくる。逃げている車に乗る誰かの殺害？　それともとにかくまず逃げている車を停めるためだったか？　殺害が目的ではなく、何かを奪おうとしていたということだろうか。

津久井は立ち上がって、周囲を見渡した。

いま、自分は暴力団の抗争、と考えたが、このあたりは一戸建ての住宅がほとんどという地域だ。幹線道路沿いには商店などがあるにせよ、商業地域ではない。飲み屋街からも遠い。暴力団がしのぎをできるエリアではない。こんなところで暴力団が抗争を起こすというのは不自然だ。暴力団員がもし住むだけだとしても、周囲は勤め人とか年金生活者ばかりのはず。あまり居心地はよくあるまい。つまり、抗争で一方が相手方の暴力団員の住居を襲ったという事態も、奇妙に思える。堅気を装った企業舎弟でもいたか？

いや、そもそもこの一年、札幌の暴力団のあいだで、拳銃を持ち出すほどの争いはあったろうか。個人的ないさかいぐらいはあったかもしれないが、この件、双方の車には複数の人間が乗っていたのだ。つまり組織同士の事件だと思えるが。

津久井は、その追走劇があった市道の奥に顔を向けた。いま雪のせいで、見通しはせいぜい三百メートル。いや、三百メートルぐらい先にある自動車のヘッドライトがわかるという程度の視界だ。ひとや停まっている自動車が確認できるかどうかで考えれば、二百メートルくらいかもしれなかった。雪の密度が濃くなっている。

このあたりの雪の下には、おそらく薬莢《やっきょう》が落ちているはずだが、雪がこれ以上積もると、見つけ出すのも容易ではなくなる。鑑識が早く到着してくれたらいいのだが。

津久井は、わかること、わかっていることを整理しようとした。この住宅地の、細い市道で二台の車がチェイス。追うほうの一台から発砲。追われていた車は、強引な右折で札幌の中心部方向へ逃げた。二台がその後どうなったかは、まだわからない。自分の車が撃たれたようだと須川から通報があったのは、およそ七、八分前。苗穂・丘珠通りで派手な追っかけが続いていれば、目撃者の通報があってもいいが、まだそれもないようだ。追われていた車は、追尾する車をまいて逃げおおせたのか。それとも捕捉《ほそく》されて、事件は別の事態に発展しているのか。

考え込んだ津久井に、須川が言った。

「あの、わたし、自分の車のところに戻っていてもかまいませんか。ほかの警察のひとも来るんですよね？」

鑑識も到着する。須川には、あの車のそばにいてもらったほうがいい。停まっていた場所まで、距離は五十メートルほどだ。送るまでもないだろう。

「かまいませんよ。駆けつけた警察官に訊かれたら、機動捜査隊の七号車はここにいると伝えてください」

須川が雪の中、ジャケットの襟を立てて歩いていってから、滝本が訊いてきた。

「暴力団員の自宅が襲われたってことでしょうかね。こんな住宅地だから、表に出ている組員じゃなく、裏盃《うらさかずき》の一見堅気ってやつが住んでいたのかなと思うんですけど」

そのように仮説を出されて気がつくこともある。津久井は言った。

「朝っぱらの発砲だ。何かもっと切羽詰まった事情があったんだ」

「タイムリミットが、ということですね」

「ああ。そして、襲われた側も、その場所からちょうど移動しようとしていた」

「どうしてです？」

「襲われた側は、すぐに車で発進して逃げることができた。暖機運転ずみだったってことだ。もしかしたら、当事者たちはすでに車に乗っていて、発進直前だった」

「きわどいタイミングで、襲った側もそこに着いた、ということですか」滝本は市道の奥に目を向けた。「それにしても、こんな狭い道でカーチェイスやるとはなあ」

「この近所でいきなり始まったんだろう。そう長い距離、チェイスがあったんじゃない」

「逃げた側は、危険を察知して、何か大事なブツを動かそうとしていたということでしょうか」

「まだなんとも言えないが」

そこに、市道の奥から徐行して乗用車がやってきた。捜査車両は道を完全にふさいでいるわけではないが、すんなりと脇を通過できるほどの余裕もない。津久井が歩道に上がってやり過ごそうとすると、乗用車は停まって、助手席側のウィンドウが下りた。

運転席から、身体を倒して中年の男が訊いてくる。

「何かあったんですか？」

捜査車両の回転灯はいま点灯していないが、これが警察車両であることはすぐにわかる。

津久井は身分証明書を見せ、車内を覗きながら答えた。

「煽り運転があったんです」

「こんな狭い道で？」

「そうなんですよ。近所で何か不審なことを見聞きしていませんか？」

「パンという音は、そうかな」

「いつごろです？」

「十分か、そのくらい前だ。ふたつ続いた」

「お宅はどちらです？」

「この後ろのほう。一丁先の角の近く。自分はうちの中にいたけど」

「追っかけっこしていた車なんて見ていません？」

「いいや」

滝本が横から訊いた。

「この近所に、トラブルの多い家なんてありますか？」

「たとえば？」

「騒音とか、ゴミ出しとか」

「あまり聞かないなあ」

「この通りは、住宅だけで、お店なんかはないんですね？」

「国道二七四号に面しては、いろいろ店とか事業所とかあるけどね。一本入ったここは、というか東西の道は、住宅だけ。マンションもない。あっても、テラスハウスみたいなところか」

「白っぽいワゴン車、ミニバンとか、そういう車を持っているご家庭、ご存じありません？」

「ワゴン車？　このあたり、子供のいるうちはそういうのに乗ってるところが多いよ」

滝本が津久井に目を向けた。あと何を訊いたらいいでしょうか、と問うているような目だった。

津久井は訊いた。

「よく宅配便のトラックが停まっているうちなんて、どこか思い当たります？」

「どこにだって来るだろう」

「特別多く感じるような家は？」

「さあな」

「ひとの出入りが目立って多いようなうちは？」

「表通りにならあるだろうけど」男は心配そうに訊いた。「長くなるかい？」

「もうひとつだけ。この近所で、地元のことに詳しい方って、どなたになります？」

「自分が町内会長だよ。もう三期目、七年だ。井上《いのうえ》」

津久井は井上に礼を言った。井上は車を発進させ、捜査車両の脇を抜けて苗穂・丘珠通りへと出ていった。苗穂・丘珠通りは通行量の多い道路だから、彼が右折していくまで少し時間が必要だった。

津久井は滝本に言った。

「この通りをひととおり見ていく。十分前の追っかけの痕跡が残っているかもしれない。お前は運転してついてきてくれ」

津久井は捜査車両の後部席から防寒ジャケットを取り出して袖《そで》を通し、雪道を通りの奥のほうへ、西に向かって歩き出した。

佐伯は大通署に戻ると、盗難車の件で新しい情報が入っていないか、何度も係の端末で一一〇番通報や通信指令室の指令の中身を確認した。とくに何もなかった。道に放置された自動車や、交通事故を起こした車のナンバー照会もない。タクシー会社からの通報もなかった。

札幌市内ではなく、郡部に持ち出された、という可能性も考えるべきか。薄野近くの市街地で、お調子者が少しのあいだ拝借したのではなく、切実に足を必要としている郡部の困窮者向けに、目立たぬ車を提供しているグループが出てきたのかもしれない。十五年くらい前であれば、ロシア向けに車両価格五万円以下のボロ車が集められていて、その業者に偽造書類つきで売っている窃盗グループもあったのだが。

ただ、この一年あまりの記録を見たが、札幌周辺ではそういう性格の自動車窃盗と見える事案は見当たらなかった。

元町のその住宅街の中の道路は、路面のアスファルトは露出していない。このところの雪が圧雪状態となっているのだ。

その上にいま、雪が降り積もり続けている。靴が把握できる降雪の量は、せいぜい三センチほどだった。早い時間の車のタイヤ跡なら埋もれてしまうが、十分ぐらい前の通行なら、かろうじてタイヤの踏み跡が残るのではないかという雪の量だった。いま、雪道に明瞭《めいりょう》についているのは、井上という町内会長の乗った車のタイヤ跡だ。

百メートルほど歩いて、道路の右手に井上の家を見つけた。三差路の角に建つ、無落雪屋根の一戸建て住宅。玄関脇にガレージがあって、そこからタイヤの跡が道に出ている。三差路の右手に、似たような造りの住宅の並ぶ細い通りがある。道路の性格と規模で言えば、区画街路というやつだ。タイヤ跡は、その通りにはついていない。

まだ先だ。

同じような三差路を二つ通過して、次の交差点は四差路だった。直角に交差している道路は、北でたぶん札樽自動車道下の国道二七四号にぶつかる。南へ行けば、北二十五条の通りのはずだ。発砲のあった現場からここまで、およそ二百メートルだろう。

交差点の中には、数台の車のタイヤ跡を見分けることができたが、そこから先は判別不能だった。

津久井は交差点の内側を丹念に見て歩き、北から交差点に入って東へ左折した可能性をひとつ、頭に入れた。

交差点の中を丹念に見てから、津久井は交差点を北に曲がって、もう一丁歩いた。道路はここで北東方向に曲がっている。その先は、国道二七四号だ。逆に言うなら、国道から直《じか》に入って来られる区画街路ということでもあった。

滝本が車を左手に寄せて運転席から下りてきた。

「このあたりですか?」

津久井はまわりを観察しながら言った。

「わからない。こんな閑静な住宅地の中で、煽りやら発砲があって、追われてるほうは、この住宅地の中のさして広くもない雪道を東に逃げ、苗穂・丘珠通りを右折だ。市内中心部方向に」

「おかしいのは、どの点です?」

「ワゴン車が最初から市街地中心部に出るつもりなら、二七四を西に向かえばいい。屯田《とんでん》通りでも、篠路《しのろ》通りでも、中心部に向かう広い道がある。あっちなら除雪は完璧《かんぺき》だし、こんな住宅街の中の道路を突っ走る必要はない」

滝本が南に顔を向けて言った。

「まっすぐ南に行けば、北二十六条通りがある。あれを左折してもいいですね。二百メートルで苗穂・丘珠通りに出る」

ちょうどその北二十六条通りから東二十丁目通りに、南からトラックが入ってきた。宅配便のものだろう。除雪が十分ではないその道路は、半分が完全にふさがれた。車がすれ違うことはもちろんできるだろうが、スピードを出して一気に横を走り抜けることは難しそうだった。

津久井は滝本に言った。

「ワゴン車は南に向かっていたとする。そのとき向こうからこうやってトラックが入ってきたとすると、そこの交差点を左折して、なんとかスピードを上げて振り切ろうとするのが自然だ」

「ここでもう、追っかけが始まっていたんでしょうか」

「二七四から左折してここに逃げ込んだのかもしれないか」そう考えてから津久井は首を振った。「いや、追っかけが二七四のもっと東から始まっていたなら、ワゴン車は苗穂・丘珠通りで左折したろうな。こんな中通りに無理して突っ込んでくる必要はない」

津久井はもう一度交差点の北方向に目を向けた。

「この交差点を中心に、半径百メートルかっていう範囲で、拳銃が持ち出されるようなトラブルのもとがあったんだ」

携帯電話に、長正寺からの着信があった。

耳に当てると、長正寺は言った。

「そのあたりは、暴対法のモデル地区みたいなところだぞ。主だった組幹部で、住んでる男はいない。少なくとも表向きは」

そうですか、と応《こた》えようとしたとき、長正寺の口調が変わった。

「ちょっと待て。隊内無線を聞け」

通話が切れた。

滝本が振り返って捜査車両の運転席に飛び込んだ。

津久井が車の前を回って助手席に乗ると、滝本が言った。

「苗穂・丘珠通りと環状通りとの交差点で、事故車が見つかったそうです。カーブを曲がり切れずにスリップして、雪の山に突っ込んでいたそうです。そっちへ行けと」

環状通りとの交差点？　ここからちょうど二キロくらい南になる。

津久井は訊いた。

「ここはどうなるんだ？　交通課でいいだろうに」

滝本は車を発進させながら答えた。

「盗難車でした」

「こっちと関係があるのか？」

「車は、スバルの」滝本は、四輪駆動車の名を出した。「色はシルバーです」

追っているほう、発砲者が乗っているほうの車ということだろうか。

津久井は腕時計を見た。自分たちが発砲の通報があったということで指示を聞いたのは、もう二十分くらい前のことになるが、その事故の通報は遅すぎないだろうか？

滝本は回転灯のスイッチを入れて続けた。

「ナンバープレートは、偽造だそうです」

ということは、ちょいと拝借された車ではないのだ。盗難は、経験のある者によって計画的に行われたのだ。車の窃盗団が関与しているのかもしれない。札幌の暴力団で、そういうしのぎをしている組となると、限られるのだが。あるいは半グレか。それとも本州の暴力団か。

いずれにせよ、と津久井は思った。組織的な事件だ。

津久井は、北二十六条通りに出るように滝本に指示した。事故の現場への急行が優先されるとなれば、除雪も完璧なそちらに道を取ったほうがいい。滝本は交差点で、捜査車両を左折させた。


佐伯がいったん端末から離れ、トイレに行ってデスクに戻ってくると、新宮が防寒ジャケットを手に取ったところだった。

佐伯が顔を向けると、新宮が言った。

「例の四駆、出ました。環状通りで、自損事故、放置されています」

佐伯も椅子の背中にひっかけたジャケットを手に取り上げて訊いた。

「環状通りのどこだって?」

「苗穂・丘珠通りとの交差点です」

「ドライバーは?」

「いません。すぐに車を離れたようです」

「交通課が見つけた?」

「目撃者からの通報で。偽造プレートだったそうです」

となると、お調子者がちょっと失敬した、という単純な事案ではない。

佐伯は伊藤を見た。その盗難車発見現場に行くと伝えるつもりだった。伊藤は電話中だ。電話が終わるのをデスクに寄って待っていると、伊藤は受話器を戻して言った。

「苗穂・丘珠通りで、発砲事件があった。同じ通りで、煽り運転があったという通報もある。機動捜査隊が出ている」

佐伯は言った。

「いま、盗難車発見の情報がありました。環状通りと、苗穂・丘珠通りとの交差点のようです」

伊藤は瞬《まばた》きしている。

「偶然じゃないな」

「発砲事件というのは?」

「詳しいことはわからん。気をつけて行け」

佐伯は新宮に目で合図して、フロアを出た。

佐伯と新宮がその交差点に着いて捜査車両を下りたのは、十一時四十分だった。

苗穂・丘珠通りと交差する環状通りは、東区のそのあたりでは道道八九号線でもある。

中央に分離帯のある、片側三車線の幹線道路だ。

その交差点では、東警察署の交通課の警察官が通行の規制に当たっていた。交通課と道警本部刑事課の鑑識係のそれぞれの鑑識作業を助けるためだ。放置されたSUVが盗難車とわかり、しかもナンバープレートが偽造されていた。そのうえ、この交差点からおよそ二キロメートル北、苗穂・丘珠通りと国道二七四号線との交差点近くで発砲事件が起こっているのだ。関連はまだはっきりしないが、苗穂・丘珠通りで、煽り運転があった、二台の自動車が荒っぽく連なって走っていたとの情報もある。市民がまだ巻き込まれる心配もある重大事件として、方面本部の警察官が動員されているのだった。

佐伯と新宮が捜査車両を下りたとき、鑑識課員たちがそのSUVから離れるところだった。

佐伯が名乗って、この車の盗難事案を担当していると告げ、何かあったかと女性の鑑識課員に訊《たず》ねた。

雪の中、防寒着も身につけていないその鑑識課員は答えた。

「直接盗犯を示すものは出ていません。ラボに運んで、徹底的にやれと指示が出たところです」

「偽造ナンバープレートだって?」

「ええ」その鑑識課員はSUVの後部に回ってしゃがんだ。「手書きで数字に手を入れたんじゃありません。樹脂板に、そっくりの書体の文字と数字を貼り付けているんです」

佐伯はいったんしゃがみこみ、近くで見てみた。上段の登録事務所と分類番号も、白いシートに印刷されている。東京の足立《あだち》ナンバーの自家用車に偽装されていた。下段は、自家用車を示す平仮名と、一連指定番号。

佐伯は立ってから言った。

「ちょっと見では、まるで違和感がないな。パトロール中の警官でも、気づくかどうか」

「わたしは初めて見ますが、こういう偽造プレート、心当たりありますか？」

この樹脂板を使うタイプの偽造ナンバープレートは、主に本州の地方都市のいわゆる半グレたちが使っていたものだ。窃盗のためではなく、単にスピード違反取締機を逃れたり交通事故で足がつかないようにするために装着するのだ。

ナンバーカバーがまだ規制対象ではなかったころは、あれを使っていた半グレたちも多かった。規制されてからは、ナンバーカバー装着車はむしろ交通検問や職務質問の積極的な対象になった。だから半グレたちは再びこの偽造プレートを使うようになったらしい。パソコンとそれなりのプリンターがあれば、制作にさほど手間や費用がかかるものではないはずだが、密売する闇《やみ》の業者もある。ということは、札幌でもネットで購入できるということだ。佐伯自身は、この樹脂板製の偽造ナンバープレートを使った盗難車に遭遇したことはなかった。

また、広域窃盗グループなどは、使う車には犯行直前に盗んだナンバープレートを切り張りして、新しいものを装着する。犯行が済めばそのナンバープレートはすぐ処分して、別の土地に移る。偽造ナンバープレートをつけっぱなしにしておくことはない。手の込んだものは使わないのがふつうだ。

つまり拳銃を持ち出すような窃盗犯のプロファイルを絞るとして、札幌の博徒《ばくと》系や的屋《てきや》系の暴力団は排除していいように思える。彼らは、そういう小細工には通じていまい。そもそも彼らは自分の乗るベンツにわざわざ、ヤクザとひと目でわかる数字のナンバープレートをつけるぐらいなのだから。だから同じ暴力団でも、半グレを取り込んでいるか、あるいは経済ヤクザ系の暴力団と見ていいのではないか。

ともあれ、と佐伯はその偽造ナンバーのほうの文字と数字を手帳に書き留めた。

事故車が放置されていると一一〇番通報してきたのは、交差点南西側角にあるガソリンスタンドのマネージャーだった。

佐伯と新宮は自分たちの車を苗穂・丘珠通りで発進させ、Uターンさせてそのガソリンスタンドの隅に入れた。

事務所の中で、マネージャーだという男がいくらか高揚した顔で言った。

「なにか大きな事件みたいですね。ただの自損事故かと思ってたら」

佐伯たちは、そのマネージャーから話を聞いた。彼を含め、スタンドの従業員は誰も、苗穂・丘珠通りの反対側でその車が歩道脇の雪の山に突っ込んだところは見ていなかった。気がついたら、明らかにハンドル操作を誤ったか雪にハンドルを取られたかしたSUVが、不自然な格好で停まっていたのだという。車から下りた人物の姿も目撃していなかった。

だからマネージャーは、ドライバーは車の中で警察に連絡するなり、ＪＡＦの到着を待つなりしているのだろうと思った。道路の向こう側の、除雪のためにできた雪山に突っ込んでいるのだから、必ずしも通行妨害にはなっていない。通る車は徐行して、少しだけ内側にはみ出るかたちでその車の脇を通っていくのだ。

でも、気づいてから十分ほど経《た》って、さすがに妙だと感じた。ＪＡＦのトラックも来ないし、車からひとが下りようともしていない。それで道路を渡って車を外から眺めてみると、左側のフェンダーが大きくへこんでいる。おそらくはタイヤが回転しないくらいのへこみようだった。車内を覗き込んだところ、中にはひとは乗っていなかった。これだけの事故を起こしていながら、ドライバーは車を放《ほ》ったらかしにして、どこかに消えてしまったのだ。

おかしい、とマネージャーは一一〇番通報した。三分後に東警察署の交通課の車が到着、ロックされていたドアを開けて、ダッシュボードの中の車検証を確認した。車検証に記されていた番号は、ナンバープレートのものとは違っていた。盗難車だとすぐに判明、次々に警察車両が駆けつけてきたという次第だった。

佐伯は確認した。

「走っている男とか、タクシーを捕まえようとしている人間とかも見ていません？」

「気がつかなかったなあ」

マネージャーは、ちょうどレジについていた若い従業員にも訊いた。

「あわてて遠くに行ってしまったような人間、見てるか？」

「いいえ」と従業員は答えた。

そこに、緊急車両のサイレンが聞こえてきた。それも二方向からだ。環状通りの西、つまり札幌中心部の方角からと、苗穂・丘珠通りの北の方からだ。

先に現場に到着したのは、北からやってきたほうの車両だった。機動捜査隊のセダンだ。セダンは事故車の前に停まり、ふたりの男が下りてきた。津久井と、その相棒の滝本だった。ガソリンスタンドの事務所で見ていると、津久井たちは交通課の警官から事情を聞き出した。交通課の警官は、やがてガソリンスタンドを指さした。津久井たちが、通行する車の合間を縫って、ガソリンスタンドに向かってきた。

津久井たちが事務所に入ってきて、佐伯は津久井に訊いた。

「発砲だって？」

同時に津久井も佐伯に訊いていた。

「盗難車ですって？」

佐伯は笑ってから答えた。

「朝、南六条通りで盗まれた車だ。ドライバーがエンジンをかけたままコンビニに入ったんだ」

「南六条の何丁目です？」

「西七」

「西七？」

薄野の歓楽街にも近い場所だ。薄野に近いということは、暴力団の事務所も周囲にあるし、住んでいる暴力団員も多いということだった。佐伯は、朝の時点では、盗まれた車がまったく転売の旨《うま》みもない低年式車なので暴力団がらみとは判断しなかったのだが、発砲事件にも関係しているとなると。

ナンバープレートが偽造されていたことを伝えてから、逆に佐伯が訊いた。

「発砲のほうは？」

「元町で、カーチェイスがあったんです。ワゴン車を、ＳＵＶが追っていた。たぶんあの事故車です。静かな住宅街を出るところで、二発撃っている」

「追われてたのは、何者だ？」

「まだわかっていません」

「車を盗んで、周到に襲ったということだろう？」

「状況証拠は、そうなりますね」

「その現場付近に、何かあるのか？」

「ざっと見た限りでは、とくに。まったくの堅気の住宅街なんです」

中心街のほうから接近してきた捜査車両は、ミニバンだった。ミニバンは津久井たちの捜査車両のさらに前に停まった。機動捜査隊の長正寺武史《たけし》班長が下りてきた。薄手の防寒ジャケット姿だ。彼も交通課の警察官と少し話すと、このガソリンスタンドに向かって道路を渡ってきた。

事務所に入ってくると、長正寺は頭の雪を手で払ってから言った。

「きょう、雪まつりがプレオープンだ」

彼の心配はわかった。いまは札幌が一年でいちばん賑《にぎ》わう時期だ。外国人観光客も多い。中国の春節の休みと重なっているから、すでにアジア諸国から、かなり多くの中国人、華僑《かきょう》系の観光客が札幌に滞在中だ。もちろんほかのアジア、とくに雪の降らない東南アジア諸国からの観光客も多かった。家族連れがほとんどだけれども、それでも薄野に繰り出す男性客も少なくない。歓楽街も稼ぎどきなのだ。ここで二次抗争などが起きたら、パニックが起きかねない。

津久井が訊いた。

「そもそもの抗争の気配は？」

「まったくないそうだ」と長正寺が、わけがわからないという顔で答えた。「マル暴も面食らってる。今夜は全員非常呼集だろう」

「元町あたりに、企業舎弟の誰かの事務所でもあるとか？」

「近いところでも、丘珠の故買屋ぐらいしか心当たりはないそうだ」

「春節ですので、中国人観光客が目に見えて増えています。やばいブツが運び込まれたということはないでしょうか。それを横取りしようという馬鹿が出てきたとか」

「その線は当然、関係の部署も考えているさ。うちはとにかく、その逃げたドライバーたちを追う。車を強奪という線もあるが、何食わぬ顔でタクシーに乗ったのかもしれない」

佐伯が口をはさんだ。

「あのSUVは、苗穂・丘珠通りから環状通りを左折しようとしてスピンした。追っていたワゴン車が左折したからでしょう」

環状通りはその先で豊平川《とよひら》を渡り、札幌の東側の住宅地域に入る。その住宅地域を抜けた先では、旭川《あさひかわ》方面とか千歳《ちとせ》方面に向かう道路に合流できるが。

長正寺は、振り返って交差点に目をやった。

「ほかの車とぶつからなかったんだから、強運だな」

「そいつらは、しかたなくここで追跡を諦めたはず。逃げたワゴン車のほうを特定できれば、追ったほうにも迫れます」

「この雪だ。Nシステムも撮れているかどうか。佐伯たちは、この盗難車から手がかりを見つけられないか？」

「偽造ナンバープレートが特殊です。これからたどれるかもしれません」

「まつりの前夜なんだ。大通り公園はもうすごい人出だ」

「暴力団にとっても、稼ぎどきです。薄野が厳戒となってはたいへんな損害だ。二次抗争はないでしょう」

「片っ端からガサを入れる前に、差し出してくれるといいんだが」

長正寺が津久井に言った。

「お前は、発砲現場に戻れ。へたをしたら、その近所で死体が出てるかもしれない」

「はい」

津久井たちはそのガソリンスタンドを出て、自分たちの捜査車両に戻っていった。

佐伯が盗難車のほうに目をやると、本部のトラックが到着したところだった。盗難車をトラックに載せて、ラボに運ぶようだ。機動捜査隊の車両が邪魔になっている。長正寺もガソリンスタンドの事務所を出ていった。

佐伯は新宮に言った。

「行くぞ」

「はい」と新宮は、佐伯の先に立って事務所を出ていった。

佐伯が事務所の外に出たとき、佐伯の携帯電話が鳴った。妹からだった。

携帯電話を耳に当てると、妹が言った。

「兄さん、明日、うちに来れる?」

「うちって?」

「実家。父さんのいるうち」

佐伯は新宮をちらりと見てから言った。

「あとで電話する。それでいいかな」

「三十分以内にして」

「わかった」

通話を切ったところで、新宮が訊いた。

「もう一度、盗難現場ですか？」

「いや、あの大滝という男に、写真を見てもらおう。その準備をする」

ガソリンスタンドから捜査車両を出した。大通署に戻るのだ。

新宮が、車を運転しながら言った。

「発砲事件に発展したとは、意外でしたね」

佐伯は、雪の道路の前方に目を向けたまま言った。

「犯罪に使うために、足のつかない車を狙ったんだ。偽造ナンバープレートまで用意していた。計画的だ。撃たれたほうの身元がわかれば、盗んだほうも撃ったほうも見当がついてくるんだが」

「換金目的じゃないなら、そういう車を盗むとき、ふつうはスーパーとかコンビニの駐車場を狙いますよね。自動車用品店なんかで整備を依頼して店に入ってしまうときも、ロックしない。ガソリンスタンドと違って駐車場は広いし、ひょいと乗ってしまえば盗めます。だけどあの現場、狙って待機できるようなところじゃありませんでしたね」

「盗むのに手頃な場所に向かおうとしたら、たまたま目の前で車を離れていた男がいたのかな。盗犯はすでに盗む気満々だったから、即座にあのＳＵＶに乗り込んだ」

「盗犯は最低ふたり。助手席にいたほうが運転した」

札幌市中心部は、雪まつりのための交通規制で、渋滞気味だった。メイン会場である大通り公園を迂回《うかい》する車が、別の幹線道に集中しているせいだ。

車だけではなく、観光客も中心部の歩道を埋めるほどに歩いている。冬靴を履いていない通行人たちは、交差点を時間内に渡りきることができず、かといって速足にもなれずに、取り残される。無理して速足になろうとした観光客は、圧雪の路面で滑って転んでいる。転んだ通行人が立ち直り、歩道にたどりつくまで、車も停まっているしかない。だから、佐伯たちの乗る捜査車両は、北一条西五丁目の大通署まで四キロ少々を移動するのに、十六分もかかってしまったのだった。


高架の自動車専用道、札樽自動車道が頭上にある。

下を東西に走るのは、国道二七四号だ。交通量は多い。当然、自動車のエンジン音、走行音が途切れることはない。

この地区は一戸建て住宅の多い純然たる住宅地ではあるが、この通り沿いだけは商業地域、軽工業地域に分類されるだろう。多少騒音があっても、幹線道に直接出入りできる便利さは事業所向けと言える。

津久井と滝本の乗る捜査車両は、回転灯を出さずに二七四号から南に折れて東二十丁目の通りに入った。あの二台の車のチェイスは、このあたりから始まったのではないかと思えるからだ。発砲されたワゴン車のほうは、中心部に向かうのに一見不自然なルートを取っているが、このあたりでまずワゴン車が南へ向かい、これをすぐ後からSUVが追ったのならば、あの苗穂・丘珠通りを出るところでの右折と発砲は合理的に解釈できる。

雪がまだ降りしきる中、津久井は助手席から、通りの両側に目を向けた。二七四号との角は、リサイクル・ショップ事務所と倉庫のようだ。その向かい側は、運輸会社。

津久井は、リサイクル・ショップの駐車場の前で車を停めるよう滝本に指示した。

「降りますか？」と滝本。

「一応調べてもらってからだ」

津久井は隊内無線に手を伸ばし、機動捜査隊本部に車両番号を伝えてから頼んだ。

「元町、二七四号沿いの恵比寿屋《えびすや》リサイクルというリサイクル・ショップ、調べてもらえませんか。故買で摘発されたことはあるか、あるとしたら登録している経営者の名前、関連する情報など」

このあたりには企業舎弟などないと、さっき調べてもらってはいたが、念のためだ。

回答まで、一分もかからなかった。女性の声が無線機に入ってきた。

「恵比寿屋リサイクル、サカイヤヨシオという男が古物商として平成二年登録、恵比寿屋では、リサイクルは商号です。逮捕歴、店の摘発歴は記録には見当たりません」

故買屋ではないと見ていいのだろう。ということは、窃盗グループなどの犯罪組織とも無縁だと想像できる。盗品が持ち込まれることがあったとしてもだ。どこかの暴力団に発砲されるようなトラブルには巻き込まれまい。

それでも、津久井は滝本と一緒に車を降りて事務所に入った。

「発砲？」と、中年の経営者は目を丸くした。「いいや、そんな音は聞かなかったな」

「何か大声を聞いたとか、車同士のトラブルなんてどうです？」

「何も見ていないよ」

経営者の受け答えにも、店内を埋める商品の山にも、犯罪や違法行為に手を染めている印象はなかった。

津久井は聞き込み用の名刺を経営者に渡して、何か思い出したら連絡をと伝えた。

事務所を出ようとしたとき、経営者が後ろから訊いてきた。

「その警察の車なんて、最後は廃車にしちゃうのかい？」

津久井たちが振り返ると、経営者は言った。

「いや、警察マニアなんかに、ペイントもそのままの車なんて売れそうに思うんだよな。中古車の市場になんか出るんだろうか？」

よくは知らないと答えて、津久井たちは事務所を出た。

その向かい側にある運輸会社でも、とくに何も思い当たるようなことはないとのことだった。

その営業所の所長だという初老の男が、津久井の言葉が信じられないというように言った。

「ほんとに、ほんとにピストルなんて出てきたの？」

「そうなんです」

「持っていたってだけじゃなく？」

「発砲があったんです」

「なんか福岡の手榴弾《しゅりゅうだん》が使われたニュースなんて聞くと、ああいう土地もあるのかと、変なふうに感心していたんだけど、札幌もそうなっちゃったのかい」

たしかに。機動捜査隊の中で、警察庁幹部が言ったこととして、冗談で言われていることがある。福岡の暴力団の取締りにはもう暴対法じゃだめだ。一般市民まで標的にしているし、銃器ばかりか爆弾まで使用する。破壊活動防止法を使わなければと。じっさい福岡県警には、手榴弾を見た場合の専用の相談窓口さえあるのだ。

いや、と津久井は思い出し笑いをした。道警管内でも、ロシアン・マフィアのからんだ抗争では、短機関銃というか突撃銃が使われたのだった。稚内《わっかない》市でのことだが。あの件も、よその県警には「いくら道警管内でもそれはないだろう」と笑われたのだとか。

津久井はここでも名刺を渡してから事務所を出た。

車をまた東二十丁目に出して進めた。

道路はすぐ先で左方向に曲がっている。このあたり、国道二七四号に合わせたのか、区画の軸が三十度ばかりずれていた。

変形の四差路を越えると、住宅街である。ただ、道路の西側には、戸建ての住宅のあいだに、事業所ふうというか、事務所らしき陸屋根の建物もひとつふたつ見えた。

西側に、訪問介護ステーションと看板の出た建物がまずひとつ。その斜め向かいの民家ふうの建物には、整骨院の看板が出ていた。

その整骨院の隣りは、二階建ての住宅だ。庭先、道路に面してスチール製のガレージがある。シャッターは下りているが、その前の歩道は排雪してあった。少なくとも朝からずっと、除雪車が歩道に盛り上げていった雪を除《の》けていない、という状態ではない。ここ一時間ぐらいのあいだに、車の出し入れがあったのではないかと想像できた。

津久井は滝本に、車を最徐行してくれと指示した。

玄関の脇の壁に、日本語と英文の表示のあるプレートがかかっている。

「オリーブ交流ハウス札幌」

個人住宅ではないのだろうか？　シェアハウスなのか、それとも民泊専用の建物なのか。

わからないまままた車を進めると、さっきタイヤ跡を調べた交差点に出た。ここを左折すると、あの発砲現場なのだ。

津久井は滝本に、左折したところで停車するように指示した。

「降ります？」と滝本。

「いや、本部に調べてもらうことがある」津久井はまた隊内無線のマイクを取り上げた。

「また頼みます。同じ元町、東二十一丁目。オリーブ交流ハウス札幌。どういうところか、わかる範囲で」

こんどの回答には二分ほどかかった。

「オリーブハウスという名前の喫茶店が市内白石《しろいし》にあるんですが、オリーブ交流ハウス札幌では見つかりません」

「ウェブ全体では？」

十秒ほどの間があった。

「この元町のオリーブ交流ハウス札幌に泊まった客の感想が上がっています。二年前ですが」

「中身は？」

「アジアからのお客が多いところだ、というコメントです」

「民泊？」

「ええと、これは民泊利用客のコメントというよりは、札幌へ旅行したときの宿舎はここだった、というだけのことですね。民泊という言葉は使われていません」

「オリーブ交流ハウス札幌も、商売として発信してはいない？」

「見つからないですね」

そうなると、住人について情報を知りたくなった。交番が巡回カードを作成している可能性がないではないが、札幌の場合はたぶん、薄野周辺ぐらいしか取りまとめられてはいない。

「降りてみよう」

津久井と滝本は、そのオリーブ交流ハウス札幌の玄関口まで進んでみた。住宅ふうの建物だけれども、表札は出ていない。

呼び鈴を押してみた。中でチャイムの鳴った音がした。数秒待ったが、何も反応はない。

津久井はドアノブに手をかけて回してみた。ロックされている。

津久井は横にいる滝本に言った。

「さっきの町内会長のうちまで。戻っているといいんだけどな」

車に戻り、五十メートルほど徐行で進んで、さっき見当をつけた井上という町内会長の家の前についた。インターフォンのボタンを押したけれども、誰も出なかった。

もっとも情報を持っていそうな人物が不在となれば、隣家から聞いてみるしかない。

車を戻し、整骨院の看板のかかった家のインターフォンのボタンを押した。

玄関というか、エントランスに姿を見せたのは、五十代のメガネをかけた男性だった。整骨師の市川だという。津久井は警察手帳を見せ、リサイクル・ショップや運輸会社での手順を繰り返した。

「いや、不審なことって、とくに何も」と、市川は答えた。

「こちらのお隣り、どういうところなんでしょう。同じように何か不審なことがなかったか訊こうと訪ねたんですが、誰もいらっしゃらなくて」

「ああ、オリーブ交流ハウスね。外国の学生さんとかがよく来ているようだよ」

「民宿でしょうか？　民泊？」

「いや、そういうのではないようだな。泊まっていくひとはいるみたいだけど。ほら、北大の留学生とか、そういうひとたちのクラブハウスみたいなものじゃないのかな。留学生を頼って日本旅行しているひととかも来るようだ」

「利用している外国のひとたちは、何か地元でトラブルなど起こしたりしていません？」

「いいや。若いひとたちが多いから、数人ずつ集まって楽しそうにやっていることは多いけど、トラブルってほどでもないな」

「常駐の管理人さんとか、責任者さんもいるんでしょうね」

「決まったひとが住んでるようじゃないな。交代で来ているのかな。とくにそういうひとたちとあいさつしてるわけじゃないんで、よくわからない」

「家の持ち主は、どなたなんでしょう？」

「杉田《すぎた》さんってひとだ。ご両親があそこに住んでいた。おふたりとも亡くなって、いまは名義上は息子さんになっているはずだよ。杉田さんが、外国のひとに貸しているんじゃないのかな」

　息子は、杉田光也《みつや》という名だという。

「その息子さんの杉田さん自身は、どういうお仕事なんです？」

「何かの団体職員だと聞いたことがある」

「何か？」

「ほら、アフガニスタンで井戸を掘ってるひとの団体みたいなのとか」

「ボランティア団体？」

「NGOとかって言うんじゃないのかい」

「電話番号はわかりますか？」

「あそこが何か不審なのかい？」

「いえ、全然」

「杉田さんとは、数年に一回ぐらいしか会わないから、電話番号も知らないなあ」

津久井は市川に礼を言って、車に戻った。

運転席でシートベルトをつけてから、滝本が訊いた。

「次は？」

「発砲のあった出口まで行ってみよう。まだ全然地取りしていない」

「オリーブ交流ハウス、匂《にお》いますか？」

津久井は、記憶を思い起こして言った。自分が大通署の刑事課を離れて、警察学校の雑用係を命じられていた時期のこと。

「以前、タイの女性を暴力団から保護して、暴力団とトラブルになったボランティア団体のことを、ちょっと思い出した」

津久井が機動捜査隊に移る前のことだ。

金曜日　正午

陸運局勤めだったという大滝康夫は、申し訳なさそうな顔で立ち上がった。

「お役に立てなくて、すまなかったね」

大通署の刑事課のフロア、会議室のひとつだ。いま佐伯たちは、盗難現場脇の喫茶店にいた元陸運局勤務という男に、札幌の準暴力団に分類されている構成員たち、つまりいわゆる半グレたちの写真を見てもらっていたのだった。盗犯が乗っていたのが高級ミニバンということから、盗犯は半グレだろうと見当をつけたのだ。道警が把握している限り、札幌の半グレはどこも暴力団の下部組織のようなものだが、それでも関係が薄いグループがないわけではない。任侠《にんきょう》系や的屋系の暴力団のどこともトラブルを起こすことなく、彼らが苦手なしのぎをする集団もあることはあるのだ。

その半グレたちが手がけているのは、だいたい脱法ドラッグや違法ダウンロード・アプリの販売、非合法AVの制作などだ。佐伯はその構成グループの逮捕時の写真のファイルを見てもらったのだが、大滝は似た男の写真も示すことはできなかった。写真の中には、これだと思える男はいなかったのだ。もっとも、大滝は二階の喫茶店の窓から自動車窃盗の一部始終を見ていたのだ。正面の顔を覚えていなくても、しかたがない。見落とした可能性はある。見てもらった写真の中に、百パーセント確実に盗犯がいなかったと判断できるわけでもない。

佐伯は大滝に訊いた。

「お送りしましょうか?」

「いや」と大滝は手を振った。「せっかくここまで来たんだ。雪まつりを観《み》ていくよ」

大滝は会議室を出ると、ニットの帽子をかぶり防寒ジャケットの袖に腕を通して、刑事課のフロアを出ていった。


携帯電話が震えた。長正寺からだった。

「発砲現場付近、どうだ?」

津久井は答えた。

「とくに不審なことなど、目撃情報は出てきていません。問題の発砲音を聞いた住人はいますが」

「そのあたり、まったくきれいなものなのか?」

「ひとつだけ、オリーブ交流ハウス札幌という施設が現場近くにあるんですが、住人も責任者もいなくて、なんとなく気になります」

「調べる」長正寺は口調を変えた。「追いかけられていたワゴン車の件だ。それらしいワゴン車は何台か一条大橋を渡っているんだが、この吹雪で、ナンバープレートが読み取れていない。手配できてない」

まだ何か続きそうな調子だった。津久井が黙ったままでいると、長正寺が言った。

「佐伯たちが扱った例の四駆の盗難。佐伯は、共犯が乗っていた車を特定した。目撃者が出た。現場近くのスーパーの監視カメラにも映っていた」

長正寺が、ミニバンの名前を出した。津久井は、同じことを、確認のため、そして滝本にも聞かせるために繰り返した。

長正寺が言った車種は、七人乗りが標準であったろうか。四輪駆動のハイブリッド車だと、たしか価格は八百万円近いはず。家族が多いからといって、サラリーマンがおいそれと買える車ではなかったはずだ。フロントのデザインも、ファミリー向けというよりは、走り屋向けの獰猛《どうもう》そうなものだ。

「ナンバーは？」と津久井は確かめた。

「確認できていない。だけど、白のその車種、札幌市内では五十台も登録されていない。いま、運輸局にリストを出してくれと要請した」

長正寺がつけ加えた。

「佐伯と少し話した。盗難の現場からして、西七丁目と南六条のあたりからさほど遠くないところに、そのミニバンの所有者の自宅か事務所がある可能性が大だ」

「彼らは大急ぎで盗んだ。じっくり適当な車を物色している余裕はなかっただろうという。

ミニバンを走らせて、すぐ目に入った車をいただいたんだ」

「偽造プレートでしたが、計画的なものではない？」

「あのＳＵＶが目の前に出てきたのは偶然だ。それと」長正寺は続けた。「お前たちは、いまから言う範囲を回れ。南四と南九のあいだ。西六から西十一のあいだ」

それは薄野の歓楽街の西側一帯ということになる。半分商業エリアだが、集合住宅も多い。東寄りには、暴力団事務所などがいくつかある。薄野で働くホステスや飲食店従業員も多く住む。薄野という歓楽街を支えるための商売も集積している地区である。

また、雪まつりで、市の中心部は一般車と除雪車が混じって渋滞している。犯罪者にとっても、いま長正寺が言った道路が、心理的にもエッジになることだろう。とにかく急いで車を調達しなければならない犯罪者にとっては、渋滞の道路を横切ったり走ったりして、品を物色するのは避けたいところのはずだ。

長正寺が指示を締めた。

「その範囲でミニバンを捜索、同時に二次抗争を牽制《けんせい》しろ」

了解です、と答えて、滝本に言った。

「中心部に戻ってくれ」

滝本が車を発進させたところで、津久井はいま長正寺から受けた連絡の中身を伝えた。

滝本が言った。

「絞られてきましたね」

「拳銃が持ち出されてるんだ。暴力団がらみであることは確実だ。事案の性質は皆目わからないが」

滝本が、ナビゲーターに目を向けて言った。

「北二十六条に出て左折、苗穂・丘珠通りから環状通りでいいですか？」

さほどルートに選択肢はない。それにこの雪であれば、どれを採ってもかかる時間は似たようなものだ。

ああ、と短く津久井は答えた。

気になる言葉が、頭の中でまた反響した。

福岡で起こったような事件……。

あれは素人の感想に過ぎない。まともに取り上げることもない印象だ。しかし、引っかかるのはなぜだろう。発砲の状況があまりにも荒っぽく感じられるせいだろうか。それともこの雪まつり期間中、地元の暴力団は絶対に抗争を起こさないだろうと予測できるからか。年にいちばんの稼ぎどきに、彼らは抗争をやっている余裕はない。たとえ前日に幹部を殺されたところで、雪まつりのあいだじゅうは休戦とするほうが利口だ。

地元暴力団同士の抗争ではないのだろうか。道警本部の組織犯罪対策局が、いま総力を上げて情報収集にかかっているところだろうが。

　佐伯がトイレからデスクに戻ると、新宮がメモ用紙を手にしている。何か情報をつかんだという顔だった。

　新宮が言った。

「ミニバンです。あんなに目立つ車ですから、登録を探すよりも、ディーラーに問い合わせたほうが早いかと思って」

　新宮は、薄野に近いディーラーと、北一条の大型ディーラーと二カ所にかけたのだと言う。

「石山通りのディーラーが、南十一条の法務事務所に納めたのがぴったり合うんです」

「ホウム事務所？」

　小柴《こしば》法務事務所札幌支所、と新宮はメモを見せてくれた。

「弁護士もいないのにいかがわしい法律相談などやる会社は、法律事務所とは名乗れないので、法務事務所と名乗りますよね」

　その事業所名からなんとなく想像できるのは、経済ヤクザのような業態だ。

「去年六月に会社名義で購入。このとき、福岡ナンバーのミニバンを下取りしているそうです」

「札幌の事務所が、福岡ナンバーの車を持っていたのか」

「キーワードがひとつ、一致しましたね。事務所に行きますか？」

「早まるな」

大通署の組織犯罪対策課か、知能犯罪を扱う刑事二課に、その小柴法務事務所について教えを請わねばならない。自分はもう長いこと、盗犯課の遊軍だし、ほかの刑事課が扱っている大きな事案とか、暴力団関連の情報からは遠ざかっている。かつて自分の協力者だった面々とも、すっかり疎遠になっていた。いま現在の北海道の、というか札幌の暴力団情報にはうとい。その法務事務所なるものの進出も、まったく知らなかった。

ただ、組織犯罪対策課の面々と、強行犯担当の刑事一課の面々は、いま会議室に緊急招集されている。出ていた面々も戻ってきて、発砲事件をめぐって情報を報告しているところのはずだ。捜査本部を設置するかどうかは、きょうには決まらないだろう。まだとりあえず発砲があったというだけであって、被害者は出ていない。半グレの動向についても、彼らの持っている情報がもっとも新しいだろうが、いま会議室に出向いていって、協力してほしいと言い出せるタイミングではない。

つまりこの件に詳しく、かつ佐伯に教えてくれそうな同僚は、いまこの時刻、フロアには見当たらなかった。佐伯は携帯電話を取り出した。

「はい」と、声があった。「どうした？」

もう用件に気づいたようだ。

「お久しぶりです。いまどちらです」

「どこからかけてる?」

「署の刑事課からです」

「おれは食堂だ。遅い昼飯なんだ」

遅いといっても、まだ午後一時四十分だ。食堂は空《す》いてきた時間であるが。

「ちょっと教えていただきたいことがありまして」

相手は、警察学校の一期先輩の山際誠二《やまぎわせいじ》という巡査部長だ。知能犯、経済犯を担当する刑事二課の捜査員だった。

「ここに来てくれ」山際が言った。

立ち上がると、伊藤が佐伯に顔を向けてきた。どうした? という表情だ。

佐伯は伊藤に言った。

「じつは、盗難車の一件、現場で目撃されていたミニバンの所有者がわかったようなんです」

「ようなんです?」

「盗難の場面の目撃者が出たんですが、関係している車なのかどうかは、まだ裏が取れていません」

新宮に目をやると、彼はメモ用紙に目を落としながら伊藤に報告した。ミニバンの車種、ナンバー、所有者の小柴法務事務所の名、その事務所の所在地。

伊藤は新宮に顔を向けて言った。

「そのメモ、コピーしておれのデスクに置いておけ」

「はい」と新宮。


津久井は、南六条の通りから西十一丁目、通称石山通りに出た。

この石山通りは国道二三〇号線でもあって、札幌市と長万部を結んでいる。途中、倶知安やニセコといったリゾート地を通る道路だった。雪まつりの大雪像築造のための、汚れのないきれいな雪は、この道路を使って中山《なかやま》峠方面から運ばれる。つい先日までは、その雪を運ぶトラックのために、けっこう渋滞していたのだった。いったん大通り公園の主会場に雪を運びこんでしまったいまは、もう雪の運搬車の通行はない。ニセコ方面への大幹線道路でもあるから、この国道の除雪は市内でもトップクラスの行き届きぶりだ。

津久井たちは、このあと南九条の通りまで南下してから、再び薄野方面に入るつもりだった。さっき長正寺の指示を受けたあと、もう一時間以上もこの範囲内を流している。やはり雪まつり前日なので、薄野の少しはずれでも観光客の姿は多く、しかも雪道の歩行に慣れていない南国の観光客が多いのか、横断歩道で滑って転んでいるひとの姿が多かった。

捜査車両を走らせていても、ひやりとすることがしばしばだった。

石山通りを南下し始めたところで、津久井の携帯電話に長正寺から着信があった。

「盗まれた四駆から指紋が出た」と、長正寺が言った。「福岡の暴力団員だ」

「福岡の？」

思わず訊き返した。あの運輸会社の営業所長の印象は、ずばりいいところを突いていたことになるが。

「そうだ。どうかしたか？」

「いえ、荒っぽい発砲から、なんとなく福岡の抗争も連想したものですから」

「さすがにロケットランチャーは出ていないがな」長正寺は真面目な声のままだ。「その心配も出てきたかな」

「どういう男なんです？」

「名前は、石塚南海男。武部《たけべ》会傘下の、新堀《にいぼり》組の幹部だ」

武部会となれば、九州の暴力団の中でも随一の勢力を誇る組織だ。福岡ではいっとき中国人経営の飲食店やマッサージ店を執拗《しつよう》に攻撃、中華人民共和国の総領事館に実弾を撃ち込むなどして、歓楽街の中洲《なかす》から中国人を追い出したきわめて好戦的な暴力団だった。一般市民相手にも、相手が暴力団の場合と同様の脅迫や暴力行為を繰り返している。暴力団の中ではもっとも重武装をしている組織のひとつだと言われている。これまでの家宅捜索では、拳銃のほかに、イスラエル製の短機関銃から、紛争地流れの手榴弾やロシア製ロケットランチャー、爆弾まで押収されているし、じっさいに使用している。

その傘下の組となれば、やはりかなり武闘派の暴力団なのだろう。

長正寺が続けた。

「傷害で服役していたが六年前に出てきた」

「札幌で、その新堀組が何かの報復を始めたとかでしょうか？」

「組織犯罪対策局も、面食らってる。何の情報も入っていないんだ。ただ、武部会は、長いこと福岡と北九州市だけでしのぎをやっていると思われていたけど、東京と大阪にも事務所があったことが最近発覚した。経済ヤクザの性格もあるらしい」

「それ、警視庁の組対もつかんでいなかったっていうことですか？」

「そうらしい。昔ながらのヤクザなら、その外見から判断もつくし、監視もできる。だけど、半グレから企業舎弟を作るような連中だと、何かの刑事事件にでもからんでこないと、関係はわからないんだろう」

「つまり、武部会はもう北海道に進出しているという可能性があるわけですね」

「進出してはいないが、兄弟組織はある」長正寺が口調を変えた。「とにかく、あの発砲だけですまなくなる心配が出てきている。気をつけていけ」

「了解です」

携帯電話をポケットに戻すと、滝本が横目で見て訊いてきた。

「福岡の武部会と言っていました？」

「ああ。武部会新堀組。あの盗難車から指紋が出たんだ。福岡の新堀組の石塚南海男。武闘派で、傷害の前科がある」

「指紋を残すなんて、素人みたいなへまをしましたね」

「拳銃を扱うんで、手袋が面倒だったんだろう。拭《ふ》き残しがあったか」

「そうか。全然手袋をしないのなら、逆に指紋のことは気になったでしょうしね」

「とにかく福岡の武部会が相手だとわかった。このあとは、会う相手、行くところ、全部発砲を前提にするぞ」

滝本が、少し硬い声で言った。

「はい」


小島百合は、大通警察署の軽の捜査車両をその建物の前に停めた。

ＪＲ函館本線の高架の線路と北海道大学の敷地とのあいだにあるエリアだ。札幌駅に近いので性格は商業地域だが、北海道大学の構内を公園代わりに使えるので住宅地としても人気があり、集合住宅も混在する。

そこは四階建ての、間口の狭いビルで、一階はスープカレーの店だ。二階の窓ガラスに、その喫茶店の名前が、紙で作った文字で表示されている。

「キズナ・カフェ」

スープカレーの店の入り口脇のドアの前には、自立式の看板があった。

「キズナ・カフェ
ドリンク・フード　十代無料　ＦＲＥＥ！

充電できます」

最近首都圏にもできてきた、行き場のない若い女性のための支援施設だ。喫茶店ふうの名前があるし、じっさい喫茶店として使っている女性客もいるが、実質は緊急避難所であり、相談所だ。女性のボランティアたちが拠点としている。札幌では、こうした施設としては生活安全課の女性警察官はまずここを思い浮かべる。大通警察署の管轄範囲ではないが、行き来がないではない。小島百合も、ここのボランティアの何人かとは面識がある。

助手席で、男性同僚の吉村正樹《まさき》巡査部長が言った。

「ぼくは、ここで待機したほうがいいんでしょうね」

「そうしてくれる？」と百合は答えた。

ここには男性から虐待を受けてきた女性も少なくない。男性が入っていくだけで、彼女たちを緊張させる。ましてや警察官ともなれば。それに数年前、こうした団体が夫から匿《かくま》っていた女性の居場所を警察が漏らした事件もあって、大通署の生活安全課はけっして味方とは思われていないのだ。自分ひとりで、中のボランティアと会うのがいい。

入り口のドアを開けて、中に入った。廊下が奥に延びていて、左側に階段がある。四階建てだから、この規模のビルではエレベーターはないだろう。

階段の下に、貼り紙があった。

「キズナ・カフェ」

そして二階を示す矢印。

セールスお断り、とも書かれている。

百合は防寒ジャケットのファスナーを少しだけ下ろして、二階へと上った。ここにも廊下。上がり切ってすぐ右にスチールのドア。店の名の記された木のプレートが下がっている。

カフェの表示を出している以上、ノックは必要ないだろう。

制帽を取ってからノブを押して、中に入った。白とピンクの明るい室内だった。左右に細長い空間で、テーブルが四つ五つある。不揃《ふぞろ》いだ。五、六人の若い女の子がいる。ひとりは女子高の制服だった。高校は休みなのか、不登校なのか。でもいまは、そのことは自分の主題ではない。関わらない。

店にいる何人かが百合に目を向けてきた。ひとり、百合の制服姿を見てすっと顔をそむけた子もいた。

左手の奥にカウンターがある。その手前のテーブルにはパソコンや書類が置かれていた。パソコンに向かっていた女性が百合に目を向けて、怪訝そうな表情となった。

何度か話したことのある女性だ。ここを運営しているボランティア団体の、中心メンバーのひとりだ。小樽の出身で、青年海外協力隊の経験があるという女性だった。ケニアで、警察に補導されたり保護されたりした青少年の社会復帰を支援していたという。山崎美知《やまざきみち》という名だ。歳《とし》は百合よりも二、三歳若いだろうか。

百合はそのテーブルに歩いて、客たちを警戒させぬ声音であいさつした。

「こんにちは、山崎さん。大通署の小島です。しばらくです」

美知は店内の客たちを素早く一瞥《いちべつ》してから、隣の椅子を示した。

「ありがとう」と百合は言って、腰を下ろした。

美知が、少し皮肉に言った。

「何かお飲みになりますか？」

「ううん。すぐ帰る。じつは協力をお願いしたくって」

「ひと探し？」

「そうなの」察しが早い。「釧路の高校二年生が、家を出て今朝札幌に着いたはずなの」

視界の隅で、制服姿の女子高生が顔を百合たちに向けたのがわかった。ほかの客たちも、すっと聞き耳を立てた気配だ。

「母親と話をしたんだけど、あまりおカネも持っていない。札幌には行く当てもないようなの」

「家出の理由を訊いていいですか？」

「はっきりとはわからない」

百合は美知の目を見ながら、テーブルの上に右手で×の字を書いた。とてもまずい事情がある、と示したつもりだ。美知なら、これも察してくれるだろう。

美知は一瞬戸惑いを見せてから訊いた。

「どうしてここに来たんです？」

「行く当てのない高校生は、ネットで調べてここのサイトを読む可能性が高いから」

じっさいこのカフェができて、サイトで支援事業のことを告知するようになってから、家出した少女たちはここに連絡することが多くなってきた。団体が警察による保護も必要と判断すれば、連絡をくれる。もちろん警察が出る以前に、団体のほうで少女たちに必要な支援をして、少女たちを守った例のほうが何倍も多いだろうが。

この団体は、ここに事務所と駆け込み寺としてのカフェを持っているだけではなく、ミニバンをいわば移動カフェとして、週末の薄野とか、大きなイベント会場などに差し向けている。女性たちの咄嗟の避難や逃走を助けるためだ。レインボーカラーの車体に、キズナ・カフェと大きく団体名をペイントしている。

美知は口の端を少しだけ上げて言った。

「やっと競争相手と競えるぐらいにはなってきた」風俗営業の求人サイトのことを言っている。「なんとかそっちのサイトを開く前に、ここのことを知ってもらいたいんだけど」

「その子は地方に住んでいて、あまり世間のことは知らないかもしれない。札幌に来たことも、そんなにない子だと思う」

「ナンパされる前に、ここに来てほしい」

「きょうは、キズナ・バスは出すの？」

「ええ。大通り公園近くに。夜には、薄野に出すことになる」

百合は自分の名刺を取り出し、沙也香の名前と自分の携帯電話の番号を書いてから美知の前に滑らせた。

美知はその名刺を引き寄せて、短い時間目を落とした。

客のひとりが店を出て行こうとした。二十代前半かという若い女で、かなり身なりは派手だ。長い茶髪で、豹柄《ひょう》のスパッツにスウェードのハーフブーツ。最近まで風俗業界の従業員だったのだろうか。あるいはその業界から離れたいと、このキズナ・カフェに相談に通うようになった女性なのかもしれない。女性警察官の制服を見て、居心地が悪くなったのだろう。

ドアの閉まる音を聞いてから、百合は言った。

「山崎さんたちのしていることは尊重している。そしてわたしたちには、わたしたちだからできることがある。必要な場合、わたしたちに連絡して」

美知が答えた。

「はい、と簡単には返事できない」

「その理由はわかる」

百合を見つめてくる美知の視線が、少しのあいだ絡んで止まった。百合は視線をそらさなかった。

美知が言った。

「何度も、してほしくないことをされている。警察が介入する前に解決できたことに」

「警察には警察の判断がある。切羽詰まっている場合、つらい選択になる場合もある」

「わたしたちの活動を監視されることまで、受け入れなければならない？」

「監視？」意外な言葉だった。「監視なんてしていない」

「電話は盗聴されている」

百合は思わず、美知のデスクの上の固定電話を見た。ネットのサイトにも記されているのは、この固定電話の番号のはず。助けを必要としている女性は、どうしても携帯電話の番号にかけることをためらう。相談する先はきちんと事務所を持った機関であったほうがいい。でも、警察がこの電話を盗聴している？　そんなことがあるはずはない。

「現場のひとは知らないだけなんじゃないですか？　現に相談してくる相手のプライベートな情報が、困ったところに伝わってしまったこともある」

「盗聴って簡単に言うけど、ふたりずつの担当者が三組交代で、モニターにつききりになるのよ。役所にとって、そのための態勢を組むことがどんなに面倒なことか、わかる？」

美知は、それがどうしたという顔になった。

百合は続けた。

「あなたたちがそれほどの危険団体だなんて、誰かが考えるはずもない」

「部署は知らない。道警の生活安全課でなくても、公安でなくても、わたしたちが目障りな役所はないわけじゃない」

ふと思いついた。

「あっちの関係のひとたちが、嫌がらせでこの事務所にマイクを仕掛けているのかも。それなら考えられる。専門業者に頼めば、マイクを見つけてくれる」

「うちだけじゃない。このところ、知り合いのお助け相談所も、情報が漏れていることがあると言っていた」

「ここ以外にも、まだいくつもあるの？」

「べつの分野でやっている団体がある。外国人のためのシェルターもある。そこでも最近、確実に情報が漏れているそう」

「情報が漏れていると当事者にわかるのなら、それは絶対に公安の仕事じゃない」

「役所なら、漏らさないということ？」

「公安ならね。でも、あなたたちを敵視している業界は、ずさんにやってもいい。漏れていることをわざと伝えて恐怖させるという理由もある。具体的な被害があるなら、相談に乗るわ」

美知は首を振った。

「いまはいいです。どうであれ、百パーセント小島さんを信じるわけにはいかない」

「わたし個人を、信じてくれなくてもいい。だけどわたしはこうして警察官としてここに来ている。警察官としての仕事はする」

美知は、いったんパソコンのほうに目を向けながら言った。

「その子と接触できた場合、事情を知ったうえで判断する。いいですか？」

「当然です」

美知の手元にあった携帯電話が震え出した。

美知は携帯電話にちらりと目をやってから、取り上げて立ち上がった。

「山崎です。ちょっと待ってくれます。いいですか？」

カウンターの奥へと入っていった。

どうしよう。いまのやりとりで、伝えるべきことは伝わった。これ以上いる必要はない。

百合が立ち上がると、美知もカウンターの中で振り返った。百合は目礼して、出入り口へと向かい、カフェを出た。


山際は、大通署庁舎二階の食堂の奥の席にいた。ちょうど定食を食べ終えたところと見えた。トレイの上の食器は空になっている。

彼は警察官の匂いの薄い男だ。黒縁のメガネをかけ、七三分けの髪。税務署員と名乗られても、納得できそうな雰囲気がある。

佐伯は、新宮と並んで山際の向かい側の席に腰を下ろした。

山際はお茶のペットボトルのキャップを回しながら言った。

「背後が大きなものに見えてきているんです。最初は単純な自動車窃盗に見えていたんですが」

「大きな事案か？」

「早速ですけど」

「もしかして、苗穂・丘珠通りで発砲があったっていうやつとの関連か？」

「盗まれた四駆が、関わっています」

「そっちは、直接は、佐伯の担当ではないんだろう？」

「ええ。わたしはあくまでも、四駆窃盗犯を追いたいんですが、窃盗現場近くで目撃された車、所有者もどうやらわかったんです」

「おれの部署に関係する何かってことだな」

「小柴法務事務所。南十一条通りに面して事務所があります」

「小柴」山際は少し考える様子を見せてから言った。「小柴法務事務所。経済ヤクザだ。東京、福岡にも事務所がある」

「札幌の事務所は、いつからありました？」

「去年の春に事務所を出したな」

「何のしのぎなんです？」

「表向きは、詐欺や金銭のトラブル解決だ。警察よりも早く確実に解決する。カネはそれなりに取るが」

「相手がマル暴でも?」

「そのときは示談を提案するんだろう。だけどここは、じっさいは客を食い物にする。病院乗っ取りが中心らしいが、地方の私立大学も手に入れてきた。昔気質《かたぎ》のヤクザがやれないようなしのぎ中心にだ」

　山際は手口を教えてくれた。

「病院を狙う場合、労働争議が起きているような病院とか、経営不振の病院で、組合委員長とかのうるさい職員を汚い手で退職に追い込む。鬱《うつ》病にして、自殺させることまでやる。そして医者や事務長を紹介する。もちろん医者も事務長も、完全に企業舎弟の医療法人からの派遣だ。そいつらが経営権を握ると、診療報酬請求権の売買でしゃぶり尽くす。最後は不動産を含めて資産をぜんぶいただく」

「札幌でも、そういう乗っ取りを?」

「表向きは、出てきていない。だけど、どこかが食い物にされかけてるはずだ」山際は、ふと思いついたという顔になった。「野幌《のっぽろ》の学園都市にあった大学、ほら」

　山際が出した大学の名は、もちろん佐伯も知っている。佐伯がまだ生まれる前は、市内の旭《あさひ》ケ丘《おか》にあった私立の女子高だったという。その学校法人がそのうち短大を作り、やがて四年制の大学も持った。しかし入学する学生も減って、いっときはアジアからの留学生をずいぶん受け入れていた。この一年ばかりは、教員たちの雇用をめぐるトラブルばかりがニュースになっている。

山際は言った。

「あんなところが、カモになるんだろうな。いや、もうなっているのかな」

「こっちの総会屋雑誌が、いっとき内紛記事をよく載せていましたね。反理事長派からカネが動いているとよくわかるキャンペーンでしたけど」

「あそこと小柴法務事務所との関係は知らないが、要するにしのぎはそういうものだ。事務所の入っているビルは、もうたぶん乗っ取られているんだ。あの手合いは、律儀に家賃など払ったりしない」

「二課は何か内偵中ですか？」

山際は背を起こして、周囲をちらりと見てから言った。

「だとしたら、食堂なんかでこうして話せるか」

「それだけ事情を知っているということは、すでに内偵に入っているかとつい思ってしまいましたよ」

「去年、警視庁から照会があったんだ。札幌にこういう名前の事務所はあるかと。それでいま程度のことは頭に入れた」

「福岡の暴力団とのつながりは、確認されていますか？」

「福岡にも事務所があるんだ。あっちで、暴力団のケツ持ちなしにこういうしのぎができるはずもない。当然あるだろう」

佐伯が、情報を整理しようと沈黙すると、山際は言った。

「何か不満そうだな」

「いえ」佐伯は首を振った。「札幌ではまだたいしたことは事案化していないのに、福岡から拳銃を持った組員がやってきているんです。何か、かなりきな臭い件があるんだろうなと思って」

「福岡とのつながり、当たっておこうか」

「お願いします」

「発砲犯は、機動捜査隊が追っているんだから、確保も時間の問題なんだろうが」

「わたしは、盗犯のうしろにある小柴法務事務所が、いま猛烈に気になってきています」

「最後は、盗犯担当は手を引けって話になるな」

「それならそれでいいんですが、被害届を受けた以上は、迫れるところまでは迫っておきたい」

「あまり期待しないでくれよ」

「はい」

山際はトレイを持って、席を立っていった。

そのとき佐伯の携帯電話が鳴った。伊藤からだった。

「どこにいる?」

「食堂です」

「南大通りのホテルで、盗難だ」アジアからの旅行客に人気のホテルだ。「中国からの旅行者なんだが、部屋に置いていったバッグを盗まれたと、ホテルからの通報。ただ、誤解じゃないかというのがホテルの見方だ。ポリスを、と要求してきかないので、来てくれないかと」

「制服警官でなくてもいいんですか？」

「もうふたり行っている」

「言葉は？」

「ホテルの従業員が通訳してくれる」

「向かいます」

新宮に伊藤の指示を伝えると、彼は微笑した。例年このまつりの時期は、外国人による勘違いの犯罪被害通報も増えるのだ。ただ、こうした通報の中には、外国人観光客を狙った、ほんとうの悪質な詐欺、ぼったくり、置き引き、スリも混じるから、始末に負えないのだが。

津久井の携帯電話にまた長正寺から電話があった。さっきの携帯への連絡のときと同様に、本部庁舎内で関係部署の幹部と会議が続いているのだろう。隊内無線の使用や通信指令室経由の通話は面倒くさい状況にあるということだ。

「いまどこだ？」

　津久井は答えた。

「西七の電車通り、東本願寺前です」

「南十一条と東屯田通りの角に、小柴法務事務所って会社がある。そこの社有車に、四駆の盗犯が乗っていた可能性が出ている。ミニバンだ」津久井が車種を言った。「その事務所を当たってくれ。ミニバンも確認してくれ」

　佐伯たちがそこまで突き止めたということなのだろう。

「どんな会社なんです？」

「一見弁護士事務所みたいな体裁で、大学や病院の乗っ取りをやってるらしい」

「初めて聞く名前ですね」

「東京から進出して一年弱だ。武部会の企業舎弟だとわかっているそうだ」

「つまり、本拠地は福岡ってことですか？」

「そこまでは確認できていない。本社は東京だ」

「ビルの名前は？」

　長正寺が、マンションの名を出した。全国チェーンではない名前だ。個人が持つ、小規模の集合住宅なのだろう。

「南十一条通りに面した一階に事務所がある。交差点の角に、レンタルビデオ屋だ」

「南十一の西九ってことですね」

「ああ。もう一台、応援をやる。気をつけて行けよ」

津久井は通話を終えると、滝本に長正寺の話を要約して伝えた。

滝本は前方に視線を向けたまま言った。

「どういうふうに入って行きます？」

津久井は答えた。

「台詞《せりふ》を考えてみる」


その高層ホテルの、十二階、西向きの部屋だった。窓のカーテンは開け放たれており、札幌市の西側に広がる山地の一部が見える。一九七二年の冬季オリンピックでは、その山々のいくつかが競技会場となった。アルペン・スキーの回転、大回転は、右手、北側の手稲山《ていねやま》の斜面で実施されたし、ほぼ真西方向に見えるのは、当時七十メートル級という規格だったジャンプ競技台だ。

いま室内にいるのは、海南《かいなん》省から来たという夫婦だった。窓際のこぶりの椅子に向かい合って腰掛けている。ふたりとも五十歳くらいだろうか。亭主のほうは、厚手のジャケット姿。夫人のほうは、ゆったりしたセーターの上に、ニットのマフラーを巻いたままだ。暖房をきかせた部屋で、夫人のその服装はいくらか暑そうにも見えた。

ツインのベッドの上には、衣類や白いビニール袋、ファッション・ブランドの紙袋などが散らばっている。スーツケースの中身をすっかり出してあらためたのだろう。

夫婦の横に濃紺のスーツの女性が立っていて、彼女が通訳だった。名札には漢字とローマ字で苗字《みょうじ》が記されている。段《ダン》、という名だ。ホテルの従業員とのことだった。

部屋に入るとき、段がドアを開けてくれて、小声で佐伯に言った。

「さっきまで、ちょっと興奮されていたんですが、落ち着きました」

佐伯は訊いた。

「制服警官も来たと聞きましたが」

「少し前に、お帰りです。刑事さんたちに引き継ぐと」

佐伯は夫婦の前まで進み、警察手帳を見せて言った。

「大通警察署の盗難係の刑事です。あらためてお話を伺いたいのですが」

亭主のほうが、段に顔を向けて何か言った。うんざりという表情だ。

亭主の話が途切れたところで、段が言った。

「何度も話して疲れた。あんたから伝えてくれと」

「伺っていいですか」

「はい、こちらの蔡《ツァイ》さんご夫妻は、三日前に日本に着いて、一昨日《おととい》札幌に入ったんです」

新宮が、佐伯の横でメモを取り始めた。

佐伯は訊いた。

「団体旅行ですか?」

「そうです。同じ海南省からのツアーで、二十二人の団体です」

「夫人のバッグが、部屋から消えたと聞いてきましたが」

「はい。午前中、少人数のグループで市内を回ってランチをしたあと、三十分ほど前にホテルに戻ってきて、部屋に置いておいたバッグがなくなっていると気づいたんです」

「バスで回っていたんですか?」

「客が五人乗れるミニバスです」

「部屋に置いておいたということは、貴重品などは?」

「財布やスマホを入れたショルダーバッグは、身につけていました」

「そのなくなったバッグには、何が入っていたんです?」

「旅行保険証、日本のガイドブック、化粧ポーチに、腕時計、東京で買ったアクセサリー」

「ショルダーバッグですか?」

「ヒップバッグです。黒い革製です」

夫人が、横からひとこと言った。

ブランド名らしい。何が話題になっていたかはわかったのだろう。

佐伯は新宮を見た。新宮はそのブランド名を知っているようだ。メモをしてから、佐伯にうなずいた。

佐伯はさらに訊いた。

「パスポートや航空券は？」

「持っていたバッグのほうです。免税店で買い物をする必要があるので」

「この部屋からなくなったのは確実なのでしょうか？」

「今朝までは、部屋の中にあったそうです」

「部屋の中？」

佐伯は部屋の中を見た。

クローゼットの脇に、大きなスーツケースが四つ、縦にして置いてある。色とデザインから見て、三つが夫人のもののようだ。それに、ナイロン地のトートバッグがふたつ。はちきれそうに膨らんでいる。

「スーツケースの中には入れなかったのですね」

「あのトートバッグの中に入れていたそうです」段はあわててつけ加えた。「安心できるホテルだと評判なので、ついトートバッグの下に入れて外出してしまったそうです。お客さまは、掃除のメイドさんを疑っています」

「何か根拠でも？」

「ほかに考えられないそうです」

「段さんはたぶん、べつのことをお考えですね？」

ホテルの従業員としては、同僚やホテルの関係者を疑われることは面白くないだろう。

それに、佐伯がいまのセクションに異動してから、このホテルでの盗難や強盗の発生はない。

段は、少しためらった様子を見せてから言った。

「少し不注意なところのあるお客さまのようですので、もしかしたら日中持って出て、どこかにお忘れになったのではないかと」

「当たってみました？」

「バスには、忘れ物はありません。あとはお寿司屋なのですが、とくに連絡はいただいていないのです」

蔡の夫人のほうが、大きな身振りを交えて段に何か話し始めた。ときおり佐伯を横目で見てくる。この警察官に伝えてくれ、ということのようだ。段は神妙な顔で聞いている。

夫人の言葉が途切れたところで、段が佐伯に言った。

「昨日、昼間部屋に戻ってきたときも、メイドさんが部屋から出てきたのを見たそうです」

佐伯はその状況を想像してから訊いた。

「掃除の途中ではなくですか？」

段が夫人に質問した。夫人がまた手を広げながら言う。

段が言った。

「午後の二時過ぎだったそうです。掃除は終わっていた時刻じゃないかと。清掃用のワゴンも廊下にはなかったそうです」

佐伯は段に訊いた。

「ありえますか？」

従業員として、客室係の作業については詳しいだろう。

段は、首を振らず、平板な調子の日本語で言った。

「何かの勘違いかと思います」

そのとき、ドアがノックされた。佐伯は振り返った。

亭主のほうが佐伯たちの脇を抜けて、ドアに向かった。亭主がドアを開けると、中年の女性が立っている。ホテルの客のように見えた。夫人と同年配ぐらいだ。

その女性は、中の様子を見て驚いた表情になったが、すぐに夫人に声をかけた。夫人がドアに近づくと、廊下にいる女性は右手で黒の革のバッグを胸の前に持ち上げた。夫人は素《す》っ頓狂《とんきょう》な声を出した。ふたりが早口で何ごとか話している。

段が小声で言った。

「出てきました」

夫人がバッグを手にして戻ってきて、段に何か言った。不可解という顔だ。

聞き終えてから、段が佐伯に言った。

「いまのひとのショッピングバッグの中に、このバッグが入っていたそうです。中身を見て、蔡さんのものだとわかって、持ってきてくれました」

夫人が何か言い足した。

「買い物をしたあと、バスの中で紛れ込んだのではないかと。同じショッピングバッグだったので」

佐伯は夫人に微笑を向けて言った。

「中身を確かめてください」

夫人は佐伯たちの目の前でバッグを開けて中に手を入れ、覗きこんだ。

「何もなくなっていないそうです」と段。

新宮はもうメモを取る手を止めている。

佐伯は段に確かめた。

「解決ですね？」

段が夫人に何か訊いてから、佐伯に言った。

「自分はあわて者ですね、と言っています」

「このあとも、札幌と、雪まつりを楽しんでください」

佐伯たちは廊下に出た。段もすぐに部屋をあとにして、佐伯たちを追ってきた。

エレベーターホールまで歩くと、段が恐縮したように言った。

「ごめんなさい。どうしても警察を呼んでほしいと言われたものですから」

「よくあることです。出てきてよかった」

「警察もお忙しいときでしょうに」

「仕事です」

正面のエレベーターの扉が開いた。誰も乗っていない。新宮が先に乗った。佐伯は段に目礼して、新宮に続いた。

エレベーターは、奥がガラスとなっていて、吹き抜けのアトリウムを見ることができる。真下はカフェとレストランだ。中途半端な時間だが、席はあらかた埋まっているように見えた。家族連れが多い。いまの時期、客のほとんどは外国人のはずだ。

ひとつ下の階でエレベーターが止まり、五人の客が乗ってきた。大人がふたりと、小学生ぐらいの子供が三人だ。言葉から中国人観光客のようだと見当がついた。一番小さな女の子が、ガラスの外を見て歓声を上げたので、佐伯は場所を譲った。


小島百合は、薄野の南五条通りに入ったところで、大通署の軽自動車を停めた。

ここには、生活安全課の先輩、亀井《かめい》雄二《ゆうじ》巡査部長と一緒に来たのだった。さっきのキズナ・カフェとは違って、こちらでは男性の亀井が前面に出ることになる。亀井は風俗営業の取締りを担当している警察官だった。

この通りの先、西四丁目通りは、この雪まつりのあいだ歩行者天国となり、薄野の飲食店、とくに和食店で働く調理師たちが、氷の彫刻の腕を競う。いや、地元だけではなく、本州方面からも腕自慢がやってきて、この薄野会場での氷の彫像展に参加するのだった。

百合は亀井と一緒にそのミニパトから下りた。

下りた南五条通りは東向きの一方通行で、きょうは駐車違反も厳しく取り締まられている。ただし、風俗業界の求人サイトの宣伝カーが目立つところに停まっていた。大型のバンだ。いつも交通警官に注意されればすぐ発進するが、薄野の狭いエリアをぐるぐると回って、けっきょくのところずっと停めっぱなしにしているのと同じだけ、そのピンクの派手なペイントを通行人の目にさらすのだった。

ボディには、コミックふうの若い女性のイラストが描かれ、周囲にそのサイトの売り文句が散らされている。

「高収入求人サイト」

「掲載数ダントツ　ナンバーワン」

「高額求人GET」

「即日体験入店」

「いますぐアクセス」

そのバンのペイントについ見入っていると、亀井が言った。

「店はそこだ」

そのバンは、ちょうどこれから行こうとしているビルの前に停まっているのだった。一階は海鮮居酒屋、二階に焼き肉店。三階と四階に小さめの飲食店やバーが入っていて、五階六階が風俗営業店だ。その六階にあるのが、最近女子高校生の制服を着た若い女性のいるリフレ店として、生活安全課で話題になった店だった。東京から進出してきた店とのことで、あの求人サイトにもこのところ積極的に広告を出している。若い女性に密着マッサージなどのサービスをさせるこうした業態は風俗営業法の規制外なので、取締りが難しい。十八歳未満の女性を雇用していた場合に、従業員に対する労働基準法違反や児童福祉法違反で摘発が可能というだけだ。働く女性が十八歳以上であれば、警察としても手の出しようがない。ただ、客のほうもそこが、よその大都市と同様のＪＫリフレ店であることを期待して入店する。客の期待を大きく裏切れば専門サイトで叩かれて、客は離れる。違法、脱法とぎりぎりのところで営業を続けているのが、この手の店だった。

昨年末に生活安全課の別の班が、未成年の雇用の疑いで内偵したが、容疑事実の裏付けを取れなかったとか。その後、いったん監視対象からはずれた。

ただ、百合はきょうもその店のサイトを覗いてみたが、微妙な表現で未成年を誘っているとも読めるのだった。

「面接会場まで、市内交通費支給」という言葉は、家を出た高校生には魅力的だろう。つまりこの店は、ほんとうに所持金が尽きかけた女性を誘っている。その場合、多少仕事の内容が危ないものであっても、条件が悪くとも、働くことを拒めるものではない。

さっき沙也香の母親と話したとき、深夜に話したあとは携帯電話の電源が入っていないか、バッテリーが切れているようだと言っていた。沙也香は、札幌へ向かう途中に何人かと長電話したり、こうした求人サイトを覗いたりしているうちに、バッテリーを切らしてしまったのではないかとも考えられた。札幌に出てきて、まず充電可の喫茶店などに入ったかもしれないが、現金がなくなることを避けようとして、最初からこうしたサイトで仕事を見つけようとしているかもしれない。香里が言っていたように沙也香が世間知らずであれば、キズナ・カフェのような団体の存在を知らずに、そのまま風俗店にたどりつく可能性が大きかった。

亀井が通りを大股《おおまた》に横断したので、百合も彼を追った。

ビルの前で、ジャケットを着た若い男が亀井といきなり出くわす格好となった。ビルのエントランスから出てきたのだ。

若い男は、あわてた様子で両手を広げ、首を振って亀井に言った。

「違います。やってません。やってませんから」

亀井を知っている客引きなのだろう。亀井はうなずいて言った。

「おれが出ていると、ほかの連中にも伝えておけ」

「はい、はい。そうします」

男の脇を通り過ぎてエレベーターに乗った。一緒に乗ってきた客はない。亀井が六階の階床ボタンを押した。

エレベーターが上がり始めてから百合は訊いた。

「いまの若いのは？」

「かんなの客引き」と、亀井はぶっきらぼうに答えた。

ぷりてぃかんな、というのが、これから行く店の名だ。

「一度は空振りだったんですよね」と百合は確かめた。

「ああ」亀井が答えた。「ただ、雪まつりだからな。店も、賭けるさ。危ないところを渡るつもりでいる」

エレベーターの扉が開いた。

目の前はもう店の出入り口の中だった。

白いシャツにネクタイ姿の男が、正面に立っている。

「亀井さあん」と、その男は両手を広げて歓迎のポーズを作った。三十代なかばで、場所次第では公務員にも見えるという雰囲気の男だ。「ウェルカム・サッポロ・ユキマツリ！」

下で会った客引きが電話したのだろう。この男が、店長とかマネージャーとか、呼称はともかく店の責任者のようだ。

亀井が苦笑して言った。

「なんだ？　その外国語」

「こういうご時世ですから、うちらも北海道弁だけじゃやっていけないっしょ」誇張した北海道訛りだ。「上からも、習わされてさ。英語か中国語、あいさつと数字だけでも言えるようになれってさ」

制服姿の百合を気にしてから、彼は言った。

「で、きょうはプライベート、ってことはないですよね？」

調子はいいが、百合たちを一歩も店内には入れないという格好だった。

亀井が言った。

「忙しいときだ。うっかり違法がないか、注意喚起に来たんだ」

「わかっています。そう言えば、亀井さんにはちょっとご紹介したい子がいるんですよ。二十二歳なんだけど、ほんとに童顔。商売仇《がたき》が見たら通報してしまうんじゃないかって、心配になるような子なんです。ごあいさつさせますね」

「いいって」

店長らしき男は、また百合に目を向けて言った。

「店長のトミタって言います。具体的に、何かあります？」

百合はトミタと名乗った店長に言った。

「釧路の高校生を探してる。家を出て、札幌に来ているんだけど、おカネも持っていない」

「それは、なんとかしてやりたいなあ」

「なんとかするのは、こっちでやる。もし面接に来たら」百合は名刺をトミタに渡して言った。「電話が欲しいの。携帯のほうに」

トミタは名刺に目を落としてから言った。

「その子の名前は？」

「中林沙也香。名刺にメモしてある」

「もし来たら引き留めます。電話がかかってきたら、とにかくうちに来てもらいますよ。よその悪いのに引っかからないように。高校何年生ですって？」

「二年」

「けっこう大人びた顔の子もいる歳ですよね。よそに行ってしまわなきゃいいけど。写真はないんですね？」

「指名手配とは違う。お願い」

亀井も念を押した。

「頼んでいいな？」

トミタはうなずいて亀井に言った。

「同じことをよそにも？」

「気になるか？」

「精一杯協力したいと思っているんで」

もしものときは情報か手心を、と言っている。亀井に言質《げんち》を与えさせないほうがいいだろう。百合は亀井に代わって言った。

「どこに駆け込むかわからない。可能性のあるところ全部に声をかける。いいでしょ？」

「だけど、家出する若い子は、一年に何人も出るでしょう。この子、何か特別なことをしたんですか？」

百合は言葉を探してから答えた。

「たまたまわたしが担当してしまったから」

亀井が百合を横目で見てからつけ加えた。

「仕事熱心なんだ」

後ろでエレベーターの扉が開いた。百合が振り返ると、赤い顔の中年男がふたりだ。百合の制服を見て、ぎょっとしたような顔となった。トミタがあわててふたりに言った。

「いらっしゃい。どうぞどうぞ」

ふたりが戸惑っているので、百合たちは身体の向きを変えた。そのふたりの男は、ためらいがちにエレベーターから降りてきた。

客のひとりが、トミタに目を向けて訊いた。

「警察が、どうして？」

「いい店だって、お墨付きをもらいましたよ。安心して楽しんでいただけます」

百合は亀井と一緒にエレベーターに乗って、階床ボタンを押した。

ミニパトに乗ったときに、携帯電話に着信があった。中林留美からだった。

「沙也香の写真です。よろしくお願いします」の文面。

顔写真が添付してあった。防寒着を着ているが、帽子はかぶっていない。ショッピング・モールのフードコートで撮ったもののようだ。健康そうで、屈託のない微笑《ほほえ》み。そのまま幸せになるんだよと、ちょっとお節介も言ってみたくなるような少女だった。

金曜日　午後二時

佐伯が大通署刑事課のフロアに戻ると、何組もの観光客ふうの男女がいた。捜査員のデスクのそばの椅子に腰をかけ、何か不安げな顔で捜査員に話している。おそらくは盗難とか、紛失の相談か被害届の提出だ。この時期、札幌市内に何カ所か設けられる雪まつりの会場は、どこもスリや置き引き犯の稼ぎ場所だ。とくに街の中心部にある大通り公園会場は、通路も狭くて通勤時の地下鉄並みの混雑となる。子供とはぐれたり、迷子になったり、大事な品を落としたり、すられたり、盗まれたりして、大通署の臨時の交番やまつりの案内所に駆け込んでくる。正式の被害届が必要な事案については、大通署まで来てもらうことになるのだった。

自分のデスクに向かうと、係長の伊藤が呼んだ。佐伯は新宮と一緒に伊藤のデスクに向かった。

伊藤は言った。

「盗難車の件だ。発砲事件と関連していたということで、機動捜査隊から捜査上の指示、要請があれば、それを優先だ。明日の朝まで、向こうの邪魔をしない程度で捜査を」

やはり犯罪に使うための窃盗だったか。

伊藤は続けた。

「バッグが置き引きされたと、ベトナム人観光客が来ている。被害届を書いてやってくれ」

佐伯は戸惑った。

「通訳は、入りますか？」

「けっこう日本語ができる男だ。英語も大丈夫だ。もしわからなくなったら、通訳を出す」

この時期、道警は雪まつり対策で、何人もの通訳を臨時に雇う。英語、スペイン語など、ヨーロッパ系の言語のほかに、中国語、韓国語、最近はタイ語の通訳も配置するようになった。

「どこです？」

伊藤が指さす先、捜査員たちの休憩のための応接セットにひとり、セーター姿の三十代くらいの男がいた。南国的な顔だちで、額や鼻、頰《ほお》の線が鋭角的だ。前髪を額に垂らしている。

佐伯は、伊藤が示したそのベトナム人の前に行き、警察手帳を取り出して示した。

「盗難届を出されるのですね？」

男は立ち上がって頭を下げてから名乗った。

「グエンと言います。ベトナムから来ました。一緒に来た友達たちのパスポートが盗まれました」

「パスポートが」

「はい」

それならば、盗難届は絶対に必要だ。東京のベトナム大使館で臨時の旅券を発給してもらうにせよ、盗難届のコピーが必要になる。運が悪かった、ではすまない。

「このまま日本語で話を聞いてもいいですか？」

複雑な敬語は使わずに、率直な日本語を使った。

グエンと名乗った男は訊いた。

「わたしの日本語、どうでしょう？」

「お上手ですよ。話は十分にわかります。あちらの椅子で」

佐伯は自分のデスクを示した。そこで届けを書くことになる。グエンはダウンジャケットとショルダーバッグを持って移動した。

グエンにはデスクの前の椅子に腰掛けてもらい、メモを取る態勢で佐伯は斜《はす》に向かい合った。新宮も佐伯の横に椅子を引いてきて腰を下ろした。

グエンはショルダーバッグから自分の旅券を取り出した。

「友達と一緒にやってきて、雪まつりを見ていました。さっき、公園で写真を撮ろうとしていたとき、わたしのバッグがなくなってしまったんです」

「ふたつ持っていたんです。このバッグを肩にかけて、もうひとつのほうには友達のパスポートやカメラや、貴重品を入れていました」

「このバッグは?」

「お友達は、自分では持たなかったのですね?」

「あまり外国旅行をしたことのない友達なんです。貴重品を失《な》くしたりしないよう、リーダーのわたしが持っていました。写真を撮ろうとして、カメラを取り出して、つい足元に置いたままにしてしまったのです。気がついたら、バッグがなくなっていた」グエンは笑った。「わたしがいちばんボケていました」

佐伯は口の端を少しだけ上げてから訊いた。

「パスポートを持ち歩いていたのは、買い物のためですか?」

先ほどの蔡夫人のときも、免税店で買い物をするときにパスポートの提示が必要だった、ということだった。

「ニュウカンホウでは」とグエン。

佐伯は、グエンが入管法と言ったことに気づくまで一瞬遅れた。まばたきしてしまったようだ。

「入管法では」とグエンは繰り返した。「外国人はつねにパスポートを持ち歩く必要がありますね。警察に出せと言われたら、必ず出さなければならない」

それが理由だったか。佐伯は苦笑して言った。

「こんなおまつりのときに、パスポート・チェックはしませんよ」

「しないかどうか、旅行者にはわかりません。持っていないからと逮捕されて、入管に収容されるのもいやです。だから持ち歩いていたんです」

そのグエンの言葉に、皮肉や批判の意味はこめられているのだろうか。佐伯は判断できなかった。相手は不自由な外国語で話しているのだ。日本人には、その言葉がとんがって聞こえたとしてもおかしくはないのだ。

佐伯は質問した。

「グループは何人で、何人のパスポートがなくなったんですか？」

「四人グループです。わたしを含めて四人。ふたりのパスポートがなくなりました」

グエンはまたショルダーバッグに手を入れて、ノートを取り出した。中に折り畳んだ紙がはさまれている。パスポートの重要事項記載ページのコピーだった。

「もしものときを考えて、コピーしていたものです。このふたりのパスポートが、バッグに入っていたんです」

用意がいい、と言いかけて思い出した。自分も生まれて初めて国外に出た大学三年のとき、旅行代理店の担当者から指示されていた。必ずパスポートのコピーを取って、原本とは別の荷物の中に入れておくようにと。行った先は台湾で、さいわい同行のふたりも何もトラブルには遭わず、コピーを使う機会もないままに帰って来たのだった。それ以降、佐伯はハワイに行ったときも、韓国に行ったときも、パスポートのコピーを用意しておくということはしていなかった。

二通のパスポートのコピーは、ふたりとも若い女性のものだった。生年を見てみると、ひとりは二十四歳、もうひとりは二十二歳。ふたりとも黒縁のメガネをかけている。前髪を額におろしていた。ふたりの顔だちはよく似ていた。姉妹だろうかと名を見たが、ファミリーネームは違っていた。

「これがあれば」と佐伯は言った。「東京のベトナム大使館でも、わりあい簡単に新しいパスポートを発給してくれるでしょうね」

「盗まれた、という公式の書類が必要です。それで、ここにやってきました」

「ほかの貴重品は、どういうものがあります？」

グエンは、ＭＰ３プレイヤーと、ゲーム機の名を挙げた。

「場所はどこです？」

「パリの凱旋《がいせん》門の雪像がある広場です」

大通公園の七丁目だ。

「グエンさんがリーダーだというのは、どのようなグループなのでしょう」

「ただの団体旅行のグループです。雪まつりを見たいという友達と一緒に来たんです。わたしは何回か日本に来ていて、多少は旅行のことを知っているので、ガイドになりました」

「旅行会社のガイドさんではないのですね？」

「違います。素人なので、いろいろミスもしてしまいます」

「このパスポートを失くされた方たちは、どこにいます？」

「この警察署のロビーにいます。一緒にいたほうがいいですか？」

「盗難届は、おひとりずつ出してもらいます」

「呼んできましょう」

「盗難届は、英語のものが必要ですか？」

「はい」

届けの様式に従った日本語と英文併記の用紙がある。本人にサインしてもらうことになる。

グエンがいったん椅子から立って、フロアを出ていった。そのあいだに佐伯は盗難届の用紙を用意した。

新宮が言った。

「そのうち、金目のものだけ消えたバッグが、会場のゴミ箱から出てくるんじゃないですかね。パスポートは、簡単に換金できるものじゃないし」

「拾得物として届けられるかもしれない。早ければ、もうそろそろ」

グエンが、ふたりの女性を連れて戻ってきた。ふたりとも黒いフレームのメガネをかけている。黒い髪は肩にかかる長さで、額にかかり、耳が隠れていた。

ふたりの顔を、旅券のコピーと見比べていたら、新宮が横から手を出してきて、コピーのほうの左右を入れ換えた。

佐伯は苦笑した。区別がつかなかったのだ。佐伯は女性たちに言った。

「おひとりずつ、盗難届を書いてください。盗まれたもの全部です。パスポートについては、旅券番号と有効期限も記してください」

ふたりが一枚ずつ盗難届の用紙を受け取った。

佐伯はグエンに顔を向けて言った。

「札幌の滞在先と、連絡方法を教えてください。いつまでいらっしゃるのでしたっけ？」

「わたしは明後日までです」とグエンが答えた。「こちらの女性たちは、明日には東京です」

泊まっているというホテルは、雪まつり会場にも近い南二条通りの西六丁目にある。ビジネスホテルに分類されるクラスだ。

グエンは、新宮が渡したメモ用紙に、ホテル名をアルファベットで書き、携帯電話の番号、それにメールアドレスも書き加えた。

佐伯はそのメモ用紙を受け取ってグエンに言った。

「もしかすると、パスポートは捨てられて届けられるかもしれません。あまり期待はしないでいただきたいのですが、届いた場合はすぐグエンさんに連絡できるように手配します」

「ありがとうございます」

「受け取るには」佐伯は女性ふたりに目をやって言った。「本人がいらしてください。自分の紛失物かどうかの確認が必要です。受領のサインも必要です」

グエンが訊いた。

「見つかるまで札幌にいなさい、ということでは、ありませんよね」

「いるあいだに届けられた場合は、ということです」

このふたりが旅券の再発給を受けて帰国してしまった場合は、そのまま預かりということになるだろう。代理として受け取るための委任状を持った者が来れば別だが、このふたりはその手間をかけるだろうか。本人たちが、一年後にまた雪まつりを見に来てくれるのが一番だが。

「盗難届を出すと」とグエン。「入管や空港にも、連絡されるのですか？」

「とくにそのような連絡はしません。もしかしたら、直接グエンさんたちのもとに届くかもしれませんから」

「ああ、なるほど」

「その場合、出てきた、見つかったと、電話をいただけると、助かります。トラブルが起こらぬよう、届けを破棄します」

「わかりました」

グエンの答がやや早かったように感じられた。佐伯の言葉を最後まで聞いていなかったかのようだ。日本語がよくわからなかったのだろうか。

グエンは女性の連れたちに目を向けて、佐伯のまったく知らない言葉で何か言った。パスポート、という言葉も聞き取れなかった。

やがて女性ふたりが盗難届用紙に記入を終え、最後にサインした。新宮がその届けのコピーを取って、ふたりに渡した。

三人がフロアを出てゆくのを見送りながら、彼らのパスポートが出てくる可能性を考えた。

新宮の言うとおり、置き引き犯が欲しいのは現金か、せいぜいがスマートフォンだ。置き引き犯に、大きな組織の傘下にいる者はいない。分業でする意味があるほど実入りがあるわけでもないから、何人かの仲間と徒党を組むこともない。置き引き犯の九割は、さして専門性を持たない「零細な犯罪者」だ。自分の知る範囲では、夫婦、親子でやっていた例が、数組あった程度だ。だから彼らは、置き引きしたバッグの中に現金もしくは財布がなければ、すぐに放《ほう》り出す。持ち歩かない。外国人観光客のパスポートは、彼らにとって食事クーポンほどの価値もない冊子だろう。

パスポートが戻ってきたとしても、その置き引き犯の逮捕、送検という仕事は残る。これは常習犯の事案だろうか。それとも、素人が出来心でやったことか。

もちろん、スリの常習犯については、多少心当たりがある。故買屋も何人か頭に入っている。ただ、いまは雪まつりの期間中だ。札幌でもっともこの類《たぐい》の犯罪が多くなる時期、この手の常習犯には最大の稼ぎどきだった。そのうえ地元の常習犯ばかりではなく、本州からも少なくはない数のプロが入ってきているはず。通常の聞き込みや協力者からの情報では、この置き引き犯にはたどりつけないような気がした。雪まつり会場の大混雑の中で、まったくの素人がそのバッグを失敬したのだとしたら、協力者たちも無力だ。

伊藤のデスクに目をやったが、不在だ。先ほどコピーを渡した盗難車関連の情報を持って、関係部署に行ったか。

時計を見ると、午後の三時を回っていた。

これから盗犯係の仕事も増えてくる。

「一服するか」と、佐伯は新宮に声をかけた。

そのビルは、五階建てで、南十一条の通りに面して建っていた。そこそこ新しい。一階が商業施設で、外観から判断するに、二階以上が住宅となっているようだ。マッサージ店の看板が出ていた。小柴法務事務所は、その建物の西寄りで、ドアは独立したもののようだ。通りに面した窓の内側にはブラインドが下りていて、中の様子は窺えなかった。

津久井たちは、電車通りから西に折れて、その事務所の前を通過した。建物の前に駐車スペースはなく、ミニバンも停まっていない。地下に駐車場があるような規模の建物ではないので、小柴法務事務所は近所に屋外駐車場でも借りているのだろう。街の中心部に近いが、このあたりはまだ木造二階建ての賃貸アパートも多いし、再開発されていない空き地も多かった。駐車場は不足してはいまい。

一ブロックを左まわりに様子を見てみた。それらしきミニバンは、どの駐車場にも見当たらなかった。雪の山か建物の陰になっているのかもしれない。

再びビルの前に戻ってきた。滝本がビルの少し先まで車を進めて停めた。

津久井は、滝本に目で合図した。

自分が先に事務所に入って中の者に質問する。もしもの場合、後ろで援護を。滝本がうなずいた。津久井は、防寒ジャケットを着ずに車を下りた。

出入り口のガラス戸の右には、モニター付きのインターフォンがある。津久井と、その後ろにいる滝本まで、かなりの広角レンズで映っていた。

そのインターフォンのパネルの横に、シールが貼ってある。

「セールスお断り」

市販のものだ。

その下には、名刺大のプリントアウトした紙。

「当事務所は完全予約制です」

津久井は警察手帳を用意して、インターフォンのボタンを押した。

三秒か四秒待ったところで、男の声があった。

「はい？」

不審気な、いや、迷惑そうでもあり、かすかに威嚇の調子もまじった声だ。

津久井はインターフォンに向けて笑みを作り、警察手帳をレンズにかざした。

「警察です。近所で窃盗事件がありまして、何かご存じないか訊いて回っているところです」

また二秒ほどの間があって、男の声。

「警察？」

「そうです。さしつかえなければ、ちょっと話を聞かせていただけませんか？」

「どんな窃盗事件です？」

若い声ではない。中年男だろう。

「捜査の都合で、あまり詳しくは話せないのですが」

「いつのこと？」

「中でお話しできます？」

また間が空いた。

中には、その男ひとりだろうか。ほかにもいるか。どうであれ、警察と名乗った男を事務所に入れるべきかどうか、その男は葛藤《かっとう》している。盗難事件の聞き込み、という理由がほんとうなのかどうか。四駆の窃盗犯だとすでに目星をつけられて、事務所まで迫られたと判断したか。もしその場合、追い返せば、疑惑は完全に嫌疑となる。いや、四駆の窃盗に無関係だとしても、警察を追い返すことは危険だ。ロックを外すしかないだろうが、中では、どう対応すべきか、やりとりが行われているのかもしれない。

「どうぞ」と声があり、ロックがはずれた音がした。

津久井はドアノブを左手で回し、押した。

雪落としのマットがすぐ内側の床に敷いてある。正面はロッカーだ。風除室にあたるスペースがなく、すぐに事務所となっている。

デスクが四つばかり。壁には書類棚。応接セット。奥の壁には、神棚が設《しつら》えられていた。五十がらみと見える男が、左手に立っている。ほかにひとはいない。

白っぽいビジネス・シャツに、ズボン。髪は短めだ。法律関係の書類を扱う男に見えないこともないが、営業職とも見える。

男が言った。

「泥棒なんて、物騒ですね」

いましがたインターフォン越しに聞いた声だが、愛想がよくなっている。

「そうなんです。こちらの責任者の方ですか？」

「ええ」

「こちらでは、最近何かの被害など、ありませんか？」

滝本も入り口に入ってきた。

相手は言った。

「とくに何も。何が盗まれたんです？」

「車です。こちらでは、車は何をお持ちです？」

「盗まれていませんよ」

「念のための質問です。高級車を物色していたようなんです」

男はためらいを見せてから、車種を口にして、つけ加えた。

「社有車は、その一台だけ」

「ミニバンですね？」

「ええ」

「いま、どちらに？」

「誰かが使っていますね。わたしは、車の管理はしていないので、わかりませんが」

「車は、どちらに停めているんです？」

「近くの駐車場を借りています。このビルには、駐車場はないんです」

「盗まれた現場で、防犯カメラに映っているミニバンがあるんです。もしかしたら、運転されている方が、窃盗犯を目撃していやしないかと思って」

男は一回瞬《まばた》きして言った。

「何も聞いていないなあ」

「運転している方と、話をされているんですね？」

「いや、そういう意味じゃなくて。何も誰からも聞いていないということです」

男の言葉には、かすかに訛りがある。北海道弁ではないし、標準語でもないように感じた。かといって関西訛りではない。西のほうの言葉だろう。つまりこの男は、北海道が地元ではない。

津久井は言った。

「本人は、それが盗難の現場だとは気がついていなかったのかもしれませんね。乗っている方に、直接伺ってもかまいませんか？」

「運転している人間にですか？」

「ええ。連絡は取れます？」

「誰なのか、わからないんです」

「こちらは」津久井は男の肩ごしに事務所の奥に視線を向けた。「事務員さんは何人いらっしゃるんです？」

「ええと」男は表情を隠すかのように事務所の方に振り返った。「三、四人ですが、仕事次第で、応援が来たり減ったりするんです」

「どういうお仕事なんです？」

「広い意味の法律相談ですね」

「ほかに三人いらっしゃるなら、こちらから連絡してみましょうか。携帯の番号、教えていただけますか？」

お前が非協力的だということは理解した、という圧力だ。

「みんな仕事中ですし、運転してる者もいる。打ち合わせ中の者もいる。事務所にかかってきたら、伝えておきますよ。大通署のどこにかければいいんです？」

津久井は一瞬考えた。ここで機動捜査隊の番号を教えてよいか。自分はここには、単なる自動車盗難事件の聞き込みを装ってやってきた。発砲事件との関連などまったく知らぬという素振りで。ここは、まだ油断させておいたほうがいいかもしれない。

「大通警察署の盗犯課、佐伯に電話してもらえますか？」

「盗犯係の、サエキさん？」

「ええ。一一〇番にかけて大通署刑事三課の番号を知りたいと言えば、すぐに折り返して教えてくれますから」

男はメモを取ることもなく言った。

「わかりました」

「失礼ですが、お名前を伺ってもいいですか？」

「マツイです。ヤンキースに行った松井《まつい》」

「わかりやすい」

津久井は礼を言って、小柴法務事務所を出た。

ビルの外に出ると、南十一条通りの反対車線、少し西寄りに機動捜査隊の別の車両が停まっているのが見えた。応援の同僚たちだ。津久井はその同僚たちを無視して自分たちの車に乗り込んだ。

長正寺の携帯にかけると、すぐに応答があった。

「どうだ？」

津久井は報告した。

「かなり怪しげな事務所でした。機動捜査隊であることを隠して事務所の男と話したんですが、とにかく相手になろうとしない。ミニバンは社有車と認めましたが、いまどこにあるか、誰が使っているかも知らないと追い返そうとする。五十がらみの松井という男でしたが」

「聞き込みを予想していたようか？」

「戸惑っていた様子がありましたが、微妙です。だけど、隠したいことがあるのは確かでしたね」

「違法行為か犯罪を、という意味か？」

「もっと広く、業務の中身とか、事務所の実体とか、そういうふうにも受け取れました」

「実体を照会する。引き続き、薄野近辺を回っていろ。そこには応援を一台やってる。事務所の監視はそっちにまかせていい」

「見えています」と、津久井はもう一台の機動捜査隊の車に視線を向けて答えた。「いったん小柴法務事務所を離れます」

滝本が、車を発進させながら訊いた。

「どう回ります？」

「電車通りに、不動産屋が二軒あった。このビルについて、情報を取る」

佐伯は、相手に礼を言って、受話器をデスクの電話機に戻した。

グエンから盗難届のあった旅券の件で、今夜の締めの報告を待たずに、札幌中心部の交番に片っ端から問い合わせていたのだ。

蔡夫妻のケース同様、置き引きという判断がグエンの勘違いだった可能性もある。どこかにバッグを忘れて、すでに警察に届けられているかもしれなかった。善意の拾得者ならば、中を確かめることもなく、バッグが落ちていましたよとか、忘れ物がありましたよと届け出るだろう。中に旅券があると知った善意の者であれば、余計にそうだ。

もし本当に置き引きだったとしても、その犯人は現金か換金しやすいものだけを抜き取ってバッグは捨てる。ゴミ箱の中に捨てられたとなると戻るのは期待薄だが、雪まつり会場周辺の道端や雪の山の陰にでも捨てていたら、危険物や不審物に神経をとがらせている警察官や警備員たちがまず見逃さない。そうした発見者による報告があれば、この大通署刑事三課に必ず照会があるはずだった。いまの時点までそれがないとなれば、交番、それに雪まつり会場に設けられている臨時交番などで拾得物として受け取ったが、大通署地域課や所轄署への報告までタイムラグがあるとも考えられるのだ。きょう、中心部の交番はどこも、雪まつり見物の市民、日本人観光客、それに外国人観光客への応対で、頭をかきむしりたくなるくらいの忙しさのはず。拾得物の報告があとまわしになってもやむをえないのだ。

隣りのデスクで新宮も受話器を置いた。

「なしですね」と、首を振りながら言う。

彼には、市の中心部のうち、大通り公園よりも北側にある交番への問い合わせを頼んでいた。

佐伯の携帯電話が震えた。

ディスプレイを見ると、音楽隊にいた当時の先輩からだった。トロンボーンを吹いていた。矢島《やじま》という。矢島は定年前に巡査部長で道警を辞め、故郷の函館で父親の土建業を継いだ。

矢島は陽気な調子で言った。

「札幌に来ているんだ。孫にせがまれて、雪まつりを見せに」

佐伯も、思わず彼の明るい人柄を思い起こして頬を緩めた。

「まだ前夜祭ですけど」

「明日になれば混むのは知ってる。五歳の男の子には、きょうのうちに見せたくてな」矢島は誘ってきた。「今夜、酒でも飲めるか？　安田《やすだ》さんの店は、まだやってるんだろう？」

「ブラックバードはやってますけど、残念、今晩は勤務が」

「そうだよな。まだひとり身か？」

「ええ」そっちが気になるか。お酒を飲んで楽しい相手ではあるが、酒席でそこをいろいろ探られるのは遠慮したいところだ。「ほんとに申し訳ありません」

「夜が駄目なら、ちょっと顔を出していいか」

「いまどちらです？」

「地下街だ。グランドホテルの下あたり」

「わたしが行きますよ。コーヒーを飲みたかったんです」

新宮が言った。

「残りのリスト、おれがやっておきますよ」

「悪い。先輩に会う。すぐに戻れると思う」

佐伯は携帯電話を上着のポケットに入れて立ち上がった。


新宮は、佐伯が席をはずしているあいだに自分がすべきことを思いついた。とにかく自分の仕事は、まず現場だ。大通り公園七丁目広場に、自分は立たねばならない。

大通署の正面玄関を出て五分、新宮は七丁目広場に入った。

この広場の大雪像は、パリの凱旋門を雪で再現したものだった。こうした大雪像は、札幌に駐屯《ちゅうとん》する陸上自衛隊の第十一旅団が、冬期築城訓練名目で制作に当たってきた。大通り公園に連なる広場はそれぞれ、放送局や新聞社などのメディアがスポンサーとなって、その年ごとにテーマを決め、雪像制作を担当する自衛隊に依頼する形をとっている。雪像の前面にはたいがいステージが設けられていて、祭りの期間中、スポンサーのメディアや企業がさまざまなイベントやショーを見せる。

きょうはもう前夜祭だから、大雪像作りは終わり、足場も取り払われている。すでに雪像見物に来た市民や観光客で、雪の凱旋門の広場にはそこそこの人出があった。日曜日の昼間のような、押し合いへし合いというほどの人の数ではない。凱旋門の雪像を背景に記念写真を撮ろうと思えば、ほかの見物客がカメラを遮ることをあまり気にせずにすむ程度の人出だ。

新宮は凱旋門の大雪像を正面から眺めた。ひとの肩ほどの高さに雪を固めたステージが設けられ、その奥にパリの凱旋門が雪で再現されているのだ。ほんものを見たことはないが、かなり細かな部分まで実物に近づけて作られているらしい。サイズは、本物が高さ五十メートル弱であるのに対して、その三分の一、十五メートル以上もあると聞いた。ステージの右手には、高さ三メートルほどの、騎手を乗せて疾駆する競走馬の雪像がある。競馬に凱旋門賞という名前のレースがあるらしいが、その駄洒落《だじゃれ》のようなつながりで作られた雪像らしい。

雪のせいで見通しはあまりよくなかった。視界全体が白い散光の中にある。広場の南北にあるビル群もかすんでいた。広場の中に細々あるはずの日常的な物もほとんど形を失って、非現実の世界にいるかのような奇妙な感覚がある。新宮は、空間識失調という言葉を思い出した。もともとは飛行機のパイロットが、自分の飛行機がどういう姿勢にあるのかわからなくなる現象を言うのではなかったか？　新宮自身も、大雪や吹雪の夜に車を運転していて、目の焦点が合わなくなったことが何度かある。周囲や前方にある物との距離感覚が混乱するのだ。自分が道路上にいるかどうかさえ、わからなくなる。もちろん長続きはしないが、あれも一種の空間識失調なのだろう。いまこの大通り公園七丁目広場の、パリの凱旋門の雪像前に立っていても、それと似た感覚がある。自分はどこか異世界に入り込んでいるのではないかと。

グエンが立っていたというのは、広場の南寄りである。休憩所や飲食店の小屋が並ぶその前ということになるか。移動するひとの流れがあるから、小屋に背をつけるようにして立っていたのではないはずだ。広場中央寄りに出て、左手斜め方向に凱旋門を見ることになる。

写真を撮るための、一段高くなった撮影台が、大雪像の真正面にある。後ろや足元のことなど忘れてしまいそうなのは、この休憩所などの小屋の前よりも、むしろあの撮影台ではないかとも感じた。

新宮はさらに広場全体を見渡した。

置き引きに遭ったという二時間ばかり前のこの広場の観光客の数はどの程度だったろう。置き引き犯は、雪像を見ているグエンたちの後ろ側から近づいて、足元に置かれたバッグをさっと盗んだとして、それはほかの観光客の目には留まらないか？　広場の端は移動する観光客たちだが、雪像の正面にいる観光客の視線の大部分は、雪像方向を向いているのだ。このご時世、泥棒だ、と叫ばれることは心配しないでよいとしても、盗む瞬間が目撃されることは想定しなければならない。

警備会社の制服の防寒着が目に入ってきた。男性の若い警備員だ。この雪まつり会場には、民間の警備会社がかなりひとを出している。雪まつりの主催者も出すし、広場のスポンサーも出している。雪像や公園の設備を破壊するような行為や、立ち入り禁止部分に観光客が入ることを制止するのが主眼だ。スリや置き引きなどの犯罪については関わらないが、警備会社の制服はそれなりに抑止効果もあるだろう。

また視界に入ってきたのは、女性警備員だった。女性の役割は、基本的には男性警備員と同様だろうが、迷子の保護とか、道案内なども含まれるかもしれない。警察官と似た制服の男性よりも女性のほうが、観光客が話しかけやすいのは確かなのだ。

新宮は広場の外縁をゆっくりと歩いた。仮設の照明のポールのいくつかを真下から観察すると、監視カメラが装着されている。有線ではないようだ。この広場の警備を担当している警備会社が設置したものだろう。それとも主催者が設置したのだろうか。

男性警備員が新宮の前を通ろうとした。新宮はその警備員を呼び止め、警察手帳を見せて訊いた。

「この広場を担当されてる会社の方ですか？」

「はい」と若い警備員は立ち止まった。「そうです。会場全部そうですが」

新宮は、近くのポールについている監視カメラを手で示して訊いた。

「あのカメラも、おたくで管理しています？」

警備員はカメラを見て答えた。

「うちです」

「この広場には、何台あります？」

「何台だろう」その警備員は首をぐるりと回してから言った。「たぶん十二、三台です」

「映像を見るには、どこに行けばいいんでしょう？」

「うちの臨時管理本部ですね。いつのです？」

「二、三時間前の」

その警備会社の雪まつり臨時管理本部という事務所は、この広場の西、九丁目の南側にあるビルの中だという。新宮はその警備員に礼を言って、七丁目広場を出た。

津久井たちが最初に入ったその不動産屋は、大手の名を冠したフランチャイズ店ではなかった。藤田《ふじた》不動産、と個人名で店を構えている。地元の地主や大家と、長くつきあってきているはずだ。小さな事務所には、六十年配の男と、中年の女性事務員がいた。男のほうが、経営者だった。

応接セットに案内されると、津久井は小柴法務事務所が入っているビルの名を出し、代表の藤田という名刺を出した男に言った。

「車の盗難事件の捜査なんですが、南十一条に面した五階建ての物件のことなど、ご存じですか？」

メガネをかけたその不動産屋の主人が言った。

「よく知ってますよ。前のオーナーさんとは懇意だった。仲介もしていましたよ。あのビルが何か？」

「盗難が近所だったんで、片っ端から訊いて回っているだけなんです。一階に、マッサージ店と、法律事務所のようなところが入っていますね」

「ええ。小柴法務事務所だ」

「マッサージ店もその法務事務所も、こちらでの紹介になりますか？」

「いえ、それが」藤田は顔をしかめた。「三年ぐらい前に、オーナーはあのビルを手放してしまったんですよ。東京の建設会社に安く買い叩かれた。テナントも賃貸のひとも、ほぼ全部入れ代わって、うちはもうまったく縁がなくなってます」

「法務事務所のことも、ご存じない？」

「あそこがどうかしたんですか？」

「いえ、たまたま看板が目に入って、どういう商売なのかと思って」

「法律のコンサルタントじゃないでしょうか。ただ、宣伝して飛び込みのお客さんを相手にやってるところじゃないですね」

「契約したお得意さん相手ということですか？」

「たぶんね。なんとなくだけど。うちみたいに、ガラス窓のチラシ見て、飛び込みのお客が来るようなところじゃない。いや、あのビルとはちょっと無縁になってしまったんで、よくわからないんだけど」

「そのビルの前のオーナーは、何か理由があって手放したんでしょうね」

「うちを通してじゃないんですが、うっかり質《たち》の悪い男に貸してしまったんですよ」

藤田は椅子から少し身を乗り出してきた。話したくてたまらない話題なのかもしれない。

「この男が、連日大きな音で音楽をかける、ひとを呼んでどんちゃん騒ぎ、廊下にゴミを出しっぱなしにする、周囲が苦情を言いに行っても聞く耳を持たない。わたしも、オーナーに頼まれて二度注意に行きましたがね。五分刈りの、いわゆるヤンキーって感じのごつい男で、わかったよ、と言うだけ。そのうち隣や階下の入居人たちがぽつりぽつりと出ていってしまった。うちは新規入居のお手伝いをしてましたけど、その困った部屋のひとのことは正直に話さざるを得ない。あっと言う間にほとんどの部屋が空になって、オーナーはローンを返せなくなってしまった。闇金に融資を頼んだのが最後でしたよ」

「暴力団が建物を乗っ取るときの手口ですね。警察には相談しました？　暴力団員であることを隠しての契約は無効なんですが」

「承知してますよ。このあたりのビルは、暴力団員を入れることにはものすごく警戒している。審査も厳しい。だけど、調べてもらってもそのヤンキーはまっさら。暴力団とは無関係のひとだったんです」

「どういう仕事の男です？」

「飲食店勤務と、審査の書類には書いたらしいんですがね。仕事をしているふうには見えなかった」

「その入居人の名前はご存じですか？」

「松橋《まつはし》でした。松橋」

「ひとり住まい？」

「ですから、同じような風体の若いのがよく集まっていたとか。泊まっていくこともあったんでしょう。だから、あのビルの前は、いまはあまり通りたくないよね」

「理由でも？」

「車に乗っていて、当たり屋みたいな真似されちゃかなわないし。そういうふうに乗っ取られたビルなんて、いまどんな入居者がいるかわからないじゃない」

そういうビルだって、堅気の入居者やテナントを入れないことには、収益を上げられないはずだ、と津久井は思った。それとも、もう土地を転売するつもりでいるのか。

「部屋は埋まっているんですか？」

「どうだろう。もうこの近隣のまともな不動産屋は紹介しない。事故物件みたいなものですからね。持ち主もいまは、周囲の相場よりも二割がた安い賃料で出してる。安いのにはわけがあると感じても、南十一条なら薄野から歩いて帰れるし、入居したいってひとには不自由しない」

「賃料を低くしているんですか」

「安い家賃で入れて、二カ月ぐらいで音を上げて出ていくように仕向ける。回転を上げて、手数料、礼金で稼ぐ。入居者の柄も、どんどん悪くなってるって聞きますよ」

「いまあそこを仲介している不動産屋さんは、どちらなんでしょう？」

「よく知らないけど、薄野に店を出しているところだよ」

「オーナーがすがった闇金や、乗っ取った建設会社の名前は、わかりますか？」

藤田もさすがに怪訝そうな顔になった。

「車泥棒の捜査と、何か関係があるの？」

津久井はとっさに答えた。

「いまのお話で、あのビル自体も背景を知っておいたほうがいいような気がしてきまして」

「闇金のほうはわからない。事務所なんて出していないのかもしれない。いまの持ち主の建設会社も、なんて言ったかね。わからないな」

「前のオーナーさんとは、いまは連絡取れるんですか？」

藤田は事務員に声をかけた。ワタナベタダシさんの電話はわかるかと聞いている。事務員はすぐにメモ用紙に何か書きつけ、藤田のところまで持ってきた。

そのメモを受け取り、礼を言って津久井が立ち上がると、藤田が訊いた。

「車の盗難って、被害者があのビルのひとなんですか？」

津久井は首を振った。

「あ、いや、まだ捜査中なんで、これ以上詳しいことは何もお話しできないんですが」

「パトカーがもっと回ってくれると、そういう犯罪も減るでしょうがね」

津久井はうなずいてから滝本を促し、その不動産屋を出た。

車に戻りながら時計を見ると、午後三時二十五分だ。大雪はもう収まっているが、空はまだ厚く雪雲に覆われている。乾いた雪がちらついていた。

新宮は、大通り公園の中の通路を八丁目広場へと歩いた。

八丁目と九丁目の広場は、途中で分断する街路がなく、ほぼ二百メートルの長さでつながっている。八丁目に作られているのは、奈良・興福寺《こうふくじ》の中金堂だが、九丁目の広場には大雪像はない。陸上自衛隊ではなく、市民の作った小雪像が並んでいるのだ。抽選で当たると、大きな立方体の雪の固まりをひとつ、提供される。市民のグループは、その雪の固まりを少しずつ削って、自分たちの自由なデザインで雪像を作る。作りたいというグループは毎年多いから、多くのグループが抽選の段階で涙を飲む。必ずしも札幌在住が条件ではないので、この雪まつりのために首都圏からグループでやってきたり、あるいは外国から申し込んでくるグループもある。札幌で学ぶ留学生のグループも、毎年いくつか参加しているはずだ。

今夜は前夜祭だから、そうした市民グループももう制作は終えていなければならない。雪像を囲む足場もすでに取り払われていた。でも、九丁目の広場には、まだ最後の仕上げを続けているグループもあった。若い白人や黒人、それに南アジアの青年たちかと思われる一団が、楽しげに声を上げながら、氷のように固くなった雪像の表面を削っていた。パンダとかトラ、サルといった動物の群像だ。アニメかゲームのキャラクターらしい。

雪像の正面には、雪像のタイトルとグループ名を記したプレートが掲げられている。そのグループの名前が、なんとなく目に入った。

「オリーブ留学生の会」

雪像のタイトルはこうだ。

「カンフー・パンダと仲間たち」

ひとり、アジア系の青年と目が合った。ちょっと得意気な目だ。新宮は微笑して、その雪像の前を通り過ぎ、公園の南側に出た。

新宮が南大通りを南に渡ったところで、携帯電話が震えた。佐伯からだった。

新宮はロードヒーティング舗装の、雪の積もっていない歩道を歩きながら、携帯電話を耳に当てた。

「どこだ？」と佐伯が訊いた。

「大通り公園九丁目の近くです。あのベトナム人の置き引きの件、現場を見ていました」

「何かわかったか？」

「とくには。いま警備会社の監視カメラを見せてもらおうと、本部に向かっているところです」

「終わったら電話をくれ」

「はい」


教えられたその警備会社の臨時の事務所は、南大通りの九丁目、大通り公園に面したビルの六階にあった。

さほど広くはない、横に細長い部屋で、大通り公園側はガラス窓だ。通信機器らしきものがぎっしりと室内を埋めている。電波を通じたらしい音声が、方々から響いていた。窓と反対側の壁に、大型の液晶モニターが五、六台並んでいる。モニターの前で映像を見つめているのは、半数が女性だ。みなヘッドセットを頭につけている。

社員のひとりに用を告げると、制服を着た女性が一台のモニターの前に案内してくれた。ライブカメラのモニターとは別のもののようだ。

ヘッドセットをつけた女性が、椅子を半分回して新宮に確認してきた。

「七丁目広場の、午後一時四十分ごろですね？」

「その前後、五分くらいずつ見せていただけますか？」

「少しお待ちください」

　用意ができるまで、三分ほどかかった。

「一時三十九分から、再生します」

　大型モニターの画面は六分割されている。全部広角気味の、別アングルの画面だ。カラーだが、あまり鮮明とは言えない。雪のせいもあり、それが知人であれば別だろうが、どの画面でも映っているひとりひとりの顔までは見分けることはできそうもなかった。体型とか服装とかの区別はつく。

　二分ほど眺めているときに、それらしき三人グループが映った。男ひとりと、メガネをかけた女性ふたり。六丁目側の南から広場に入ってきた。グエンたちのグループだ。大通署にやってきたときの服装と同じだ。明るい色の防寒ジャケット姿。男はニットの帽子をかぶっている。

　別アングルの画面に目をやった。三人は大雪像の正面まで歩いてきて、けっこううれしそうな様子を見せた。三人とも小さめのボディバッグを肩にかけているように見える。しかし男がふたつバッグを持っているかどうかは、判然としなかった。

　これはもう、置き引きされたあとの画面だろうか。新宮はすぐにそれを打ち消した。三人ともまったくあわてた様子がない。

三人は大雪像のすぐ前を北に歩いた。八丁目広場に移動するかと思ったところで、三人は立ち止まった。男が携帯電話を耳に当てた。通話は三十秒もしないうちに終わった。男は携帯電話を耳から離すと、一緒の女性たちに何か話した。三人は広場を戻って、大雪像の前をゆっくりと歩いた。表情はいましがたよりも楽しそうに見える。それから十秒ほどで、三人は広場から消えた。撮影台に上がった様子はない。あまり熱心に雪像を観ていたという印象でもなかった。

新宮は担当の女性に訊いた。

「六丁目広場の画面を見ることはできますか？」

「時刻は？」

「この直後から」

見せてもらったが六丁目広場の映像では、三人を確認することはできなかった。この広場は巨木が多く、大雪像の制作が難しいので、飲食店のテント村となっている。世界各国の屋台料理を楽しむための広場なのだ。大通警察署が、雪まつり警備の現地警備本部を置いているのも六丁目だった。

人出は、この六丁目広場のほうが多いので、紛れて判別できなかった可能性はある。彼らは六丁目をさっと通過するか北大通りの歩道に渡って大通署に向かったのかもしれない。

新宮はもう一度七丁目の画像の再生を頼んだ。いましがた再生を開始した時刻よりも三分前からだ。

こんどは三人以外のひとの様子を観察した。とくに置き引き犯ふうの挙動のものがいないかどうかだ。常習犯の顔も何人かは頭に入っているから、その不鮮明な画像に目をこらして、探した。しかしグエンを含めた三人組のいる時刻の前後、画面の中に見つけることはできなかった。

置き引きがあった、というのは、どの時点でのことなのだろう。被害届を受理したときの発生時刻が勘違いでなかったとするなら、いま見た映像の中のどこかで、それは起こったはずなのだが。記録されている様子を見る限り、彼らはこの広場であわてたり動揺したり、周囲に目を向けてそのバッグを盗んだ者を探したようではないのだが。

背中を起こして、小さく息をつくと、担当者が訊いた。

「お役に立てました？」

「ええ」新宮は笑みを作って言った。「ご協力、ありがとうございました」

そこの正式名称は、札幌駅前通地下歩行空間、というらしい。地下街とか、地下道ではないのだ。愛称は、「チ・カ・ホ」だというが、佐伯はこの地下通路を正式名称でも愛称でも呼んでいる人間に出会ったことがない。たいがいが「駅前通りの地下道」と呼ぶ。少々長いが、札幌にはほかに、オーロラタウン、ポールタウンと名付けられた地下商店街があり、近い場所にあるから、区別するためにはそうでも言わなければ通じないのだ。

ともあれ、わりあい最近開通したこの地下通路は、札幌駅と地下鉄大通駅とをつなぐ公共空間であり、通路に面していくつか喫茶店があった。地下通路の端に、いわば「オープンカフェ」を出している店もある。佐伯は先輩の矢島と、その喫茶店のひとつで会ったのだった。矢島は、長男夫婦、それに妻と一緒に、函館からきょう車で札幌に入ったのだという。今夜は札幌市内のホテルに泊まるとのことだった。

少し世間話をしたあと、矢島は話題を変えてきた。

「警部昇任試験、そろそろじゃないのか？」

その話題だったか。

「まだまだ、わたしなんて」

「退職したおれの耳にも、お前の仕事ぶりは入ってくる。誰が見たって、もうとっくにその時期だ」

「誇張されて伝わっているんでしょう。目の前に出てくる仕事を当たり前にやっているだけです」

「盗犯係の遊軍で満足していると？　そもそも警部補なのに、部下もひとりだって聞いているぞ」

「部署や仕事をえり好みするつもりはありません」

「上が、扱いに困っていることもわかるんだ。有能なのに、組織に逆らった。府中《ふちゅう》の警察大学校に送っていいものかどうか、悩むところだ」

「上を悩ませるような大物じゃないですって」

「上が受験を指示してきたら、それでも拒むのか？」

「指示があれば、そこで考えます。それとなく気持ちを訊かれたことはありますが、指示はないんです」

「おれの忠告なんて屁《へ》の役にも立たないと思うが、後進や若手のためにも、警部になれ。それは、できる警官の義務だぞ。ふさわしい階級に就かないのは、仕事をえり好みするのと同じくらいに身勝手だ」

「そうですか？」

「上に対して含むところはあるだろうが、それでもお前は道警に籍を置いているんだ。違法な命令や指示を拒むのとは違う」

同じことを、小島百合にも言われたことがある。矢島が言いたいことも十分過ぎるくらいにわかるが、いまそのことで結論は出せない。自分の人生には、とりあえず保留にしておくべきことが多すぎる。警部昇任試験のことも、そのひとつだ。ただ、簡単に説明することは難しい。

佐伯が答え方を探していると、矢島もその話題を打ち切るかのような調子でつけ加えた。

「ま、管理職でひとり身ってわけにはいかない。受験は再婚とセットだけどな」

佐伯は黙ったままでいた。

矢島は目の前を通る大勢の観光客を見やりながら言った。

「さすがに札幌まで来ると、日本の景気は外国人旅行客で持ってるってのがよくわかるな」

佐伯は同意して言った。

「あちこちの県警で、中国語のできる職員を採用しようとしていますね。道警も、必要な県警の筆頭クラスでしょう」

「お前の仕事でも?」

「きょうは、中国人とベトナム人が盗難被害で。中国人のほうは勘違いでしたが」

「通訳はつかなかったのか?」

「中国人のほうは、現場のホテルの中国人従業員が通訳してくれましたよ。ベトナム人のほうは、ひとり日本語が達者な男がいた」

「ニセコは、十五年くらい前は公用語が英語になったと話題になった。最近は中国語だそうだ」

ニセコというのは、札幌から車で二時間ばかり、矢島の住む函館からは三時間少々のスキーリゾート地だ。外国人観光客が多く、ホテルもいまは大半が外国資本のものになっている。住み着いた外国人も多く、廃校寸前だった小学校は、外国人の子供たちの入学のおかげで延命した。

そこの公用語が英語だ、中国語だというのは、もちろん誇張である。しかし、北海道には、根室市や稚内市のように、交通標識に日本語とキリル文字が併記されている自治体もある。外国人はどこでもかなり見慣れたものになっている。

矢島はコーヒーカップを傾けて飲んでから言った。

「最近はベトナム人の噂《うわさ》も耳にするな」

「ニセコで？」

「いや、観光客じゃなく、出稼ぎだ。函館周辺にもいる。技能実習生というやつかな。いっときの中国人に代わって多くなっているみたいだぞ。工場なんかで働いているみたいだ。スーパーで見た、っていう話をよく聞くようになった」

「札幌のコンビニでは、中国人ふうの名前のプレートをつけた店員が増えてきましたね。あんなに技術のいる仕事、わたしは自分が外国で勤まるか自信がありませんよ」

「コンビニで働いている中国人は、たぶん語学留学生なんだろう。アルバイトが認められて、堂々と働いている。ベトナム人はどうなんだろうな」

「というと？」

「同業で、二年くらい前にあっちの水産加工場の新築を請け負ったところがあるんだ。市街地から離れた不便な場所だ。そこの宿舎も一緒に建てたんだそうだけど、外から施錠できる設計だったって言うぞ」

「タコ部屋ですか」

「そのうち、そこでベトナム人が働くようになったそうだ。パスポートを取り上げているから、夕方にコンビニまで出てきたとしても、そのまま逃走したりはしない。そして夜は、外出もできない」

佐伯は、その場合、監禁罪が成立するかどうかを考えた。監禁とは、比較的狭い空間にひとを閉じ込める行為を言うが、その狭い空間とは、部屋とか自動車のようなものの場合だ。労働者の宿舎全体の場合は、監禁罪が成立するだろうか。その大きさによるか？　また、物理的に自由を奪う場合のみならず、脅迫によって脱出を諦めさせる場合も監禁罪だ。しかし、日中、コンビニには自由に行けるのだとしたら、それは脅迫があったことになるだろうか。

そこまで考えてから、職業病だな、と佐伯は苦笑した。矢島はべつに、身近に見た犯罪を通報する意味で、この話題を出したわけではない。北海道の郡部の世相を少し語っただけだ。

佐伯は言った。

「借金して来るんでしょうしね。本人の借金ではなく、むかしの日本のように、親が金を借りて子供を働きに出すのかもしれない。ベトナムでも、技能実習生の実態が知られてもいいのに」

「現地で送り出す側にも、あくどいのがいるんだろう。あちらで結婚した日本人女性がエージェントを作って、送り出す窓口になっているんだって話も耳にした。現地では、そういう人物がやっている窓口ならと、信用してしまうことはありえそうだ」

「来てみて、話が違うと驚くけれど、パスポートは取り上げられ、逃げても不法滞在になる。入管に見つかれば、タコ部屋以下の監禁生活。ブラック企業で事実上の軟禁でも、賃金をもらえるなら我慢するかということでしょうか」

「北海道なら、酪農家に農業実習生として入る若いのも多いんだろうが、道南では技能実習生が増えてるんだろうな。長万部とか、八雲なんかにも、使っている工場とか現場があるらしい」

「あっちの小さな町でもですか」

「とにかく」と、矢島は切り上げる口調となった。「またゆっくり飲みたいな」

「ぜひ」

矢島は、さっと伝票をひったくって立ち上がった。

「ここはいい。仕事中、悪かったな」

「とんでもない。ごちそうになります」

相手はいまは、零細とはいえ、建設業者だ。コーヒー代を出してもらう程度のことは、負担にはなるまい。加えて、世間話の途中で面白い話も聞かせてもらった。

矢島は、支払いをすませると、地下通路を大通駅方向に歩き去っていった。

署に戻ろうとすると、メールの着信だった。ディスプレイを見ると、山際からだ。

「北一条駐車場、二番出口あたりで」

大通署の中では、佐伯とは会いたくないということだ。

小柴法務事務所についての情報を少しくれることになっていたが、まずいものを引っ張り出してしまったのか？

北一条駐車場は、この地下通路を北一条で折れればいい。雪をかぶることなく、歩いて行けた。二番出口は七丁目側だが、五分以内で着けるだろう。

新宮は警備会社の雪まつり臨時管理本部をあとにすると、こんどは六丁目の広場へ向かった。六丁目には、大通署の現地警備本部の小屋があり、大通り会場での迷子をいったんすべて保護する迷子センターが設置されている。

さっきこの六丁目にある現地警備本部には、バッグの届け物がなかったか問い合わせている。でも念のために直接確認するつもりだった。

本部の中に入って確かめてみたが、やはり届いてはいなかった。広場の中央近くに、観光案内所があった。ここでも確かめてみたが、やはり届いていない。

どうせならば、と五丁目に入った。ここの大雪像は、人気のテレビ番組のセットを模したものだ。これとはべつに、台北《たいぺい》にあるという迎賓館《げいひん》が氷で再現されている。時間のせいか、市街地の中心寄りのせいか、さっき立った七丁目や八丁目広場よりもずっと人出は多かった。この賑わいの中では、いましがたのように監視カメラの映像から、ひとの目で特定の三人を探すというのは、ほとんど不可能に近いだろう。顔認証システムのようなアプリなりプログラムなりを使えば別だが、警備会社の監視カメラは、ひと混みの中から特定の誰かを探し出すためのものではない。

この五丁目の運営本部にも、探しているバッグの届け物はなかった。

交差点の横断歩道を渡り、四丁目広場の北側の通路に入った。ここの広場の大雪像は、世界中にファンがいるというテレビ・ゲームの一場面を立体化したものだ。

この四丁目広場が、大通り会場の実質的な中心にあたる。ここには札幌市消防局が救護所を出していたはず。大きな案内所もなかったろうか。拾得物が届くとしたら、この四丁目の案内所か、運営本部かもしれなかった。

北側の通路を、東に向かって歩いているときだ。目の前を歩いていた中年のカップルのうちの女性のほうが、足を滑らせて転んだ。両足をずるりと前方へ投げ出すように、尻餅《しりもち》をついたのだ。そのとき、右手で身体を支えようとしたその女性は悲鳴を上げた。新宮は思わず駆け寄り、女性の身体を支えた。

アジアからの観光客のようだった。男のほうがしゃがみこみ、動転した顔で女性に何か言っている。中国語のようだった。女性は右の手首を左手で押さえ、何か訴えていた。

骨折したか？　この時期、札幌にやってくる観光客の大部分は、底に滑り止めのない靴を履いている。そのため凍結した道路でよく転倒する。頭を打った場合は、脳震盪《のうしんとう》以上の怪我をしたことも十分考えられるので、救急車が出動する。いま女性は頭は打たなかったが。

男性が女性を助け起こそうとしたが、女性は立ち上がれなかった。足もひねるかどうかしたか？

新宮は男性の横にしゃがみ、警察手帳を見せて言った。

「アイ・アム・ポリス。ユー・ハフ・トゥー・ゴー・トゥー・ファースト・エイド・ステイション」

去年秋の研修で暗記したフレーズだ。「交番」の部分を言い換えた。

男性が新宮の顔を見て言った。

「ファースト・エイド・ステイション？」

あるのか？　という確認だろう。

「ヤ」新宮は通路の先を指さした。

男性はしぐさで、女性を助け起こしてくれと言う。女性のほうは、歯を食いしばるように、顔をゆがめていた。激痛があるようだ。

新宮は男性に手を貸し、というかむしろ自分の肩に女性の左手をかけさせて、救護所へと向かった。女性は右足が使えない。新宮たちはひきずるようにして、二十メートルほど先にあったその仮設の小屋に向かった。

看板がかかっている。

「雪まつり臨時救護所・札幌市消防局」

小屋のガラスの引き戸の前まで来ると、中にいた女性が戸を開けてくれた。

「どうしました？」と新宮に訊いてくる。白っぽい看護服のような服を着た、三十代の女性だ。胸に名札。髪をひっつめにしている。医師かもしれない。

「尻餅をついたんです。足と右手首を痛めたようです。外国のひとです」

その女性は、女性を椅子に腰掛けさせてから訊いた。

「日本語は話せます？」

女性はきょとんとした顔になった。

その看護服の女性は振り返って言った。

「森田《もりた》さん、お願い！」

奥のデスクの向こうから、黒っぽいパンツスーツ姿の女性が歩いてきた。長めの髪の、二十代後半かという年頃。胸にＩＤカードを下げている。

目が合った。相手が、あ、という表情になった。

新宮も気づいた。知っている女性だ。いつか途中参加した合コンの場で、なんとなく意識した相手。もっともあのときは、すぐに豊水《ほうすい》署勤務の同期から緊急の呼び出しがあって、中座しなければならなかったのだが。

名前を聞いていたろうか。たしか札幌市立病院勤務だった。看護師ではなく、職員だと言っていた。

新宮は彼女の胸のＩＤカードを素早く見た。写真付きで、所属組織とフルネーム。雪まつり実行委員会の森田由美《ゆみ》だ。

森田が新宮に黙礼してから、女性の横にしゃがんで何か言った。中国語だった。

その女性と、男性が同時に答えた。

森田はさらに何か訊く。転んだ女性は右の手首を示し、それから右の足首を指さして何か言った。

中国語でのやりとりが続いた。

ひっつめ髪の女性は、そのあいだに転んだ女性の右手や右足首に触れている。

やがて森田は、医師らしき女性に言った。

「中国からの高《ガオ》さん。お歳は四十二歳。右足首と右手に激痛」

「肩とか腰はどうかしら？」

「打ってはいないそうです」

医師らしき女性は、さらに高という観光客を触診し、いくつか質問した。森田がその都度通訳し、高の答をまた医師らしき女性に伝えた。

「レントゲンの必要はないでしょう。消炎剤を出します。奥で少し休んでもらいましょう」

それを森田が伝えると、ふいに高があたりを見回して叫んだ。高は、新宮を見つめてきた。

「自分のバッグがないそうです」と森田。

新宮は訊いた。

「どんなバッグです？」

高を立たせたとき、バッグがあったかどうかもわからない。

亭主らしき男のほうも、何か言い始めた。

森田由美が新宮に言った。

「革の、赤いボディバッグ。転んだとき、手に持っていたそうです」

バッグの紛失について聞くのは、きょう三度目だ。

あのとき、自分の注意はこの高が頭を打っていないかということだった。下手をすれば、救急車を呼ばねばならないのだ。彼女が何を持っていたかは、気にかけなかった。

「ブランドがわかれば」と新宮は森田に言った。

森田はすぐ高に確かめた。名前だけは知っているブランド名が返ったが、新宮は形やデザインを思い描くことはできなかった。

「中身は何でしょう？」

日本円とクレジットカードを入れた財布、あとは化粧道具。

「見てきます」

とはいえ、もう転倒の瞬間から五分は経っている。その場にそのバッグが落ちているはずもない。行くとしたら、案内所か臨時交番のほうだ。

森田由美が、お願いしますというように目で語り、高に何か伝えた。

新宮は救護所の外に出ると、並びにある大通警察署雪まつり臨時交番に入った。六丁目の現地警備本部とは違い、こちらは数人の地域課警察官が詰める派出所である。警察官たちは、しばしば道案内役、観光案内役も務めているはずだ。

狭いプレハブの小屋に入ると、中には女性警察官ひとりを含めた制服警官が三人と、五、六人の観光客とおぼしき男女がいた。

新宮は若い警察官に警察手帳を見せて言った。

「ほんの少し前、中国人観光客が転んで、ボディバッグを落としてしまったんです。救護所で手当てを受けていますが、届いていませんか？」

女性警察官が、奥から言った。

「ブランドはわかります？」

新宮は聞いたブランド名を出して、続けた。

「中身は財布と、化粧道具。高いと書いてガオさんというひとのものなのです」

女性警察官は、あ、それなら、という顔になった。

「いま届いたばかりです。ホテルのカードも入っていました。高さんは、こちらに来れます？」

「ご主人が来ます。本人は手当てを受けているので」

新宮が救護所に戻ると、森田由美は新宮を見つめて訊いてきた。

「どうでした？」

「その臨時交番に届いていました」

森田が、高とその亭主に伝えた。ふたりは少し大げさに喜んだ。

「じゃあ、ご主人が受け取りに行ってください」新宮は森田に頭を下げた。「わたしはこれで」

救護所から四丁目の広場に出た。

「あの」と呼び止める声。

振り返ると、森田由美だった。

森田が言った。

「ありがとうございます。高さんの件も、バッグのことも」

「仕事です。森田さんは、市立病院勤めでしたよね？」

森田はうれしそうな表情となった。

「覚えてらしたんですね」

「あの合コン、途中で抜けてしまって、この仕事を恨んだこともあります」

「大事なお仕事に、きっぱりあの場から向かうひとって」

言葉が切れた。新宮は首を傾けて森田の次の言葉を待った。

森田由美は少しだけはにかむように言った。

「素敵でした。わたしも、あれきりだったのが残念だったんです」

「中国語がお上手なんですね。きょうはどうしてここに？」

「病院から派遣されたんです。わたしが少し中国語を習っていたので、とにかくここでまず救護が必要な中国からのお客さんの通訳をしろと」

新宮は思い切って言った。

「もう一度会えますか？　あの合コンのリベンジをしたいんですけど」

森田由美は微笑した。

「合コンのリベンジなんかじゃなく、もっと落ち着いた会いかたはどうですか？」

「そのほうがずっといいです。連絡してかまいませんか？」

森田が、上着のポケットから名刺を取り出した。用意して救護所を出てきたのかもしれない。市立病院のものではなく、雪まつり実行委員会救護所の通訳としての名刺だった。その救護所の固定電話の番号の下に、ボールペンで走り書きされた番号。彼女の携帯電話の番号だろう。彼女も仕事中だ。この雑踏の中で番号交換しているだけの余裕もないのだ。

「ほんとうにありがとうございました」と森田由美はもう一度微笑して、救護所のほうに小走りに向かっていった。

彼女が救護所の中に入るまでを見届けながら、新宮は思った。

やはり会うのは、この雪まつりが終わってからだろうな。最終日がいいだろうか。いや、その日はきっと疲れも溜《た》まっているだろう。その翌日か。ショートメールを早めに送り、日は彼女に決めてもらうのがいいかもしれない。

新宮は寒気の中で一度自分の右頰を叩いてから、こんどは案内所に向かった。

グエンから被害届のあったバッグは、ここには届いていなかった。

佐伯は北一条通りの地下の通路を西に向かって歩いた。

この北一条通りの地下には、西四丁目から六丁目まで、北海道開発局の駐車場がある。地下一階は公共通路だが、地下二階が自走式の駐車場なのだ。二番出口ということは、西の端ということになる。

駅前通りの地下から、北一条駐車場の地下通路を歩き、六丁目まで来たところで地下二階の駐車場へと下りた。もう駐車場の西の端に近い。二番出口のほうへと歩いていくと、

「こっちだ」と後ろから声があった。

振り返ると、山際が柱の陰から顔を出していた。佐伯は山際のほうへと歩き、駐車スペースの中に入った。山際は車高のある四輪駆動車の後ろに移動して、中央の通路から隠れた。

山際の横に立つと、彼はかなり居心地の悪そうな顔で言った。

「お前、かなり筋の悪い事案に関わっちまったのかもしれないぞ」

なんとなく想像がついていた。

佐伯は確認した。

「うちの上のほうと、関係があるんですか？」

自分はかつて、本部上級職の腐敗に対して、公然と抗議の意志を示したことがある。そのために冷や飯も食ってきた。そのことを後悔したことはないし、同じことがまた目の前で起これば、自分は同じように振る舞うつもりでもいる。だからまたそうだとしても、たぶん自分はひるまない。完全に取り上げられてしまえば別だが、今回の件、四駆盗難事案からはずれろという伊藤の指示は、それが発砲事件に発展したからだ。機動捜査隊が発砲犯を追っている。きょうこの時点で自分たちがはずれるのは、ある意味では当然とも言える組織的判断なのだ。

しかし山際は首を振った。

「もっと上の案件だ」

「え？」

本部ではなく、もっと上の案件？

上級官庁？　それとも省は違うが相当なレベルの高級官僚がからんでいるのか。いや、いまの山際の表情を考えると、政界なり国会議員が関係しているということだろうか。福岡の暴力団ともつながりのある法務事務所が、国会議員と？　しかし、その法務事務所ともし国会議員がつながっているとしても、そのつながりは何か刑事事件まで構成しているのか。受託収賄罪程度なら、それは与党国会議員なら多くが多少は手を染めることかもしれないとは思うし、警察よりも検察が引き受ける事案には違いないが。

山際は、佐伯の反応を見つめている。もったいをつけているのか、種明かしをしてくれない。どうやら、いま自分が想像した受託収賄程度の事案ではないようだ。

山際はまた駐車場の通路のほうに目をやってから、やっと口を開いた。

「九州で、ひとつ総合病院が乗っ取られた事案がある。小柴法務事務所が関わった」

「はっきりわかっているんですか？」

「小柴法務事務所の小柴を含め、乗っ取った面々が前の理事長から詐欺の民事訴訟を起こされている。だけど敗訴だ。そしてこのとき間に入って動いていた男は、九州の国会議員の公設秘書だった。この乗っ取りが明るみに出たとき、すぐ公設秘書を辞めたが、関係は切れていない」

「議員の名前を精一杯利用した詐欺グループがあるように聞こえますね」

「そうだな。この事案では、外形的には少なくとも小柴法務事務所と、その議員の子飼い連中は一体だ」

「つまり詐欺グループの、総締めがその議員ですか」

「そこは微妙だ。詐欺の計画と実行は、小柴法務事務所の背後にいる連中なんだろう。おれの照会先も、そこまでは言わなかった。だけどその議員は、官僚出身じゃなく、地元の実業家だ。お飾りじゃない」

「切った張ったの世界で生きてきた男ということですね。なんという議員なんです？」

山際がフルネームで答えた。

「知っているか？」

「何年か前に、厚生労働大臣をやった？」

「そうだ。この男は、厚労大臣のころに、外国人受け入れ枠をまず拡大した。これまでは労働ビザの出なかった職種にも外国人が就けるようにした」

「なんとなく聞いたことがあります」

「また、問題の多い技能実習制度の指導強化のための組織を立ち上げた。受け入れの監理団体について、設立の許認可権を持つ機構だ。天下り団体でもある」

「そういう機関は、ほかにもあるでしょうに」

「自分が自由に動かせる組織が必要だったんだろう。議員本人は厚労族の実力者として影響力を使えるし、文科行政にも口出ししている。日本語学校の留学生受け入れ制度にもからんで、留学生受け入れ支援の窓口になる団体を設立している。ここには自分の子飼いみたいな文科省の役人が理事長就任だ」

「そういうことが、利権になるんですか？」

「そういう機関を通せば、監理団体の設立が簡単になるし、実習生なんかのビザや労働許可証が簡単に出るようにした。安い労働者の欲しい企業とか、学生の定員割れで廃校に近い大学が飛びつく。当然その議員には、受け入れた企業や大学からキックバックがある。実習生や留学生ひとりについて二万とか三万。あるいはもっと」

佐伯はいましがた矢島から話を訊いたときにも不思議に感じたことを、訊いた。

「五年前ならともかく、外国人にとって、いま日本はそれほど魅力のある国ですか？　けっして高い賃金を支払われるわけじゃない。日本の実習制度の問題も、あちらには広まっていると思えるんですが」

「承知していても、緊急にカネが必要な人間はどこにだっている。日本人にも、いまこの瞬間に三百万の借金がチャラになるとなれば、覚醒剤《かくせいざい》の運び屋を引き受けるやつもいるんだ」

「日本で技能実習生をやるのも、インチキ大学に籍だけ置いてコンビニでアルバイトするのも、もう割りのいいことじゃないでしょうに」

「向こうの送り出し団体にも、暴力団がいるのかもしれない。親に無担保でカネを借す。子供が働いて返す。中には良心的な企業に当たって、三年で三百万ぐらい貯金した成功例もあるんだろう。あちらの田舎では家が建つだけのカネだ。そういう話は、他の悪い情報を吹き飛ばす」

「それでも、いまは事前に情報収集ぐらいするでしょうに」

「厚労大臣を務めた男が受け入れ側団体の顧問なり相談役になっているとなれば、安心できる。ほかの日本の技能実習制度みたいなブラックなところには行かずにすむだろうとな。ネットで事前に情報収集ができる程度の青年でもだ。それに、技能実習生を送り出しているのは、もういまは、中国以外のアジアが大半だろう」

さっきも、同じことを矢島から聞いたばかりだ。

しかしそこまで聞いても、まだこんどの件で山際が不安視しているものが何か、よくわからなかった。車の盗難にせよ、福岡がからんだ発砲事件にせよ、その国会議員の利権の末端で起こった現象かもしれないが、捜査の中止や預かりが指示されるような重大事案には思えない。佐伯は答をせかした。

「それで、なにやらその国会議員が関係してまずい事案というのが、具体的にあるんですね？」

山際は苦笑した。少し前振りが長かったと自分でも気づいたのだろう。

「そうだった。いま話したところまでは、少しその方面に注意していれば、ニュースや解説記事にも出てくる程度の情報だろう。おれがいま知って驚いたのは、北九州のある会社をめぐる実習生の逃亡の件なんだ」

「その会社が、議員に関係しているんですか？」

「議員のグループ会社のひとつだ。優良企業のお墨付きをもらって、大勢の技能実習生を入れている」

「もしかしたら、自分の息のかかった機関に、自分の会社や監理団体を審査させている？」

「そういうことになるな。その会社は、福岡にIT部品組み立ての工場を持っている。そこから、去年何人か無断の離職者が出た」

「技能実習生が、無断で離職なんてできるんですか？」

「法律上は無理だ。失踪《しっそう》した実習生が出たということだ。パスポートも会社の金庫に預けたままだったというから、当然国外には出られない」

パスポートという言葉を聞くのは、きょう三度目だった。それにしても、パスポートを持ち出さずに逃げたというのは、何かそうとうに切迫した事情があったということか。帰国もできず、賃金の安い違法就労を続け、いつか入管法違反で捕まり、国外追放される。故国には高利貸しが待っているというのに。

山際は続けた。

「三月に福岡のその工場近くの水路で、女性が死体で見つかったんだが、逃げた実習生のひとりだった」

「事件性のある死体だったんですか？」

「いや。自転車の路外転落。それから四カ月後の去年七月に、北九州市の海岸で、また同じ工場の実習生の死体が見つかった。やはり工場から逃げ出した実習生だった。溺死《できし》だ。これも事件性なしで処理」

「それでふたり目」

「じつは、四年前にも実習生がふたり逃げている。そのうちひとりが、大阪で殺されているんだ。通り魔に刺されたと、ニュースには出た事件だ。あとになってから、逃げていた実習生だと身元がわかった」

「死んだ者がつごう三人。最初の大阪のケースは、はっきりと事件」

「あとのふたつ、法的にはどちらも変死だから、司法解剖したうえでの事件性なしの判断だと思うが」

いや、カラ剖検で長いこと変死体を適当に扱ってきた県警もある。あれが例外だったとは言いきれまい。

佐伯は言った。

「大阪の通り魔も含めて、同じ工場の実習生が三人死んでるというのは、偶然とは言いにくいところがありますね」

「実習生が立て続けに逃げているとなれば、会社はひどいブラック企業ということだし、監理団体の審査やお墨付きはまったくのでたらめだということになる。認可した役所もだ。なのに福岡県警が動かないのは、何らかの政治的配慮があるのだと勘繰りたくなる。おれにこの実習生の件を教えてくれた男は、そう判断している」

「どなたかとは訊かないほうがいいんでしょうね？」

「佐伯が思いついたということでいいさ」

山際自身の名も出してほしくないということだろうか。もと閣僚であるその国会議員の影響力を心配している？　いまはまだ道警は、札幌の小柴法務事務所とその議員との関係に気づいていない。情報はまだ現場から、直接捜査を担当する部署の中間幹部程度にしか上がっていないからだ。でも、いずれそれに気づく者が出てくる。そこに近づくことは組織として危険だと、動揺する幹部も出てくるだろう。

佐伯が黙っていると、山際が不安そうに訊いた。

「おれも、聞いた話を整理せずに伝えた。わかるか？」

「ええ」佐伯も、山際からの情報をまとめながら答えた。「まず、小柴法務事務所というのは経済ヤクザ。九州の暴力団の企業舎弟」

「そうだ。たぶん代表は、武部会の幹部と裏盃を交わしているだろうな」

「そして、小柴法務事務所は、九州で国会議員秘書がからんだ詐欺事件に関わっている。また、議員の持つ会社では、技能実習生の不審死が複数出ている」

山際は否定せずに時計を見た。そろそろ庁舎に戻っていたいということだろう。

佐伯が礼を言いかけると、遮るように山際が言った。

「小柴法務事務所の名前は、うちはどこまで知っているんだ？」

佐伯は答えた。

「手を放せと指示されたときに、係長には伝えていますよ。盗難被害の車のそばで目撃された車は、小柴法務事務所の社有車であると」

「伊藤さんか？」

「ええ。たぶん機動捜査隊には、この件は伝わったでしょうが」

「機動捜査隊は、きょうは誰の班だ？」

「長正寺」

「あいつは、無視しないだろうな」

「これ、長正寺に伝えてもかまわない情報ですか？」

「ううん」山際は困ったように顔をしかめた。「お前に話してみれば、これは逆に、やはり捜査関係者が知っておくべき情報という気にもなってきたな」

「山際さんの名前は出しません。わたしの協力者《エス》から耳にした、と言っておきましょう」

「それがいい」山際は歩き出した。

佐伯が横に並ぼうとすると、山際は目で佐伯を制止した。

「おれは署の横のエレベーターで戻る。時間差つけてきてくれ」

そうすることにした。いま山際から教えられた情報を、整理する時間も必要だ。新宮も呼び出して、聞かせてやらねばならない。


小島百合は、デスクの電話機から受話器を取り上げて言った。

「生活安全課です」

女性の声があった。

「釧路署生安の西脇《にしわき》と言います。小島さんを」

落ち着いた、しかし明るい声の女性警官だ。

「わたしです」

「あ、じつはいま、中林留美さんというお母さんから、娘さんの捜索願が出たんです」

あの母親は、小島百合の説得にすぐに従ってくれたのだ。これはうれしい電話だった。

百合は言った。

「わたしが、中林さんと直接電話で話して、願いを出すように勧めたんです」

「ええ。正式に受理しました。それで、その後いかがです？」

「家出した高校生が行きそうなところに、片っ端から声をかけています。まだ、連絡はついていないんですが」

「ひとつ気になることを聞きました」

義父との問題だ。

百合は少しだけ声を落として言った。

「それが家出の原因だと思っています。札幌で保護しても、母親のもとに帰すことは、正直気が進まない。母親がなんとか手だてを考えてくれるといいんですが」

「相談を受けました。釧路にもシェルターがあって、即日避難可能です」

「シェルターに入ってもいいと？」それは、中林留美が男と別れることを決意したということになるが、そのとおりか？

西脇は答えた。

「ええ。大都市とは違いますから、そこに入っても、身元を消すことはできないでしょう。でも少なくとも、娘さんの身は安全になる」

「中林さんは、ご亭主と別れることを決めたということでしょうか」

「やりとりの雰囲気は少し微妙なんです」

「微妙というのは？」

「娘さんが高校を卒業して釧路を出るまでは、シェルターにいたい、という気持ちのようです。つまり、亭主とは離婚はしたくない。そこまではしたくないということなんです」

連れ子に手を出すような男となお一緒に暮らしたいと？　電話で聞いただけの情報でも、百合は中林留美に助言できる。別れなさい。問題のその一事だけでも、その男がどれだけろくでなしかわかるはず。次は博打《ばくち》、酒、女遊び、借金。もうすでにそれは始まっていない？　なら、次の段階は家庭内暴力。見えているでしょう？　わたしが警察官としてそれを口にするのは余計なお世話だとしても、同性のちょっと関わることになった知人の助言として、そのくらいのことは言ってやりたいのだ。

西脇は続けた。

「シェルターにいるあいだに反省して、まっとうな亭主になってくれるかもしれないと。自分はそれを期待したいのだと言ってました」

「中林さん母娘《おやこ》がシェルターに逃げたら、ストーカーになるかもしれないのに」

「そのときは、双方にきっちり言ってやれるのだけどね。ともあれ」西脇は言葉の調子を変えた。「とにかくお母さんのところに戻っても大丈夫だと、その子を説得する材料にはなるでしょう」

「ええ」

百合は礼を言った。

佐伯は新宮に、山際から教えられたことを簡単に要約して伝えた。

大通署の捜査車両の中だ。いま車は、西十一丁目の通りを南に向かっている。午前中、四駆の盗難現場に向かったのと同じ道だ。大通り公園の西十丁目と十一丁目のあいだは、観光客が信号が赤色に変わっても無理に横断しようとしていて、車は少し待たねばならなかった。雪道に慣れない観光客が焦って車道の真ん中で転倒するよりは、多少の信号無視のほうがいい。ここで滑って転んで救急車が駆けつけることになったら、ただでさえ渋滞気味の大通り公園周辺の道路は、いっそう混乱し、とくに自動車のほうが二進《にっち》も三進《さっち》も行かなくなってしまうのだ。

大通り公園を横切り、南一条通りに出た。ここでも赤信号に引っかかった。ちょうど二両連結の路面電車が西から東方向に通過していくところだった。北欧ふうのデザインの、わりあい最近走り出した車両。路面電車が通過してから青信号になり、また佐伯たちの捜査車両は南に走り出した。

新宮が運転しながら言った。

「発砲事件を追ったところで、いくらなんでも国会議員に行き当たるなんてことはないでしょうけれどもね。山際さんは何を心配しているんだろう」

佐伯は言った。

「あっちのほうのヤクザをめぐる文化は、道産子《どさんこ》にはよくわからないことがあるからな。対立候補の選挙妨害をヤクザに頼むことが、特別に異常でもない土地柄のようだし」

「こんども何かしら引っかかってくるんでしょうか」

「わからん。だけど、自分の持っている会社がブラック企業、って程度のことは、役人出身じゃない議員なら、ふつうにありそうな気はする。そこで名前が出たところで、何かのダメージになるとも思えない」

「もうすぐ南六条です」

「さっきの現場に」

「係長にこの窃盗事案、取り上げられていますが、いいんですか？」

「そっちの捜査をしているわけじゃない」

「じゃあ何を？」

「そうだな」答の用意がなかったが、佐伯は言った。「置き引き犯の捜査だ」

新宮は笑った。

「はい」

しかし、朝の四駆盗難現場に来たところで、佐伯は周囲を見渡しながら言ったのだった。

「この後、盗まれた車は、苗穂・丘珠通りの発砲現場と、次に苗穂・丘珠通りと環状通りの交差点で確認されたんだ。発砲事件は、盗難からほぼ一時間半後。まっすぐ発砲現場に行ったんじゃない。車はここからどう走ったと推理する？」

「ぼくがですか？」と、新宮は面食らった顔だった。佐伯さんは全然想像もつかないのですかと、確かめるような表情でもある。

もちろん佐伯には、すでに仮説はある。

新宮は言った。

「ナンバープレートを、偽造品に交換しています。ひと目につかなくて、その作業ができる場所に行った」

「自分のところのガレージとか、車専門の盗犯なら、使える自動車修理工場を持っている」

「この季節、雪道で立ち往生する車は少なくないです。人通りの少ない道の際《きわ》でナンバープレートの付け替えをやっていても、あまり不審には見えないのでは？」

新宮の言うとおりかもしれない。車上狙いとは見えないだろう。

佐伯はさらに疑問を出してみた。

「四駆には、ふたり乗っていたと目撃されている。そのもうひとりは、どこで乗ったか？」

新宮が思いついたという顔になった。

「福岡の武部会新堀組の男の指紋が出ています。千歳か、快速エアポートでその男がやってきた？」

快速エアポートというのは、JRが新千歳空港と小樽との間を走らせている快速電車だ。飛行機で新千歳空港に着いた旅行客は、この快速電車で札幌に入ることが多い。

「拳銃を持って飛行機に乗るのは不可能だ」

「あ、じゃあ、特急北斗ですよ。北海道新幹線を新函館北斗で乗り換えて、札幌入り。車の盗難から発砲のあいだのその一時間半のあいだには、函館から到着の特急はたぶん一本か二本しかない」

「拳銃はべつに運ばれたか、すでに送られていたという可能性もある」

「発砲の荒っぽさから考えると、何かそうとうに切迫していたんじゃないでしょうか。きょう、発砲の直前に札幌入りしていたのでは」

「何が切迫していた？　発砲犯たちの目的は何か、という意味でもあるが」

「思いつくのは、強奪。カネかクスリか。拉致とか口ふさぎとかも」

「組抜けがこじれたのかもしれないな。その場合は、殺害。みせしめとしても、やらなきゃならないことだろうし」

「ともあれ急ぐ必要があって、拳銃の扱いに慣れた男が急遽札幌入りした」

「そして、追うほうは、狙う相手がどこにいるかを知っていた。お前の推理を延長すれば、相手が逃げることを予期していた。だから、じっさいにカーチェイスとなり、発砲もあった」

「間一髪だったんですね。狙われたほうにしてみれば」

「苗穂・丘珠通りでは、煽り運転じゃないかと通報があるくらいの派手な追っかけっこになった。追っていた四駆のほうが交差点脇の雪山に突っ込んだので、追われていたほうは逃げた。それで、追っていた側は諦めたか？」

「追跡には、また車が必要です。盗むか、奪うか、所有の車を使うか」

「盗難や強奪の届けはないし、三つ目はかなり危険だ。もし盗犯のアジトがこの近所だとすれば」佐伯は南六条通りの前後に目をやって続けた。「東十九丁目からここまでいったん戻らねばならない。その余裕はあったろうか」

新宮も通り全体を眺め渡してから言った。

「撃ったほうは、相手が逃げる先がどこかも知っていた。あるいは気づいた。車がなくても、先回りできるという状況だったのかもしれません」

「たとえば？」

「地下鉄か列車で行けるところ。空港はどうでしょう。ＪＲの便のタイミングさえ合えば、こんな雪の日ですから、車より先に着くかもしれません。札幌駅まではタクシーを使う。ほんのわずかの時間です。あやしまれない」

「事故を起こした場所は、東十九丁目。逃げた車が空港に向かったという推理はいいな」

「道央自動車道の入り口にも向かえます」

「発砲現場も、道央道入り口に近いと言えば近い」

「追われているほうも、ＪＲを使って本州に逃げようとしたのかもしれない。札幌駅に向かうところを邪魔されたか」

「それとも函館までは車で、ということだったか」

でも、まだこれらの推測、仮説には、何の裏付けもない。

津久井の携帯電話に、長正寺から着信があった。

「いまどこだ?」

津久井はフロント・ウィンドウごしに通りの先に目を向けたまま答えた。

「南九条西七。東に向かっています」

「武部会新堀組のことで、少し詳しい男を見つけた。会ってくれ。近くだ」

長正寺が告げたのは、中島《なかじま》公園の脇にある高層ホテルだった。そこの地下駐車場に行けという。そこにその事情通がやってきて、質問に答えてくれるという。時間は、十五分だけ。

「駐車場で待っていればいいんですね?」

「ああ。向こうがお前たちを見つけて近づく」

「なんという名前です?」

「だめだ。向こうはおれの名を出す」

そばにひとの耳があるから訊くな、ということなのだろう。

通話を終えると、津久井は滝本に、長正寺が指示したホテルの名を伝えた。そこで長正寺のエスから情報をもらうと。

滝本がくすりと笑った。

「あのホテルの名を聞くと、あの最高のマル暴撃退法を思い出しますね」

道警本部の中でも、少し有名だった話がある。そのホテルは、できた当初、薄野の繁華街を南に出てすぐのロケーションのせいで、一階の喫茶室は打ち合わせやくつろぎに来る暴力団員が多かった。けっこう危ない話題も、人目をはばからずする。おかげで、格の高いシティホテルとしての開業のはずであったのに、堅気の市民が敬遠するようになった。かといって、ホテルとしても、風体が暴力団員ふうだからという理由で、喫茶室への入店を拒むわけにはいかない。そもそも、それを面と向かって言える従業員がいない。オープンから半年も経ったころには、喫茶室は暴力団員のたまり場と化していた。本州からの宿泊客からも、喫茶室の客の柄が悪い、怖いと苦情が出るようになった。ホテルは困り果てて、大通署の組織犯罪対策課に相談した。暴力団の利用を制限する方策はないものかと。ただし、制服警官の巡回頻度を多くする、という方法だと、また逆に客に敬遠される。暴力団から嫌がらせを受けるのも避けたい。

最初に相談を受けた警察官は、ホテル周辺に事務所を持つ暴力団に伝えておく、と返答し、じっさいに幹部たちにそのホテルの利用を控えるよう言い渡した。しかし、効果はなかった。

ホテルはまた大通署に相談にやってきた。二度目に相談にあたったのは、旭川署の生活安全課から異動してきたばかりの、定年間近の警察官だった。彼はホテルをすぐに調べに行って、喫茶室がホテルの言うとおりの状況であることを確認した。
彼はすぐに支配人と会って、メニューにあるスイーツ類を、原価近い価格で提供することはできるかと訊いた。数カ月だけ期間限定で、暴力団がいなくなるならやれる、と支配人は答えた。

対策課の彼は提案した。喫茶室で、スイーツ食べ放題の特価キャンペーンをやれと。

支配人は、その効果のほどがよくわからなかったけれど、提案に乗ってみた。すると、午後になれば主婦たちがグループでやってきて、そばの暴力団員の打ち合わせなどおかまいなしにスイーツを食べてゆくようになった。キャンペーンを始めて二月後には、暴力団はその喫茶室に寄りつかなくなった。ホテルは食べ放題キャンペーンの価格を少しだけ上げたが、主婦たちの来店は減らなかった。近所に事務所がある暴力団員たちは、いまはあのホテルだけは打ち合わせや休憩には使いたくないと言っているとか。生活安全課から異動してきたばかりの、まるで強面《こわもて》なところのない警察官が、見事にそのホテルから暴力団を追放することに成功したのだった。

津久井もそのエピソードを思い出して笑った。

「そのうち、暴力団にもスイーツ好きが現れるかもしれないけれどな」

滝本が言った。

「さいわい、いまはまだ、スイーツなんか喜んで食っていたら沽券《こけん》に関わるという世界だからいいですけどね」

「ぼちぼちタバコは吸わないというヤクザも出てきている。これからはどうなるかわからないな」

滝本が、西六丁目まで来たところで、車を右折させた。ホテルまで、ほんの一ブロックだ。


南六条の通りで、新宮は、ちょっと電話をかけますと言って、車の運転席に乗った。

佐伯が外で見ていると、新宮は携帯電話を出して、どこかにかけた。何かを確認するかのような様子だ。右手で、メモを取っている。三分ほどで、新宮はまた車の外に降り立った。

「函館駅発、特急北斗とスーパー北斗の、札幌着の時刻です。朝の九時四十八分。十一時二十七分。十二時四十一分」

佐伯は言った。

「九時四十八分着が、タイミングとしては合うな。十一時二十七分着では発砲のあとになる」

「もし石塚って男が福岡からずっと新幹線で来たのなら、函館には零時前に着いて一泊でしょう。うまい接続がありませんから、この朝一番の列車に乗った」

「この一本目の列車の発車時刻は？」

「新北斗駅を、六時二十八分」

「マル暴にしては、早起きができる男なんだな」

「追われたほうの身元は、まだ確認できていないんですよね」

「機動捜査隊はもうつかんでいるのかもしれないが」

新宮が不思議そうに訊いた。

「手を放せと言われたこの事案に、どうしてそんなにこだわるんです？　まさか面子《メンツ》で、自分が解決してやるということじゃないですよね」

「おれがそんなに格好つけたがりと思うか？」

「まさか。でも気になるんです」

「おれにもわからない。なんとなく、機動捜査隊まかせにしてはおけないような気分なんだ。何かおれの頭の奥のほうで、シナプスがくっつきそうなのかもしれないが、わからん。はっきりわかれば、それを長正寺に伝えて、そこでけりをつけるが」

佐伯は新宮を促した。

「このあたりを少し回ろう」

津久井たちは、地下の駐車場の奥に車を停めて、その協力者が現れるのを待った。

機動捜査隊の捜査車両は、非常時にはルーフに赤色回転灯を出す。回転灯はマグネットでルーフにつけるタイプとは違い、ふだんは前部シート中央の天井部分に引き込まれている。その回転灯のケース部分だけ天井から下に膨らんでいるから、知る者が見れば警察車両だとすぐにわかる。相手が津久井たちの車を見つけて近づいてきてくれる。待っていればいい。

指定された時刻になろうとしたとき、車の左後部がコッコッとノックされた。サイドミラーに、黒っぽい防寒ジャケットを着た男が映っている。サングラスをかけて、長髪だった。

津久井が下りようとドアを開けかけると、男が言った。

「長正寺さんのお友達ですね。後ろのシートに乗ります」

滝本が後部席のロックをはずした。

サングラスの男は、ドアを開けてさっと後部席に乗り込んできた。

助手席側から見るバックミラーでの印象では、暴力団っぽくはなかった。粗暴な匂いはない。むしろ少し軟派な雰囲気がある。暴力団の構成員ではないのか、それとも裏盃を受けたが堅気の仕事を続けている男なのだろうか。音楽をやっているのか、と津久井は思った。歳は津久井と同じくらいだろうか。

男は言った。

「質問してください。十五分というのは、聞いていますよね？」

時間がもったいなかった。津久井はいきなり質問に入った。

「九州の武部会、あるいはその二次団体は、札幌に進出しているのか？」

「看板出してるところはないですよ。警察のほうが詳しいでしょう」

「兄弟分になった組はどこだ？」

サングラスの男は、日本最大の暴力団を指す隠語を口にしてから続けた。

「……とは、つながっていないところでしょう」

「あるんだな」

「一昨年、札幌の組長の出所祝いに出席した組があります。これも、把握しているでしょう？」

「新堀組のことを言っているのか？」

さっき指紋が出た男の所属の組の名だ。出所祝いに出たかどうかは知らなかった。しかし、ここははったりで通していい。

男は無言だ。否定していない。十分だ。確認はとれた。

津久井は、その話題から離れて訊いた。

「小柴法務事務所が去年春に事務所を出したが、あの事務所が隠れ蓑か？」

「いや、完全に別の事務所でしょう。あそこはきちんと法律関係の仕事をしているんだと思いますよ」

全然無関係なことを訊かれたと驚いた様子もなかった。分業が行われている、という答だ。

津久井は言った。

「あそこは法務事務所だ。弁護士はいない」

「普段は表に出たくない弁護士が、裏で専門的な実務を引き受けているんじゃ？　弁護士本人は札幌にいなくてもいいんだし」

「裏にいる弁護士が、武部会の法律顧問でもやっているということか？」

「武部会の専属かどうかは知りません。だけど、福岡にも店を出している事務所ですよ。武部会みたいなところの法律関係の仕事を引き受けておかしくはないでしょう」

「福岡には、ほかにもたくさんの弁護士事務所があるだろうに」

「少なくともあの事務所は、人権派の弁護士が清く貧しくやっているところじゃありませんから」

「もっぱら暴力団をお得意にしていると？」

「闇金のシステムとか、そのほかの裏稼業のこととか、それなりに業界事情に通じていて、経験も豊富であれば、そっち方面の客には困りませんよ」

「弁護士事務所であれば、な」

津久井のさっきの印象では、あの事務所はむしろ、法律上のトラブルを抱えて飛び込んできた客をカモにする知能犯の事務所だ。札幌の暴力団は、しのぎの種類が別であるからと、進出を気に留めなかっただけかもしれないが、あくどさでは暴力団と似たようなものなのだ。ただ、小柴法務事務所が、拳銃を持ち出さねばならぬほどの危険な仕事とはどんなものだろう。それはもう完全に札幌の暴力団と競合する、抗争覚悟のビジネスとなるのではないか。

それにしても、こいつの受け答えはなんとも気に障る。のらりくらりと、答をはぐらかして、それでいて自分はほんとうのことを知っているとほのめかしている。津久井は質問の仕方を変えた。

「小柴の札幌の得意先はどこだ?」

「よく知りませんが」男はもうこのやりとりに飽いているという口調になった。「東京か福岡のお得意の、札幌の出先の手伝いをしているんじゃないんですか」

関係している組織が複数ある、という意味か。いまの答には、これまで出てこなかった東京という地名が出てきたが、それは具体的にどこかの組織を指しているのだろうか。

「なんというところだ?」

「そろそろ時間かも」

津久井は口調を、機動捜査隊員にふさわしいものに変えた。

「長正寺班長に、あの野郎はクソの役にも立たなかったと報告しようか？」

こいつが長正寺の協力者であれば、この十五分間の見返りも期待しているはず。使えなかったと報告されることは痛いはずだ。

バックミラーの中で、サングラスの男がかすかに表情を変えたように見えた。目の色がわかったわけではないが、口元や頬が緊張したのだ。

答を待っていると、サングラスの男は言った。

「小柴法務事務所は、国会議員の後援会とか、後援会の幹部なんかがやっている危ないビジネスにも食い込んでいますよ」

「危ないビジネスというのは、たとえば？」

建設業界との癒着なら、保守系の国会議員にとっては犯罪の意識さえもない行動様式のひとつだろう。この北海道にだって、公共工事の発注について、完全に納税制度同様の集金システムを作ってしまった議員の噂も聞く。大きな工事では三パーセント、小さめの場合は五パーセントというのが、その議員に公共工事を回してもらう場合のキックバック率だとか。

男が言った。

「伝統的な利権じゃなくて」

「だから、何だと言うんだ？」

「ひとに関わることです。農業実習生、日本語学校留学生。そうした人間を入れているところへのアドバイスとか」

予想外の答だった。

「福岡、東京とつながっているどこかのそういうビジネスを、法律面で支援してるということだな」

「そういうことです。小柴事務所は、そういう方面の書類作成や手続きにも、ひとの扱いにも慣れているらしいです。もっとも事務所出した以上は、多少はこっちでも小遣い稼ぎはやっているんでしょうが」

「小遣い稼ぎって、どんなものだ？」

「法務事務所って看板出していれば、日本人女の闇金とかの借金の相談も受ける。売れそうな女なら、もっと危ない金融業者を紹介して、手数料を受け取る。紹介された業者は借金の一括返済を提案して、ソープに沈める。デリヘルに回す」

男は少し早口になってきた。一瞬前までよりも、饒舌《じょうぜつ》になったかとも感じる。

「同業者をつぶすために、送り込んだりもするんですよ。本番を指示してる声を録音させるとか」

「札幌で？」

「どことは知りませんがね」

そのような情報からもし生活安全課が風俗営業のどこかの業者を摘発したとしても、きっかけについては絶対に外には流れないだろう。生活安全課も、摘発の根拠となった情報源は隠し通すはずだ。ありえた話だ。

「とにかくわずかな債務を消してもらえるというだけで、女も垂れ込み役を引き受ける。そういう女から受け取った情報次第では、いい商売になる」

「お前もちくられた口だな」

「それって、質問ですか？」

「いいや。感想を言っただけだ」

「落ちちゃった女に対して、意外に世間は親切なところがあるんですよ。見るからにデリヘル嬢でも、なんとか助け出してやろうとしてくれるところはある。危ない情報も、取り放題になるんです」

「そういう業者は、後ろに暴力団がついていなけりゃ商売できないだろう」

「さっき、義理かけに出た福岡の組のことはお話ししたでしょう」

津久井は話題を少し前の件に戻した。

「その農業実習生とか、日本語学校の留学生の件、組や小さな法務事務所が入り込む余地などないだろう。国家事業だ。小柴法務事務所が何をやると言うんだ？」

「そういう制度を利用している受け入れ側には、ブラックなところが多いんですよ。ご存じでしょう？」

技能実習の名目で中国人女性たちを働かせて、まったく賃金の支払いをしなかった縫製工場の事案も、たしか室蘭か苫小牧であったはずだ。中国内陸の田舎から来た女性たちが耐えかねて工場を逃げ出し、警察に駆け込んだことがあったのではなかったか。

「いまは」と津久井。「指導も強化されて、いくらかはましになっているんじゃないのか?」

「これだけ不景気が長引けば、むしろブラックなところは増えているんじゃないですか」

「小柴法務事務所との関係は?」

「あそこは、そういう実習生受け入れのためなんかの法的な事務仕事もやっています。逆に東京や福岡の監理団体から委託されて、実習生の相談に乗ったり、生活指導なんかも」

「そんなこと、経済ヤクザにできるのか」

「システムは知りませんが、もし資格なり認可が必要だとしても、そんなものはそれこそ議員秘書の口利きでいくらでも取れるでしょう」

「相談や指導って、実習生の監督とか、監視とかってことだな?」

「必要に応じて、その工場なり現場なりに指導員や調査員を送る。建前としては、そういうことに詳しい人間が行くことになっているんでしょうけど、じっさいに行くのは組員かもしれません」

「逃げるなよ、と威圧しに行くわけか」

男は声の調子を変えた。

「ほんとに、おれ、時間です。お役に立てましたかね?」

「ああ」

「長正寺警部にそう伝えてください」

「わかった」

男は、後部席のドアを開けて、ホテルの地下駐車場に出ていった。

津久井は運転席の滝本を見た。彼は、いまのやりとりのあいだ、ずっと無言だった。自分の質問をはさむこともしなかった。でも、何か気になる点ぐらいはあったはずだ。

津久井は訊いた。

「何か、引っかかるようなことはないか？」

滝本は駐車場の通路に車を発進させてから言った。

「いや、まだ何も」

長正寺から着信があった。

「どうだった？」と訊いてくる。

津久井は答えた。

「十五分だけで消えられましたが、多少情報はもらえました。まず小柴法務事務所ってのは、かなり危ないビジネスに手を出している経済ヤクザ。福岡でも暴力団を得意先にして、法律事務所みたいな商売をやっているいっぽうで、自分の会社も危ないことに足を突っ込んでいるそうです。どこかの企業舎弟かどうかはわかりませんでした」

「そのビジネスってのは、具体的には？」

津久井は、あのサングラスの男が教えてくれた中身を要約して長正寺に伝えた。

「武部会新堀組との関係は?」

「はっきり答えませんでしたが、福岡ではつながりがあっておかしくはないという言い方でした」

「車の盗難現場で、そこの車が目撃されているという情報。重くなってきたな」

長正寺の言葉は、自分に言い聞かせるような口調だった。

津久井は言った。

「一昨年、こっちのマル暴の誰かの出所祝いがあって、新堀組は福岡から義理かけに出席しているそうですが、それがどこかわかれば、事務所に行ってみますが」

「組対に確認する。どうせ薄野の南あたりだ。そのあたりを流していろ。五分で、指示を出せる」

南九条に出るまでの雪道を徐行しているとき、滝本が訊いてきた。

「どう行きます?」

「南九条から電車通りに」

滝本が車を少しだけ加速した。

佐伯たちの乗る捜査車両は、南六条通りから電車通りまで出た。信号待ちをしていると、目の前を機動捜査隊のいわゆる覆面パトカーが通過していく。助手席に乗っているのは、津久井だった。津久井も、佐伯たちの車に気づいた。佐伯たちのほうに顔を向けて、目礼してくる。

信号が青に変わった。

新宮が確認してきた。

「次は？」

「グエンの事案だ。電車通りから南五条を右折」

「あの質屋ですか？」

「そうだ」

その質屋は、南五条通りの北向きの雑居ビルに入居していた。間口は一間半ほどと狭いが、奥行きのある路面店だ。通りに面したショーウィンドウには、古いタイプライターのほかに、サックスが一点、フルートが一点、展示されていた。あまり質屋らしくないショーウィンドウと言えた。佐伯はいま飾られているテナーサックスが、かつて自分が中古で買ったフランス製と同じモデルであることに気づいた。アンティーク・ブラッシュドサテン仕上げというタイプの、けっこう目立つ製品だ。

いまはもう吹くこともなくなってしまったが、道警職員となって一年間の函館警察署地域課配置のあとに、道警音楽隊に配属されて、テナーサックスを吹いた時期があったのだ。高校時代、かなりのレベルの吹奏楽部に入っていたので、そのような人事となった。三年間、佐伯はサックスを吹く警察官だった。

自動ドアが開くと、かなり大きくチャイムが鳴った。突き当たりのカウンターで、主人が顔を上げた。佐伯たちはガラスケースのあいだを進み、カウンターの前に立った。

主人は愛想笑いを見せた。首にマグネット式の老眼鏡を下げている。この質店の経営者、古物商の宮下《みやした》だった。

「きょうはどんな？」

佐伯は、防寒ジャケットのポケットに手を入れたまま、宮下に訊いた。

「最近パスポートでカネを貸してくれという誰か、来なかったか？」

宮下は大げさに首を振った。

「うちはそういうものは質草にしてませんって」

「いまは、そうらしいが」

「いまも何も、あたしもこの商売やってて長い。流せないような品を質草として預かれますか？」

「あんたが、いっときは国民健康保険証でカネを貸していたことは覚えてるぞ」

「あれは、流せるものでしたね。ひと助けのつもりで少し融通して、ほかに何も持っていないから預かっただけです」

新宮が、不思議そうに佐伯を見たのがわかった。国民健康保険証は流せる、つまり他人が使えるということが意外だったのか？　この若い捜査員には、そういう知識はもう必要もなくなっていたか。

佐伯は、新宮を見つめ返すことなく宮下に訊いた。

「パスポートは、なし？」

「話には聞きますよ。日本人のパスポートは、世界じゅうのほとんどの国に入国できるんで、高く取り引きされるって。だけど、札幌でそんなもの預かったって、何の人脈もない。どこに持っていったら換金できるんです？」

「質屋には、得体の知れない外国人がやってきて、もし手に入ったら買う、と言ってきたりしないか？」

「あたしのところでは、なしです。もしそんな男がやってきたら、すぐに佐伯さんに通報しますよ」

「日本人以外のパスポートなら、どうだ？」

宮下は一瞬戸惑いを見せた。

「同じですよ。質草にはならない」

「札幌で、そういうものを扱っている同業者か故買屋を知らないか。知ってると思うが」

佐伯はひとつ名前を出して続けた。「あいつはあと一年刑務所だ」

「あの男は、拳銃を扱ったじゃないですか。一緒にしないでください。あたしは、正月の雪みたいにきれいな商売をやっていますからね」

「札幌には、いない？」

「あたしよりも、佐伯さんのほうがお詳しいでしょう」

「いない、とは言えないという意味だな」

「ちがいます」宮下はあわてた様子で首を振った。「いません。少なくとも、あたしの知る限りは」

「買うほうではなく、持ち込む誰かはいるか？」

「聞いたこともないですね」

佐伯は身体を入り口の戸のほうに向けながら言った。

「今夜から雪まつりだ。スリ、置き引きも増える。少しでも不審なものを持ち込む客がいたら、頼むぞ」

「わかってます」

「ショーウィンドウのセルマー、どんな男が持ち込んだんだ？」

「盗品じゃありませんよ」

「わかってるが、気になった。知り合いだろうかと思って」

「売り主の個人情報は出せませんが、ご年配のご婦人ですよ。事情は聞いていません。どうかしましたか？」

「いや」佐伯は少しためらって言った。「サックスを続けてるやつなら、楽器屋に下取りに出す。ここに持ち込まれたのは、持ち主が音楽と無縁になったからだ。知り合いじゃないかと心配になったんだ」

「佐伯さんに買っていただけるなら、勉強しますよ」

「そういうわけにはいかない」

佐伯は新宮に合図して、その質店を出た。


百合は自分のデスクから、キズナ・カフェの山崎美知の携帯電話に電話した。

コール二回で出たのは山崎美知だった。

「大通署生活安全課の小島です」

「ああ」少し緊張している声が出た。「山崎です。いいニュースでも？」

「ええ。さっきの中林沙也香ちゃんの件、母親が捜索願を出し、併せてシェルターに入ることを了解した」

「それって、狼《おおかみ》からは離れられるということですね？」

「ええ。母親のほうは、沙也香ちゃんの高校卒業までのつもりでいるんだけど、ともかく母親の元に帰っても、その義父と同じアパートで寝起きせずにはすむ」

「どの程度本気なんだろう。まだ不安がある」

「もしかして沙也香ちゃんから電話があった？」

「いえ。でも、あればそのことを伝えたい。ただ、絶対安全だとは言えない。母親の気持ちは、ほんとうのところどうなんです？」

「苦労した元シングルマザーよ。そばに男がいてくれるのは心強い。すがりたい。多少ろくでなしでも」

「この件、多少、どころの話じゃないでしょ」

「わかっている。ただ、母親にそういう気持ちがあることを、お馬鹿だと笑うことはできない。彼女は娘の家出で、かなり思い切った決断をした。でも、ぐらついてもいるだろうし、じっさい娘が戻ってくれれば、シェルターから元の部屋に戻ろうと思うかもしれない」

「それを、沙也香ちゃんに正直に伝えていいの？」

「いえ。でも、沙也香ちゃんが判断できる。母親がどの程度その男に依存しているか、もうわかる」

「母親を信じられなかったら？」

「沙也香ちゃんは、すでに家を出た。もう母親の言いなりになる子じゃない。母親と喧嘩《けんか》をしてでも、母親の男依存をなじって、目を覚まさせようとするはず」

「母親に、娘か男か、どっちかを選ばせるの？　そういう選択ができる母親とは思わない。知りもしないのに決めつけて言うけれども」

「特異行方不明者としての捜索願が出た以上、家に戻るとき、釧路署の女性警官が付き添ってくれることになる。制服姿で、男性警官と一緒に、その男とも会うようにする」

さっき電話でやりとりした西脇に、それを頼むつもりでいた。なんとなくだが、西脇は百合の頼みを引き受けてくれそうに思う。

美知が確かめてきた。

「次は逮捕だと脅すんですね？」

「まさか。脅したりはしない。でも制服警官の姿を見て、母親も男も、何かを勝手に想像してくれたらいいと思うけど」

くすりと笑ってくれるかと思ったが、美知の声の調子は硬いままだ。

「もし電話があったら、とにかくここに来てと、札幌と釧路の女性警官が味方になってくれると言っていいですか」

「ええ」

「あの」と、美知が警戒気味の声で言った。べつの重要な話がありそうだ。

「はい？」

「きょう、鉄砲を撃つような事件って、ありましたよね？」

大通署で耳にした。マスコミにはまだ発表していない事件だ。雪まつりの前夜だから、道警は目立たぬように非常警戒に入っている。機動隊が、地域課警察官に混じって、市内中心部の要所要所に立っているらしい。

その件、認めてしまってもいいかどうか。

すぐに決めた。キズナ・カフェには、中林沙也香のことで世話になるのだ。事件があったかどうかぐらいは、教えてもいいだろう。

「詳しいことは聞いていない。お昼前に、発砲事件が起こっているのは確からしい」

「それ、その後どうなりました？」

「何か気になることでも？」

「いえ、鉄砲を撃ったひと、捕まったんですか？」

「わたしはわからない。でもどうして？」

「そんなひとが、どこかに立てこもったり逃げこんだりしているようなら、そこには近づきたくないから」

「気をつけたほうがいいとは思うけど、気をつけようもないですね。いつ、どこに現れるのか、見当もつかない」

「撃ったひとの目的は何だったんですか？」

「わたし、全然知らないのよ。署内で、あった、という話を耳にしただけ。正式に伝えられたわけでもない」

「撃たれたのは、どういうひとなんでしょう？」

「それもわからない。警察も見当がついていないと思う」耳にした話では、そういうことだった。「何かとても気にしてるみたいだけど」

「そうですか」美知の声はかすかに狼狽《ろうばい》したように聞こえた。「わたしたち、ほら、困っている女性を助けていることで、暴力団とはときどき接触することになるから」

「何か具体的な被害があるのだったら、相談してください。警察が対処します。嫌がらせとか、脅迫とか、ありました？」

「嫌がらせは、しょっちゅうですけど」

百合は、ふと先ほどのやりとりを思い出した。

「もしかして、盗聴されている、という話のこと？」

「いや、ここじゃなく」

「では、どこのこと？」

「いえ。なんとなくその発砲事件が気になったものだから」

「もしかして、最近、どこかの暴力団とトラブルになった？　殺すと言われたとか、拳銃を見せられたとか」

「いえ」

美知はもうこのやりとりを打ち切るつもりになっているようだ。

「なんでも相談して」と百合は言った。「沙也香ちゃんからもし電話があったら、さっきのこと、よろしく」

「ええ。絶対に食い物にはさせない」

通話を切ってから、百合は沙也香の件とは別に気がかりが生まれてきていることに気づいた。いまの電話のやりとり。発砲事件。美知のかすかな怯《おび》え。盗聴という言葉も、最初に出ていた。つまり、あの団体の、本来秘匿しておくべき情報が漏れている、ということなのだろう。美知たちは、いま暴力団とかなり危険な関係にある？　団体の性格上、暴力団が自分たちの商品だとみなしていたものを奪う、匿う、逃がすということは日常的なはず。その活動が、とうとうどこかの暴力団の我慢の限度まで達した？　そこにカネがからんでいるとき、暴力団は執拗になる。投資を絶対に無駄にはしない。出資したカネを、損切りとして諦めることはまずない。


佐伯の携帯電話が震えた。

長正寺からだった。

「薄野近くで何をしている？」

とがめる調子ではない。同じ捜査員としての好奇心で訊ねたという声だ。たぶん津久井が、西七丁目の電車通りで佐伯たちを見たと報告したのだろう。

佐伯は答えた。

「例の四駆の盗難の件です。まだ少し気になることがあるもので」

車はいままた西十一丁目通りを走っている。大通署に戻る途中なのだ。

「拳銃が出てきたんだ。機動捜査隊《うちら》にまかせておけ」

「もちろんおまかせしています。こっちは一応捜査報告書が書けるだけの事実を確認しておこうと思って」

「何か面白い情報があれば、聞くぞ。例のミニバンを持っている小柴法務事務所、かなり匂ってきている。札幌の組を得意客にしている。いい情報だった」

「じゃあ、もうご存じかもしれませんが、福岡の小柴法務事務所の周辺で、外国人技能実習生の失踪《しっそう》や不審死がいくつかあるんです」

「周辺で？」

「いや、小柴法務事務所について、その周辺のことを広く聞いていったら、福岡のそういう事案も耳に入ってきたということなんですが」

「不審死に、法務事務所がどう関わるんだ？」

「実習生の受け入れには面倒な法律上の手続きが必要ですが、こういうビジネスって、やる者がやれば、簡単に人身売買、監禁などの犯罪を構成します」

　長正寺が黙っているので、佐伯は続けた。

「実習生や留学生の受け入れは、いまは政治家の利権にもなっています。小柴法務事務所は、西のほうの政治家たちともつながりの深い事務所です」

　長正寺が確認してきた。

「札幌でも、似たような事案が起こっていると言っているのか？」

「いえ、小柴法務事務所という事務所のことから、ちょっとした連想が働いたというだけです」佐伯は逆に訊いた。「追われていたワゴン、まだドライバーなんかの身元はわかっていないんですよね？」

「千歳空港方面に向かっている、という仮説も思いついています。理由は長くなるので省略しますが」

「まだだ」

「うちの三つの組を空港に向けてる」

その程度のことは織り込みずみだという調子だった。

「指紋の出た福岡の石塚という男は、きょう九時四十八分に札幌駅に着いたスーパー北斗で札幌入りしたんじゃないか、という仮説もあります」

少しの沈黙のあとに、長正寺が言った。

「思いついたことは、全部吐いてしまえよ」

「追われているほうは、外国人という可能性はありませんか？」

自分でも一瞬前まで意識していないことだった。佐伯はその言葉に自分でも驚いていた。

長正寺が、かすかに緊張を感じさせる声で言った。

「津久井が、発砲現場近くで気になる民家を見つけた。カーチェイスはそのあたりから始まった。関係者とは連絡が取れていない」

「なんというところです」

「オリーブ交流ハウス札幌。北二十八条に、北大の外国人留学生などが親睦《しんぼく》に使っているらしい建物がある。実態はわからない」

「オリーブ交流ハウス札幌、ですね」

「近づくなよ」

「物理的には、という意味ですね？」

長正寺はそれを否定しなかった。

「いい仮説、サンクスだ」

通話を終えてからいまのやりとりを新宮に伝えた。

「北二十八条。行ってみますか？」と新宮。

「近づくなと言われた。情報だけ取ろう」

「北大の留学生が親睦で使っているらしい民家。というか、そういう活動をしているグループ、どこが詳しいでしょうかね」

「北署の生活安全課かな」

車は南一条通りの赤信号で停まった。目の前を、前面に竹のささらを装備した黄色い除雪電車が通過していった。


エレベーターの中には、各フロアに入居しているテナントの案内があった。

八階、最上階にあたる部分には、数字ではなくローマ字で、ペントハウス、と書かれていた。ペント、の「ト」に当たる部分は「ＴＯ」となっている。そして店の名前。「マスカレード」こちらはカタカナ。そして麗々しく「会員制」の文字。

津久井はそのペントハウスの階のボタンを押した。

ここに行けと、長正寺から指示があったのだ。

福岡の新堀組が一昨年ひとを送ってきたのは、ここに事務所を持つ暴力団、翼会《つばさ》の、会長の出所祝いのためだったという。会長の足立《あだち》翼が傷害の罪で三年半の実刑判決を受け、その満期出所の祝いの会が開かれた。そこに、地元以外の暴力団の幹部も、出席していたのだ。

北海道警察本部の組織犯罪対策課は、そのときまで翼会をいわゆる暴力団とはみなしていなかった。もともとは駅前通りで改造したアメリカ車を走らせてナンパを繰り返していた連中なのだ。ときに恐喝や性犯罪を犯していたが、暴力団の傘下には入っていない半グレ集団にとどまっているとの判断だった。組員、というかメンバーは、五人から十人の範囲だ。ところが足立の出所祝いが組対の予想を超えて規模の大きなものとなり、このとき出席した同業者の顔ぶれを確認して、翼会が札幌の暴力団の系列に入ったと確認できたのだった。それは、西日本の指定暴力団の二次か三次の団体となったということでもあった。

この翼会、つまり足立翼たちのしのぎはいまだに、ナンパで「沈める」女を調達することが中心だった。AVの制作、撮影もやっている。女たちを札幌で稼がせてしまうと、さすがにほかの暴力団との軋轢《あつれき》を招くということなのか、本州の系列組織に流すことがほとんどらしい。さっき小柴法務事務所について聞いたのと似たようなことを、この翼会もやっているということだった。というか、あのサングラスの男が小柴法務事務所のしのぎとして教えてくれたことは、じつはその実働部隊は翼会である、ということなのかもしれなかった。もちろん、東京の半グレたちが手がけているように、脱法ハーブや危険ドラッグの販売もやっているという。残念なことに道警はまだ彼らをその件で摘発、立件はできていないが。

そのペントハウスでエレベーターを下りると、目の前が「マスカレード」のドアだ。八階のフロアをすべて占めているのかと予想していたのだが、廊下が左手に延びている。ほかのテナントも入っているのかもしれない。

津久井は滝本に拳銃を抜くよう指示してからドアの脇に立たせ、自分はインターフォンのボタンを押した。インターフォンは監視カメラ付きで、ボタンを押した瞬間に津久井の姿がモニターに映し出された。滝本の姿も、判別できる。

「会員制です」と、不機嫌そうな声。

津久井は警察手帳をカメラにかざして言った。

「道警。機動捜査隊だ。足立に会いたい。開けろ」

「アポは？」

「知るか。緊急だ。開けろ」

五秒ほどの時間の後に、ロックのはずれる音がした。津久井は左手でドアを手前に引いた。

やたらに豪華なラウンジ、という内装の部屋だった。革張りの、尻がすっぽり埋まってしまいそうな大きなソファがいくつかある。奥の窓のカーテンが開けられていて、中は明るかった。会員制と表示を出しているということは、ここは酒を出す店であるということだ。じっさいの事務所は、この店舗部分の奥にあるのだろう。左手、カウンターの前には、二十代の若い男。この男は、白いシャツの袖口だけをまくっていた。ダンサーかという雰囲気がある。

真正面に、黒いスーツを着た、背の高い男が立っている。髪は短く、肩幅が広い。顔にはまったくたるみがなかった。こちらはアスリートのような雰囲気だ。

男は言った。

「足立ですが、機動捜査隊ですって?」

「そうだ」津久井は中に一歩入った。

滝本は、これみよがしに拳銃を腰のホルスターに収めながら、後に続いてきた。

津久井は足立と名乗った男の正面に歩いて言った。

「お前か?」

足立は笑った。

「カマかけたつもりですか。何です、いきなり」

「新堀組の石塚は、どこだ?」

「何があったんです?」

「石塚は知っているんだな？」

「新堀組は知っていますよ」

足立は、滝本の腰に目をやっている。

「物騒すぎませんか」

「石塚がぶっ放しているからな」

足立の顔から表情が消えた。全身が固まったようにも見えた。芝居ではない、と津久井は感じた。足立は、新堀組の石塚の札幌入りを知らなかったのだ。

足立は無言のままだ。

「石塚は今朝、函館から札幌に入った」

いましがた、長正寺が可能性として伝えられたことを、確認できた事実のように言っただけだ。

津久井は畳みかけた。

「石塚とは、いつ、どの時点で別れた？」

ようやく衝撃から立ち直ったように、足立は言った。

「知りません。石塚って男のことなんて。会っていないですよ」

「今朝九時五十分前後、どこにいた？」

「マンションですよ。まだ眠ってる時間だ」

「ひとりか？」

「女が一緒です」

「十一時前後は？」

「起きたころです。ここに来たのが十二時前で」

津久井はカウンターの前にいる白シャツの男に身体を向けて訊いた。

「お前は、きょうの十一時ごろはどこだ？」

その男は、ふてくされたように言った。

「ここですよ。この奥の部屋。起きてシャワー浴びてたかな」

「ひとりか？」

「女がいました」

「その女は？」

「ふたりとも、出勤しましたよ。なんたって雪まつりですから」

「三人でいたのか？」

「すいませんね」

津久井はもう一度足立に顔を向けた。

「石塚とは、このあといつ会う？」

「会いません。何があったんです？」

「発砲。死体は見つかっていない」

足立は目を丸くした。

「殺人ですか？」

驚きはいましがたのときほどではない。むしろ津久井の答を予期していたかのようだ。

津久井は答えずに訊いた。

「新堀組と連絡取り合ったのはいつだ？」

「しょっちゅうですよ」

「いちばん最近は？」

一拍置いてから、足立は答えた。

「正直に言えば、昨日です。朝に」

「用件は？」

「雪まつりを見に行きたいと。案内しろと言われたんですが、いまは無茶苦茶に忙しい時期です。案内は勘弁してくれと断りました。飯と酒はおつきあいさせてもらうけれどと」

「この時期に、福岡のヤクザが雪まつりに行きたい、と電話してきたというのか？」

どこまでが事実だろう？　足立の言葉数が多くなった。彼は肝心なことを隠そうとしている。あとあと確認されそうな部分だけは、いま認めてしまおうとしているのではないか。

津久井はさらに訊いた。

「新堀組のそのお祭り好きは、なんという男だ」

足立は、言いにくそうに答えた。

「柳原《やなぎはら》。柳原ケイサクって男です」

「確認させてもらうことになるが、新堀組の柳原って男で間違いないな？」

「ええ」

津久井は、足立を見つめた。足立は目をそらさずに見つめ返してくる。何か必死に計算しているようでもある。あるいは、事態を飲み込もうと懸命になっているか。どちらであれ、この男は発砲には関わっていないようだ。

斜め後ろに立つ滝本をちらりと見た。彼は黙ったままだ。津久井の質問に、大事な抜けはないということだ。

津久井は足立に言った。

「名刺をくれ。お前の携帯番号が書いてあるやつ」

足立が白シャツの男に合図した。白シャツの男はカウンターの上に手を伸ばしてから、津久井に近づいてきてカードを差し出した。

足立はいちおう指紋が確認されることを用心したのだ。

名刺にはこうあった。

「会員制ラウンジ　マスカレード

チーフマネージャー

足立翼」

電話番号はふたつだ。札幌市の市外局番の固定電話のものと、携帯電話。店の所在地は二カ所だ。一号店と二号店。二号店は薄野の真ん中だ。こちらの店からも近い。

津久井はその名刺を胸ポケットに入れて訊いた。

「きょうこのあとはどこにいる？」

「ここと、二号店を、行ったり来たりしていますよ」

津久井は滝本を促してその店を出た。

金曜日　午後五時

小島百合が通りの向かい側のコンビニエンス・ストアでコーヒーを買って庁舎に戻ったとき、駐車場に通じる通用口の前で佐伯とその部下の新宮に会った。佐伯たちは聞き込みから帰ってきたところだ、という様子だ。

彼はいまどんな事案に関《かか》わっているのだったろうと、百合は考えた。

組織にいわば楯突《たてつ》いたあの一件以来、佐伯と新宮は盗犯係で冷や飯を食わされている。盗犯係にいること自体はいい。窃盗《せっとう》犯というのは、手口犯罪だ。手口から、過去の事案との関連を調べ、被疑者を絞り込んでいく捜査が多くなる。つまり、経験と勘が重要視されるセクションなのだ。でも佐伯たちは、あれ以来ずっと、盗犯の課の遊軍扱いだ。たとえば大規模な倉庫荒らしとか、大金の盗難、連続する空き巣といった事案は担当させてもらえない。車上狙《ねら》いやら、肥料の盗難、勤め先の車を一日無断借用しただけの男の追及……。小さな事案だけを振り分けられる。もちろんそうした事案の解決だって重要な仕事には違いないが、佐伯の刑事事案捜査員としての経験と知識には役不足、もったいないと言えるのは確かだった。

もちろん百合の知る限り、佐伯はそのことで腐ったり、愚痴ったりしたことはない。いつだって、受け持った仕事には全力であたる。その捜査から、想像外に大きな事案を引き出し解決したことだって、一度や二度ではない。あの組織のスキャンダル、「道警最悪の一週間」と呼ばれる時期をそばで過ごして、同じ大通署に勤務する警察官として百合は佐伯に惹《ひ》かれるようになった。次第に距離も縮まり、いまは佐伯はときおり百合の部屋に泊まっていくようになっている。双方離婚歴がある身なので、若い恋人同士のような情熱で燃え上がるような関係ではないが、それでも佐伯の顔を見れば、百合は気持ちが晴れやかに、浮き立つものになるのだった。

「いいとこで会った」と、佐伯がいつもと同様に、半分ぶっきらぼうな調子で言う。「少し時間あるかな」

百合は、手にしたコーヒーカップを持ち上げて見せた。

「食堂に行きますか？」

「いいな。おれもコーヒーが欲しいところだ」

庁舎二階の食堂に入ると、新宮が自動販売機でふたりぶんのコーヒーを買った。食堂は空《す》いている。三人は奥の隅のテーブルに着いた。

百合がコーヒーをひと口飲んだところで、佐伯が訊《き》いてきた。

「北署の生活安全課に、誰《だれ》か知り合いはいないか」

「北署」と、百合はオウム返しに言った。いまとくに親しい警察官はいない。「わたしでわかることかもしれない」

「うん」佐伯は自分のコーヒーカップに口をつけてから言った。「今朝の発砲の件、知っているよな」

「少しだけ耳にした。車同士の追いかけっこがあって、発砲犯はまだ確保されていないんでしょう」

「その発砲犯たちが使った車は、今朝盗まれたものだ。おれたちが被害届を受けた。つまりこれは、さっきまではおれたちの事案だった」

「さっきまでって？」

「重大事案だということで、機動捜査隊におまかせになったんだ」

「仕方がないでしょうね。佐伯さんが撃ち合いするところは想像できない」

佐伯が新宮に顔を向けて言った。

「笑うな」

百合は訊いた。

「マル暴同士の抗争？」

「はっきりしないが、発砲犯は福岡からやってきた前科のある組員だとわかった。その組の周辺には、いかがわしい法務事務所があったり、詐欺をやっている国会議員秘書なんかがいる。外国人実習生や留学生を食い物にしている組のようだ」

佐伯が、長正寺からの情報まで含め事件の概要を教えてくれた。

「つまり、追われて撃たれた側は？」

「外国人がからんでいるんじゃないかと思えてきたんだ。発砲事件は、外国人留学生なんかの親睦《しんぼく》用の民家の近くで起こった。北二十八条。苗穂・丘珠通りや札幌新道にも近いところだ」

「何かそういう親睦団体があるの？」

「オリーブ交流ハウス札幌、という施設がある。施設名じゃなく、団体名なのかもしれない」

「そこで発砲が起こった？」

「その近くで。車同士のチェイスが、そのあたりで始まっているんだ。周囲は穏やかな一戸建ての住宅街で、ほかに何か事件に巻き込まれそうな施設とか会社もないようだ」

百合は、そこまでの話を整理してから言った。

「外国人を食い物にする暴力団などから、その団体は外国人を守っているんじゃないか、という推理？」

「そう言われてみると、そういうことだな。ふつうに考えれば、非合法な品をめぐっての抗争とか、組抜けした者へのみせしめとかの事案に感じた。だけどこの組の周辺で、技能実習生の不審死なんかがいくつもあるとなると」

百合は引き取った。

「奴隷労働させられている外国人を助ける団体があった。そこに対して、脅しの発砲があった」

「連れ戻せなかった場合は、殺してもいいという腹だったのかもしれない」

「そこまでやる組なの？」

「あっちのほうでは、立件されないものもあるようだ。こっちの常識は通用しないのか。実習生ではなくて、団体の日本人を殺そうとしたのかもしれない」

「しのぎの邪魔をしてくるから、排除すると？」

「それで、オリーブ交流ハウスという団体がどんなところか、それがわかれば、この発砲事案の背景もわかるんじゃないかと思ったんだ」

新宮が言った。

「係の職員に頼んでネット検索してもらったんですが、日本語ではほとんど出て来なかった。英語で検索してみると、団体のホームページが見つかったそうです。外国人の日本滞在を支援する親睦団体、というところまではわかりましたよ」

「代表とか、活動の実績とかは？」

「車から電話で頼んだことなので、まだ見ていないんです」

新宮は携帯電話を取り出した。百合が見ていると、新宮は通話の相手に言った。

「さっきはありがとう。あの団体のサイトだけど、プリントアウトして、できれば翻訳というか、要約もつけて、食堂に持ってきてくれないかな。ああ、帰っている。二階にいるんだ。サンキュー」

百合は佐伯に訊いた。

「その交流ハウスと発砲と、直接の関係があるかどうかまだわかっていないんでしょう?」

佐伯が答えた。

「現場を見た津久井の直感だ。関係があるとしたらそこじゃないかと。関係者とはまだ接触できていない。北署の生安なら、そこのことを多少把握しているんじゃないかと思っている」

「ちょっと待ってね」佐伯の話の中に、いくつか気になる点が出てきた。自分の持っている情報と、リンクしているかもしれない何か。

「まず朝に車の盗難があって、発砲犯たちは車を確保した」

「それが、午前九時十分前後」

「九時四十八分には、函館からのスーパー北斗が札幌駅に着く。発砲犯はその列車で、拳《けん》銃《じゅう》を携行して福岡から到着したと想像できる」

「札幌には、その拳銃を持った男を手引きする男がいた。車を盗んだ男だ」

「オリーブ交流ハウスって団体は、助けた外国人を札幌からどこか安全なところに移動させようとしていた、ということね。でも、福岡のマル暴にはそのことが把握されていた。移動させようとしたちょうどそこに、発砲犯たちが到着した」

「そのとき、追われているほうはすでに車を発進させていたか、その直前だった」

「それはどうして?」

また新宮が答えた。

「今朝の気温じゃ、多少の暖機運転も必要でした。暖機運転はもう終わっていたんです」

佐伯が言った。

「追われているほうが動き出した直後にその場に発砲犯が到着、追跡となった」

新宮が言った。

「そのあと、苗穂・丘珠通りでの発砲が十時四十五分くらいです」

百合は札幌市内の地図を思い描きながら言った。

「事故が苗穂・丘珠通りと環状通りの交差点で、発砲犯の車が左折しようとしたときってことは、追われていたほうは千歳空港に向かったんだろうか」

佐伯がうなずいた。

「可能性のひとつだ。機動捜査隊は、何台も空港に向けた。ただ、いまのところ、空港でもその途中でも、何か事件が起こったようではない」

「つまり、追われたほうがどうなったかはわからないけれど、発砲犯はまだ札幌市内にいるかもしれない」

「あるいは、追われたほうは千歳空港には向かっていないかだ」佐伯が不思議そうに百合の顔を見つめて訊いた。「いましがたから、何か思いついたという顔になっているぞ」

「そう？」

会話しながら思い出していたことがあった。キズナ・カフェの山崎美知とのやりとりだ。

自分たちは盗聴されている。大事な情報が漏れている。自分たちだけではない。同じような団体でも、と彼女は言っていた。最初彼女が口にした疑念は、警察の関係機関が盗聴しているのではないかということだった。あとになって暴力団による可能性も言っていたが。美知も、こんどの発砲事件のことを気にしていた。撃たれたのはどんなひとたちなのか、と彼女は訊かなかったろうか。でも、どうなったの、とは訊いてこなかった。怪我《けが》したのか、殺されたのか、とは。普通の好奇心での質問なら、そこまで訊いてもよかったのではなかったか。

あのとき美知は、撃たれたのはどういうひとたちなのか、警察はもう把握しているのだろうか、と質問してきたのだったのではなかったか。撃たれたほうがどうなったかは知っている。訊くまでもないと。

性産業のとくに悪徳な業者から女性を救おうとする団体が、山崎美知たちが運営しているキズナ・カフェだ。暴力団からの嫌がらせは日常的にあるとのことだった。

片一方で、外国人実習生や留学生を食い物にする業界があって、福岡ではその方面で知られた暴力団がわざわざ札幌に出向いてきて発砲事件を起こしている。

いま佐伯から、狙われたのはオリーブ交流ハウス札幌という団体ではないか、という見方を教えられた。その団体らしきところは、もしかしたら食い物にされている実習生や留学生の救援活動もしているのかもしれない。そして、キズナ・カフェの美知の推測では、その交流ハウスも盗聴されて情報が漏れている。美知は今朝の発砲の件を、マスコミ発表がある以前に知って、百合に捜査の状況を訊いてきた……。

百合は佐伯に言った。

「きょう、釧路から札幌に家出してきた女子高生のことで、そういう女の子の救援団体のひとと会っていたの。発砲事件のことを気にしていて」

佐伯がすぐに口をはさんだ。

「マスコミ発表はしていない。まだ警察関係者しか知らない」

「そのひとは知っていた。そして、自分たちや関係する団体では、情報漏れがあると言っていた。盗聴されているのではないか、とも疑っていた」

「オリーブ交流ハウスの名前は出たのか？」

「いいえ。でも、いま佐伯さんの話を聞いて、つながりのあることだと思えてきた」

佐伯が腕時計に目をやった。

「早くプリントアウト、来ないかな」

新宮が、いくらか自信なさそうな顔で言った。

「九丁目広場の小雪像を作っている外国人のグループが、たしかオリーブ留学生の会、という名前でしたよ」

津久井は、南五条に停《と》めたままの捜査車両の中から、長正寺に電話した。

「いま、翼会の足立と会ってきたところです」

長正寺が訊いた。

「関係しているか？」

「発砲の件、そうとうに驚いていた様子でした。芝居には見えませんでしたが、昨日福岡の新堀組から電話があったことは認めました」

「どんな用件だ？」

「雪まつり見物に行きたいが、案内してくれないかと」

「何？」

「雪まつり見物です。案内を頼みたいと。新堀組の柳原という男からだったと」

「足立の返事は？」

「案内は無理だけど、酒と飯はつきあうと答えたら、それで終わったそうです」

長正寺の反応がなかった。電話の向こうで、黙ったままだ。

「もしもし」と、津久井は通話が切れていないかを確かめた。

「聞こえてる。そのやりとりの意味を考えていたんだ」

「雪まつり見物というのは、嘘《うそ》かもしれません。案内しろという要求はあったのじゃないかと、なんとなく感じます。迷惑だったので、断ったのだと思います」

「兄弟の組の頼みを断ったとなると、あいつらもやりにくくなるだろうに」

　ということは、それは半グレたちでさえ断るほどの要求だったのだなと、津久井は思った。

「次の指示は？」

「いま翼会の事務所のそばか？」

「一号店の外です。南五条西五丁目」

「そこにいろ。石塚と接触があるかもしれない」

「石塚の写真などは、ありますか？」

「福岡から送られてくることになっている。届いたら、そっちに画像を送る」

　通話を切って、滝本に中身を伝えた。

　滝本がステアリングに手をかけたまま言った。

「あれだけ派手な事故を起こしてしまったんだし、もう札幌を離れたということはないんでしょうかね」

　津久井は、人通りの増えてきた道路の先に目を向けた。もう日没後だが、また降り出した雪がこの歓楽街のビルの照明や看板の灯を映して、時間の感覚を狂わせる明るさとなっている。南国から来た観光客なのか、顔にかかる雪も気にせずに、雪の夜空をうれしげに見上げている一団がいくつかあった。

　彼らにつられて津久井も通りの上の空に目をやりながら言った。

「空港は押さえてる。たぶん函館でも、検問は厳しい。逃げる隙《すき》はないだろう。当面、札幌にいるほうが安全だという判断になる」

　歩道で空を見上げていた一団のうちのひとりの男が、派手に滑って尻餅《しりもち》をついた。周囲が笑って、すぐに彼に手を貸し、引っ張って立たせた。

　新宮が、九丁目広場で見た外国人グループの作っている雪像のことを教えてくれた。

「オリーブ留学生の会」という団体名で雪まつりに参加していたという。

オリーブ交流ハウスと、関連のありそうな団体名だ。

「写真、撮ってる？」と百合は訊いた。

「いえ。でも、たしかあれパンダとかのアニメのキャラクターだったな」

百合は携帯電話を取り出し、昨日から登録してある雪まつり実行委員会の番号に電話した。

　女性が出たので、百合は訊いた。

「大通警察署の生活安全課です。小島と言いますが、ひとつ教えてください。九丁目広場で、オリーブ留学生の会という外国人グループが雪像作りに参加していますね。責任者などわかります？」

佐伯と新宮が百合を見つめてくる。わかりそう、と百合は口だけ動かして言った。

「はい、生活安全課です。迷子さんなどを担当しています。ちょっとその雪像の近くで、目撃者などいないかと」

百パーセントの嘘を言ったわけではない。迷子の概念を、多少広く言ったにしても。

すぐに相手は教えてくれた。グループ責任者の名前と、連絡先の電話番号。

アンジー・チャン。

その番号にすぐ電話した。

「ヤ?」と、怪訝《けげん》そうな声。若い女性だ。声の後ろのほうはにぎやかだ。何人かが談笑している。

百合は微笑を作り、相手が善意以外は感じることができないはず、という声で言った。

「札幌の警察です。日本語でも大丈夫ですか」

「はい、警察のひと?」

「小島と言います。迷子とか、子供の保護などを担当しています。アンジー・チャンさんですね?」

「ええ。迷子が何か?」

「はい、迷子になった子を探しているのですが、パンダなどのキャラクターの雪像を作っているのは、チャンさんたちですね?」

「はい、みんな外国人です。オリーブ留学生の会というグループで作りました」

「オリーブ交流ハウス札幌を知っていますか?」

日本語としてあまりていねい過ぎても、わかりにくいかもしれない。適度のざっくばらんさで言うのがいいだろう。

「ああ、はい。知っています」

「行ったことはあります？」

「ええ。何日かだけ。札幌に初めて来たときに、アパートが見つかるまで泊まりました」

「みなさんオリーブ交流ハウスを利用したことがあるひとたちなのですね？」

「ええ、だいたいそうです。そういう仲間です」最初の警戒が解けたか、チャンの声は少し高揚したものになってきた。「きょう雪像作りが終わって、いま慰労会です」

「楽しそうですね。そのオリーブ交流ハウスの責任者さんは、誰かご存じですか。日本人だと思うんですが」

「スギタ、というひとです。スギタミツヤさん」

「スギタさんとお話できますか。いまそちらにいます？」

「いいえ、いません。きょうはひとを千歳空港まで送っていったんです」

「スギタさんの連絡先、知っていますか？」

「ちょっと待ってください」

そばの誰かに話している。携帯電話の番号を訊いたようだ。

チャンが言った。

「090の」

百合は同じことを繰り返した。新宮がこの数字をメモしていく。

数字を聞き終えると、百合は言った。

「スギタさんのほかに、オリーブ交流ハウスのことについて詳しい方は、いまそこにいます？」

チャンがまたそばの誰かに何か話した。ポリス、とチャンが言ったように聞こえた。後ろの談笑がやんだ。

百合がチャンの返答を待っていると、中国語が聞こえてきた。チャンが中国語でまくし立てている。

そして最後にチャンは言った。

「日本語わかりません。失礼します」

通話はそこで切れた。

百合は佐伯にいまのやりとりを伝えた。

「オリーブ交流ハウスの責任者のスギタという男は、きょうはひとを送りに千歳空港に行っている。この面々は、警察を警戒している」

佐伯はうなずいて言った。

「どうやらつながったな。単純な外国人親睦団体じゃない」

「キズナ・カフェの外国人版」

「あの団体か」佐伯は当然知っていた。「こっちは、ブラック会社の技能実習生とか、語学留学生とかを支援しているってことだ」

新宮が横から言った。

「北海道なら、農業実習生とかもですね」

「だったら敵もいるな」

百合は自分の推測を口にした。

「襲われたのは、団体の人間じゃなく、たぶん団体が保護した外国人」

「発砲したとき、撃ったやつはその区別はしていないだろう」

「それにしても、福岡からヒットマンがやってくるなんて」

「実習生や留学生は、あっちのほうでは、いまや国会議員まで手を突っ込んでいる利権だそうだ。逃げられては大損になるんだろう」

「逃げたいなら、警察に相談してくれればいいのに」

「日本の警察も法務省も信用されていない」

「来る前に、実情を知ってほしい」

「高利だとわかっていても、とにかくカネの必要な人間は世界中にいる。親孝行過ぎる子供も」

「もう一回かけてみてくれ」

百合はリダイヤルしたが、もう応答はなかった。一瞬のうちに、着信拒否設定されたのだろう。

それを伝えてから、佐伯に言った。

「スギタミツヤという男に、電話してみる？」

佐伯が時計を見た。

「発砲のあったとき空港に向かっていたのなら、そのスギタも、もうとうに戻ってきているな」

「国際線に乗せたのかもしれない。二時間前にはチェックインできるように、空港に向かったのでしょう」

「出国ゲートを通してしまえば、追えない。事実上、その時点で逃走成功だ」

「石塚って男も、福岡に帰るしかない。拳銃を処分すれば、飛行機でも帰ることはできる」

「JR、フェリー。帰るだけなら、手はまだある」

佐伯が腕を組み、難しそうな顔になった。

「どうしたの？」

「さっきの小島の話だ。どこかの女性支援団体が、盗聴されていると言っていた件」

百合は、もう一度キズナ・カフェの山崎美知とのやりとりを繰り返した。

聞き終えると、佐伯が言った。

「きょう、そのスギタって男は、誰かを千歳空港まで送りに北二十八条のオリーブ交流ハウスを出た。ちょうどそこに福岡からヒットマンがやってきて、追跡、発砲となった。ヒットマンが福岡をJRで出たのは、おそらく昨日の午後だ」

新宮が言った。

「福岡を出て、東京まで五時間。北海道新幹線で新北斗着の最終は、深夜十一時半です。この男は、スーパー北斗の最終午後八時過ぎの列車に間に合っていないので、午後二時には福岡を出ていたでしょう」

「この男は、きょうスギタがひとを送り出すおおよその時刻を知って福岡を出発している。どうしてそんなことがわかるんだ？　千歳からの航空券はきょう買ったものじゃないだろう。少なくとも昨日昼くらいまでに、便が予約された。石塚って男は、それを知って福岡を出たんだ」

百合は、佐伯の結論を彼に代わって言った。

「オリーブ交流ハウスは、盗聴されている」

「いや。スパイだ」と佐伯が訂正した。「盗聴なんていう面倒臭い真似《まね》を、マル暴がやるもんか。その団体の中に、福岡のマル暴とつながったスパイがいる。そいつが、きょうの千歳発の飛行機に誰かが乗ることを伝えたんだ」

「こういう団体に、スパイが入り込むのって難しくない？　理念に共感していなければ、周りの人間と会話することもできない」

「送り込むんじゃない。すでにいるメンバーの中から、協力者としてリクルートするんだ」

少しのあいだ、そのテーブルに沈黙があった。

沈黙を破ったのは、佐伯だった。

「構図は見えてきた」

百合は言った。

「わたしは、キズナ・カフェの山崎ってひとに、ストレートに質問してみたい。何か事情を知っていそうな気がする」

「長正寺に、この件、伝えたほうがいいだろうな。もうつかんでいることかもしれないが」

新宮が食堂の入り口に顔を向けた。百合も目をやると、女性職員が手にクリアフォルダーを持って入ってきたところだった。


津久井たちが監視しているそのビルのエントランスに、若い男が出てきた。

滝本が言った。

「翼会の、もうひとりの男です」

津久井も、滝本の身体《からだ》ごしに、通りの反対側の歩道を見た。もう白いシャツ姿ではなく、黒いロングコートを着ているが、顔はわかった。ダンサーと見えなくもない男だった。歩道を東方向、つまり薄野の中心部方向へと歩いて行く。この車には気づかなかったようだ。

「追いますか？」と、滝本が訊いた。

「いや、一号店に行くんだろう。足立がもし出てきて歩きだしたら、おれが追う。そのときは、車でついてきてくれ」

津久井は時計を見た。午後五時を七分過ぎていた。さっき店を出てきてから、やっと十二、三分。五時になったわけだから、彼らの店が稼働し始めたという時刻でもあるが、津久井から知らされた情報に驚いて、何か対策に動き出したという時間とも考えられた。

「雪まつりの案内」を断ったら、案内抜きで、あるいは別の誰かに案内を頼んで、福岡の兄弟の組から拳銃を持った男が来て、知らぬうちに事件を起こしてしまった。断った翼会が動揺してもおかしくはないのだ。足立は「雪まつりの案内」を頼まれたと言っていたが、そんなのどかな理由で組員が日本の反対の端まで突然の旅行をするというのも不自然だ。足立が頼まれたのは、もっとリスキーな、半グレから出てきた暴力団員でさえ断るほどの危険な犯罪への加担だと考えるほうが自然だった。

だから、いずれ足立は対策に走る。やってきた組員に対して、判断ミスが帳消しになるくらいの派手な接待をするか、あるいはこの時点から手伝うことにするかだ。ほかに何が考えられるだろう。昔の俠客《きょうかく》であれば、指を一本差し出すという詫《わ》びの仕方もあるが、半グレ出身の彼らにはその方法は馴染《なじ》まない。べつの手を打つ。どんなものかは、いまの津久井にはわからないが。

百合は、佐伯や新宮と一緒に、オリーブ交流ハウス札幌のサイトのプリントアウトを見た。

要約されたものを読むと、その団体は、北海道に住むか滞在している外国人によって作られた親睦団体だった。団体の代表は、外国人の名だ。

リプレゼンタティブ（代表）、レイチェル・ハーバーマン、と名前が載っており、黒髪でメガネをかけた女性の、微笑する写真がアップされている。北海道大学の文学部に在籍するアイヌ文化の研究者だった。

四十代と見える日本人男性の名前と写真も載っていた。口髭《くちひげ》を生やしており、垂れ気味の目がひとなつこさを感じさせる。同時に、教員とか研究者っぽい雰囲気もある男だ。

ミツヤ・スギタ。

佐伯が、スギタの肩書はどういう意味だと訊いてきた。百合は答えた。

「ケアテイカー。世話人かしら」

「このハーバーマンさんと、どっちが上なんだ？」

「病院の院長と、事務長の違いかな。スギタさんのほうが事務長」

ミツヤ・スギタは、札幌の出身で、東京の私立大学の教養学部を卒業したあと、国際赤十字社に入り、退職してからは中東で難民支援の活動に関わっていたらしい。

プリントアウトされたものによれば、オリーブ交流ハウス札幌の事務局は、ハーバーマンが勤務する北海道大学の研究室ということになっていた。北二十八条の民家は、団体が持つ簡易宿泊所として使われているようだ。

困ったときには、なんでも連絡してほしいと、団体のメールアドレスが掲載されている。活動としては、親睦行事が月に一度か二度あって、雪まつりの雪像作りとか、石狩浜でのバーベキューの会、近郊の景勝地へのハイキングなどが恒例となっているようだ。サイトには、外国人のための公的施設や公共交通機関の案内のページもある。

要約を読む限りでは、技能実習生や留学生の相談相手になっているようではない。ただし、もとの英語の文面には、わかる読者が読めばわかるように、そのことが記されているのかもしれなかった。

百合は、プリントアウトされた英文のページを直接に読み出してから言った。

「ゲイの外国人のための、生活上の注意とか、関連する施設の案内もある」

佐伯は言った。

「弱者志向がはっきりしている団体だな」

百合は時計を見た。午後の五時を過ぎている。

百合はプリントアウトされたものを新宮に返して言った。

「お役に立てた？　そろそろわたしは、デスクに戻る」

助かった、と佐伯がうなずきながら言った。

食堂で百合が先に立つのを見送ってから、佐伯たちは自分たちのフロアに戻った。すでに定時を過ぎていたが、盗犯課の捜査員たちはまだ二割がたは残っている。仕事があるのかもしれず、あるいはただきょうの発砲事件のことが気がかりなのかもしれなかった。

佐伯はトイレに立ってから、フロアの自動販売機の前で長正寺に電話した。

「いいぞ」と長正寺が言った。いま話せる状態だということだろう。

「例のオリーブ交流ハウスという施設の件です」

「ネットを探したけど、正体不明のままだ。何かわかったのか？」

「英語で調べると、ホームページがありましたよ。札幌に住む外国人の親睦団体ということになっています。代表は、北大に在籍のアメリカ人。学者でしょう」

「そういう団体は、札幌にはいくつもあるだろう」

「日本人の世話人は、中東で難民支援の活動をしてきた、元国際赤十字の職員」

「おお」と長正寺が言った。「それだけでも、鼻をひくつかせる部署がありそうだな」

「福岡の新堀組と、小柴法務事務所ってところは、技能実習生とか語学留学生関連の商売をやっています。九州では、外国人の失踪《しっそう》やら不審死がいくつかあると耳にしましたが」

「新堀組の兄弟組織に、翼会という半グレから出た組がある。ナンパ野郎たちが、女に借金を作らせて、新堀組に送っていた。発砲は、そのしのぎのもつれじゃないかと読んでいたが、違うか。福岡の組は、昨日にはもう、札幌入りするつもりでいたとわかってる」

機動捜査隊の捜査能力に感嘆しつつも、それを口に出さずに佐伯は続けた。

「オリーブ交流ハウス札幌という施設、というか団体が絡んでいるとなると、外国人をめぐるトラブルです。日本人の世話人は、きょうひとを空港に送っていったらしい」

「そこまでわかったのか？」

佐伯は種明かしした。オリーブ交流ハウスに集まる外国人の一部が、小雪像作りで雪まつりに参加している。そこの関係者から聞いた情報だと。

「ただし、彼らは警察を警戒しています。親睦のお祭り参加やバーベキューだけじゃない、何か日本の法律に抵触するような活動をやっているという感触があります」

「空港に向かったのは、そこの目立つ活動家なのかな。地雷を踏んで、新堀組に追われることになったか」

「空港や、途中の道はどうです？　検問には引っかかっていないんですか？」

「千歳は国内線も国際線もたいへんな混雑だ。臨時便も飛んでるんだ。だけど、騒ぎは起こっていない」

「では、追われていたほうは、無事に北海道を脱出したんでしょうね。ヒットマンのほうも、拳銃を処分して飛行機に乗ったか」

「少なくとも、石塚はこの時点まで本名では乗っていない。捜査共助課が見当たりの捜査員を出発ロビーにふたり置いているが、報告はなしだ」

「JRで函館に向かうという線もあります」

「函館の方面本部にも協力を頼んでいる。陸路もふさいだ。そのオリーブ交流ハウス、英語で検索すれば、代表の名前も連絡先もわかるんだな」

「ええ」

「おっと」長正寺の言葉の調子が変わった。「切る。お前はいま大通署か」

「ええ」

通話が切れた。連絡が入ったのだろう。

横を向くと、コーヒーの自動販売機の前に新宮がいた。電話のやりとりを聞いていたようだ。

佐伯は伝えた。

「突発事件じゃない。昨日にはもう、福岡のヒットマンは札幌に来る予定だったらしい」

「どちらも、もういなくなっていてほしいところですよね。雪まつりなんですから」

金曜日　夕

通信指令室からだった。

長正寺は、頼んだ。

「もう一度聞かせてくれ」

「はい」

すぐにノイズまじりの、抑揚を殺したような声が出てきた。年配の男だろう。

「南北線大通駅に、拳銃を持った男がいました。トイレで、上着の内側に拳銃が見えました」

それだけだ。ツーという新しいノイズ。もう通話がつながっていない。そしてコール音。

一一〇番通報の場合、通報した側が電話を切ったつもりでも、じっさいには回線は切れない。通信指令室から確認のために、相手を呼び出すことができるのだ。しかし呼び出し音は鳴り続けている。

指令室の担当職員の声が割って入ってきた。

「受話器から離れてしまったようです。大通駅地下一階、十四番出口近くの公衆電話からです」

携帯電話を持たないひとのために、地下鉄駅のような公共施設にはまだ緑の公衆電話が残っている。そこからの通報ということだ。もちろん公衆電話は、発信者を特定されたくない場合にも使われる。この場合はどちらだろう。こんな重大事件の場合に、匿名の善意の通報があったと考えるほうが愚かか。これは拳銃を持った不審人物の目撃情報というよりは、きょうの発砲事件に関わる誰かからの捜査攪乱《かくらん》情報だ。少なくとも、その可能性は九割だ。しかし、目撃場所だとするすぐ近くからの公衆電話を使っている。完全な嘘情報なら、まったく別の場所の公衆電話を使ってもいいのだ。それとも通報者は、そこまで真実らしさを演出できる頭を持っているということか。

もし偽情報だとしても、その意味は何だ？　警察が通報を逆の意味に受け取ると期待して、新堀組の石塚はもう札幌にいない、と信じさせようとしたのか？　つまり札幌市内では非常線を解いて、空港なりJRの列車や駅なりに捜査員を集中させようとしているのか。いや、それはあまりにもストレート過ぎる読みだ。逆か？　石塚が札幌の中心部にいる。だから捜査員を札幌市中心部に集めろということか？　だとしたら、その理由はなんだ？　監視を遠ざける？　逃走？　あるいは、警察の警備や検問の緩んだところで何か別の犯罪を実行しようとしているのか？

それとも、捜査攪乱の意味があるとして、石塚が札幌中心部にいるという点については、事実なのか？　石塚の身柄など警察にくれてやる。そのあいだに自分たちは別のより重大な犯罪を成功させたい、ということなのだろうか。

　熟慮している余裕はなかった。通報の意図がなんであれ、とにかく反応しなければならない。拳銃を持った不審者が、地下鉄大通駅のトイレにいた、という情報が真実である可能性もあるのだから。

　長正寺は、機動捜査隊の全車両の現在地をモニターで確認してから、隊内無線で津久井たちの車両を呼び出した。彼らの車が、大通駅にもっとも近い。小柴法務事務所の監視は解いてもいいだろう。あちらの組も、第二陣として、大通駅に差し向ける。

　津久井がすぐに応《こた》えてきたので、長正寺は言った。

「いま不審者目撃情報があった。地下鉄大通駅のトイレで、拳銃を持った男を見たという。大通駅へ向かえ」

　津久井が確認してきた。

「地下一階ですか？」

「そうだ。十四番出口の向かい側にある。通報は、十四番近くの公衆電話から。男からの匿名通報だった」

「了解です」

「車を下りたら、ヘッドセットを使え」

「はい」

新宮はディスプレイを見て、いきなり胸に幸福感が広がったのを意識した。

森田由美からの着信なのだ。さっきショートメールを送っていたが、もう返事が。それも、メールではなく、直接にだ。

「新宮です」と出た声は、たぶん浮かれてもいたことだろう。

「森田です。さきほどは」

「あそこでまた会えて、うれしかったです」

「あの、それで新宮さんのお仕事に関わることだと思うんですけれど」

不安そうな声だ。警察案件？　何だろう。

「どうぞ。駆けつけますよ」

「いま、ここに少し怪我をした外国のひとが来たんです。アジアの方だと思います。会場でうずくまっているところを、様子がおかしいと通りかかった日本の女性の方が支えて連れてきたんです。ジャケットを脱いでみると、手首とか首筋とか、肌が露出している部分にいくつか内出血のあとがあって。でも、日本語がほとんどわからないので、事情がわかりません」

「中国のひとでもないんですね？」

「ええ。中国語にも反応しませんでした。市立病院できちんと見てもらったほうがいいかなど思ったのですが、医師がとりあえず鎮痛剤を処方して、服んでもらいました。そこに別の怪我人が来て、救護所のひとがそちらに気を取られているあいだに、いなくなってしまったんです」

「もしかして、暴行を受けたとか、突き飛ばされたというような怪我でした？」

「医師が言うには、単純に転んだような内出血ではない。打撲傷だろうと。触診では、背中とか、脇腹《わきばら》も痛そうだったそうです」

「気になりますね。ポリスを、とかも言っていなかったんですね？」

「ええ。べつの通訳さんが英語で、ポリスを呼びますかと訊いたら、ポリス、ノーと、きっぱりというか、それはいやだというように答えたそうですが」

「観光客なんですね？　ホテルに帰ったのかな」

「そういえば、なんとなく身なりが質素で、観光客のようではありませんでした」

観光客ではない。観光客ではない外国人が、暴行とか傷害を想像させる怪我をして、救護所にやってきた。でも、救急車の到着を待たずに消えた。どういう事情なのだろう。

「時間は？」

「いなくなって、まだ二、三分です。少し気になったものですから、でも一一〇番していいものかどうかわからなくて、新宮さんにまず相談してみようと」

それは素晴らしい判断だ。担当部署に回すなんてことはやってはいけない。自分が出ていく場面だ。

「いまそちらに行きます」

「お手数かけます」

「仕事です」

立ち上がってから、自分を見上げてくる佐伯に言った。

「ちょっと大通り公園の救護所に行ってきます。怪我をした外国人女性が連れて来られたんですが、いったん応急処置を受けたあと、消えたそうです」

「観光客?」

「アジア人で、観光客には見えなかったそうです」

佐伯がわずかのあいだ自分を見つめてきたが、すぐに椅子《いす》から立った。

「おれも行こう」


長正寺からの指示を受けたあと、津久井が滝本に顔を向けたときには、彼はもうパーキングブレーキを解除して、発進させていた。

しかし、南五条通りは混んでいる。道路の先五十メートルの信号は赤だ。

市内中心部は一方通行路が多く、しかもきょうは雪まつり前夜祭。地下鉄南北線が走る西四丁目通りは、薄野地区では氷像展示のために自動車は通行止め、歩行者天国となっている。西三丁目通りまで行ってから北に向かい、左折しなければならない。時間は最低でも五分以上かかるだろう。

津久井は滝本に言った。

「大通駅の十四番出口に向かってくれ」

津久井はメーターパネルのモニターに、大通駅周辺の地図を呼び出した。

「十四番出口は、南大通りの明治安田生命ビルの脇だ」

「はい。でも、トイレを使っていたのがほんとうだとしても、何分かあとには、もういないでしょう」

「何か手がかりはあるかもしれない。顔写真も受け取った」

「警察を攪乱する通報じゃないでしょうか」

「班長もそれは読んでいるさ」

車の列が流れ出した。それでも津久井が車を下りる西四丁目の交差点までは百五十メートルあるのだ。

西五丁目の交差点を渡ったところで、また滝本が言った。

「あのサングラスのエス、翼会はちくりも得意だと言っていたことを思い出しました」

そうだった。自分は翼会による密告のせいで摘発されたことがあると、そう受け取れることを言っていた。少し腹立たしげに。

目の前の横断歩道を無理に渡ろうとしていた女性が、滑ってよろけた。このあたりの路面、この雪なので凍結しておらず、圧雪路だ。札幌の住民であればむしろ滑りにくいのだが、観光客なのだろう。

南大通りまでの道路が、車のスリップ事故などで渋滞していないことを津久井は願った。

百合がデスクに戻ってみても、中林沙也香の件でとくに情報は入っていなかった。本人からも、キズナ・カフェからも、JKリフレのトミタからも、生活安全課の百合のもとに電話は入っていない。

百合は自分の携帯電話を出して、着信を確認した。こちらにも入っていない。自分が着信に気がつかなかったというわけでもなかった。

時計を見た。もう五時を二十分以上回っている。生活安全課の自分には、きょうは午後八時までの勤務が指示されていた。雪まつりの前夜祭で、大通り公園の会場を中心に、かなりの数の人出が予想されている。観光客だけではない。雪像を観《み》るなら、休日の日中は避けて前夜祭だ、という札幌市民は多い。始まってからでは会場は混み合ってゆっくり雪像見物してはいられないし、ましてや休日の混雑ぶりときたら殺人的だ。小さな子供に雪像を見せるために連れてゆくのは、たいへんな苦労となる。始まってからの日中の暖気のせいで、最終日には雪像が解けたり、一部崩落してしまったりする。きれいな雪像を観るなら、前夜祭かいいし、子供連れならとくにだ。だから、百合たちにも、超過勤務の指示が出ているのだった。

デスクの上に置いた携帯電話に着信があった。

キズナ・カフェの山崎美知からだった。

耳に当てると、美知が言った。

「あった。釧路の沙也香ちゃんから電話が」

百合は歓声を上げるところだった。ずばり、期待したとおりとなった！　そう思ってから、得意になれることではないと気づいた。山崎美知たちの活動が、それほどの影響力と認知度を持ってきたということだ。残念なことに、北海道の切実に保護を必要としている少女たちが、最初に思い浮かべるのは警察の少年係ではなく、美知たちの支援団体なのだ。自分たちの仕事が、民間のあの団体ほどには信頼されていないということでもある。キズナ・カフェに電話があったことを、喜ぶわけにはいかない。

百合は美知に訊いた。

「どこにいる？　保護しに行く」

「狸小路《たぬきこうじ》。やっぱりスカウトに引っかかりそうになった。脅《おび》えて、このあとどうする当てもなく、うちのサイトを見て電話してきたの」

「そちらの事務所に向かわせて。地下鉄代があるようなら」

「わたしたちのワゴンは、ちょうど薄野に出るところなの。薄野交番の向かい側、そこに来てもらうことにした」

「シェルターのことは、もう話した？」

「ええ。もう行きます。沙也香ちゃんが乗ったところで、電話します」

「わたしもそっちへ行く」

通話を切って、吉村に目を向けた。

彼はうなずき、うれしげな顔で立ち上がった。


佐伯たちは署を出て南に一ブロック歩いた。

目の前、左右に延びているのが大通り公園だ。幅百メートル強の広い道路の中央部分が、広場の連なる公園として、ほぼ一キロと五百メートルほど延びている。雪まつりの主会場がここだ。

どの広場も、大雪像はライトアップされ、鋭角的に光を反射して夜の中に浮かび上がっている。しかもこの降りしきる雪だ。公園はいつもの、あるいはきょうの昼間の日常感を失っていた。観光客ではなくても、いまこの瞬間の雪まつり会場は、少しばかり非現実的に見える。氷と雪と熱のない光が、公園をいつもの札幌の時間と地理から切り離していた。

北大通りに出て、赤信号で立ち止まったとき、目の前を機動捜査隊の現場指揮車が通っていった。助手席に長正寺が乗っている。彼は、おやという顔を佐伯たちに向けた。

佐伯も驚きながら目礼した。

いましがた彼と電話したが、琴似《ことに》の機動捜査隊本部にいたのではないということだ。関係部署との調整のためか、それとも市内中心部で指揮すべき重大事件というせいか、道警本部庁舎にいたのかもしれない。

北大通りから大通り公園の五丁目に渡ったところで、その長正寺から着信があった。

「どこに向かっている？」

怪訝そうだ。

佐伯は答えた。

「アジア人が犯罪に巻き込まれていたようだと、救護所から電話があったんです」

「この件に関してか？」

「わかりませんが、アジア人ということが引っかかって。警部は？」

「石塚らしき男の目撃情報が出たんだ。石塚を知っている者からのちくりらしい。そっち、関係のあることだったら電話をくれ」

通話が切れたところで、新宮が佐伯を見つめてくる。佐伯は歩きながら、いまのやりとりを新宮に伝えた。

「ちくりですか」と新宮が不思議そうに言った。「小柴法務事務所の、四駆を盗んだ男でしょうか」

佐伯は新宮の読みに納得した。なるほど小柴法務事務所は、石塚が誰かの殺害なりブツの奪取なりに失敗して、とばっちりが来るのを心配したか。自分たちの関与とか背景が発覚してしまう前に、石塚を警察の手で処分する、ということは、考えるかもしれない。石塚は拳銃所持が確実なのだ。そしてわざわざ福岡から派遣された石塚は、追い詰められたとき、簡単に両手を上げてしまう種類の男ではない。

そして、その読みが正しいとすれば、石塚は確実に大通駅周辺にいる。

新宮が不思議そうに言った。

「どうして石塚は、大通りにいるんでしょう。ひと目もある。警察も大勢出ている。ミッションが失敗したのだから、さっさと逃げるか身を隠していてもいいのに」

「石塚のミッションは終わっていないということかな。目標が、この大通り公園のどこかにいる。その確信があって、雪まつり会場周辺をうろうろしている」

佐伯たちは、大通り公園の四丁目に入るためにまた横断歩道の赤信号で停まった。救護所は、隣の四丁目広場の中にある。

南向きの一方通行の西五丁目通りを、大通署の捜査車両である軽自動車が通過していった。佐伯は、その捜査車両の助手席に小島百合の顔を見たような気がした。彼女はきょう、釧路から家出してきた少女を保護しようとしていると、さっき聞いた。見つかったのだろうか。南方向は歓楽街の薄野であり、そちらで保護できたとなると、少女にとっても歓迎すべきことのはずだが。

新宮が言った。

「小島さんが乗っていましたね」

「やっぱりそうか」

佐伯はさっき百合から聞いたことをもうひとつ思い出した。いまになって、妙に引っかかるものを感じさせる情報。キズナ・カフェという女性救援の活動団体の女性が言っていたという話。自分たちの団体とか、外国人救援の団体とかが盗聴され、情報が漏れている、という不安のこと。盗聴ではなく、協力者がいるのではないか、と自分は推測したが。

信号が青になったので交差点を渡り、雪像見物客に混じって救護所を目指した。

救護所に着くと、新宮が引き戸を開けた。すぐに女性がふたり近づいてきた。ひとりは一目で医師とわかる服装をしている三十代で、もうひとりは黒っぽいパンツスーツ姿、何となく雪まつり運営側のスタッフかと見える女性だ。そのスタッフふうに見える女性は、表情から新宮の知り合いなのだろう。

医師らしき女性が、新宮と佐伯を交互に見ながら言った。

「確信はないんですけど、救急車を拒むので気になりまして」

新宮が訊いた。

「暴行を受けたようだということでしたね？」

「露出している範囲で、内出血がいくつか。色からは、七十二時間くらい経過したものではないかと診ました」

「出血はしていました？」

「見えている部分では、ありません」

「命に関わりそうな怪我でしたか？」

「そこまでは診断できませんでした。骨折や内臓の損傷も、想像できないわけではありません。きちんと病院で診たいところでした。うずくまっていたのを、助けられたのですから」

「その場所はどこです？」

西三丁目の地下鉄出入り口を上がったところだという。番号で言うと、地下一階に通じる八番出口ということになる。

医師は続けた。

「とりあえず鎮痛剤を処方したのですが、ちょっとの隙に出ていってしまいました」

佐伯は黙って新宮の質問を見守っていた。要領は悪くない。スタッフふうの女性は、じっと新宮の顔を見つめている。

新宮がそのスタッフふうの女性のほうに身体を向けた。

「観光客ではないようだ、とのことでしたが」

「ええ」その女性は答えた。「化粧もしていなかったし、服装も質素でした。防寒ジャケットは少し汚れていて、働いているひとの普段着のように見えたんです」

防寒ジャケットは赤で、黒っぽい色のパンツ。足元は赤いスニーカーだったという。雪まつりの時期の札幌を歩くには、スニーカーはあまりふさわしくはない。

「歳《とし》は、いくつくらいでした？」

「二十代前半かな。もしかすると、二十歳《はたち》そこそこかもしれません」

「薄野で働いているような印象はありましたか？」

風俗営業に従事していた女性か、と新宮は訊いたのだ。

「いいえ」

「荷物は？」

「何も。ジャケットの下に、ボディバッグくらいは掛けていたのかもしれません」

「中国語は通じなかったんですね？」

「わたしの標準中国語は駄目でした」

「どこの国のひとか、怪我の理由とか、言っていませんでした？」

「日本語わからない、とだけひとこと言いましたけど、でも？」

「でも？」

「ほんとうは少し話せて、でも事情を訊かれるのがいやだったのではないかとも感じました。何か脅えているような雰囲気も少しあったと思います」

「ポリス、ノーとも言っていたんですね？」

「ええ」それからそのスタッフ風の女性はつけ加えた。「電話のあとに、ここの関係者のひとりから聞きました。出ていくとき、その女性は、カイホアンモーン、パリ、はどこだ

「そのひとは、パリの凱旋門《がいせん》の大雪像のことだと思って、七丁目広場のほうを示して、あっちだと教えたそうです」

「ここを出て、七丁目に向かったのですね？」

「だと思います。そしてわたしの印象では、カイホアンモーンというのは、ベトナム語に聞こえます。ベトナムも漢字文化圏でしたから、凱旋門の漢字をカイホアンモーンと読んでも、不自然ではありません」

「中国語だと？」

「ハイチェンメン、です」

新宮が斜め後ろに立っていた佐伯を見つめてきた。これはどう判断したらいいでしょうと訊いている。

佐伯は言った。

「行こう」

新宮は、ふたりの女性に礼を言った。スタッフふうの女性と新宮の視線が一瞬からんだように佐伯には見えた。

救護所の外に出て西に向かって歩きだすと、新宮が訊いてきた。

「何があるんです」

佐伯は、携帯電話を取り出したところだった。

「ちょっと待て」

早足で歩きながら、長正寺の携帯電話にかけた。

「何だ？」

佐伯は早口で言った。

「七丁目広場。石塚はそこに現れます」

寒気のせいで、少し舌がもつれた。

「どうしてわかる？」

「七丁目、凱旋門の雪像の前に、狙いのベトナム人女性が行きます」

「ベトナム人女性？」

「たぶん技能実習生。ブラック企業から逃げ出したんです。凱旋門前で、救援団体が待っている」

「そのベトナム人女性は、午前中に撃たれた誰かとは違うのか？」

「わかりませんが、別でしょう。午前中に逃げた誰かとは別に、もうひとり目標がいたんです。石塚は、そのベトナム人を殺すか、何かを奪おうとしている」

「石塚はどうして凱旋門にそのベトナム人がいると知ってるんだ？」

「救援団体の中に、小柴法務事務所か、新堀組の兄弟組織の協力者がいるんです。ベトナム人実習生たちを逃がす計画は、筒抜けだった」

「お前はいまどこだ？」

「四丁目。七丁目に向かっています。いまどちらです。さっき警部を見ましたが、近くですか？」

「ああ。二丁目。南大通りに入る。大通駅で、拳銃を持った男がいた、と通報があったんだ」

「石塚が売られたのか、七丁目から警察を消すためでしょう」

「無茶するなよ。機動捜《う》査隊《ち》にまかせろ」

「できる範囲のことは、やりますよ」

「馬鹿野郎」

長正寺が通話を切ったので、佐伯は携帯電話をジャケットのポケットに入れながら新宮に訊いた。

「何だって？」

「いえ」新宮は答えた。「もうわかりました」

前方の横断歩道の信号がもう赤に変わりそうだ。佐伯は駆け出した。新宮も続いてきた。

山崎美知からの電話だった。

百合は確かめた。

「保護できたんですね？」

「ええ」美知が答えた。「携帯の充電もできなくて、途方に暮れていた。それより小島さんにお願いがあります。いまどちらです？」

「南三条にかかったところ。渋滞している」

「大通りの七丁目広場に行ってください。ベトナム人の技能実習生が、長万部の工場から逃げたのだけど、それを福岡のヤクザが追っている。見つかったら、殺されます」

「きょうの発砲の件と関係がある？」

「ええ。三人が一緒に逃げて、ひとりがはぐれた。そのひとりが、親切なトラック・ドライバーに助けられて、さっき地下鉄の琴似駅で下ろしてもらった。急遽《きゆうきよ》七丁目広場で、救援団体が保護することになったのだけど、その情報が漏れていたんです」

「そっちは機動捜査隊が追っている。わたしは、沙也香ちゃんを保護しなくてはならない」

「お願い」美知の声は切迫していた。「沙也香ちゃんはもう保護した。ここにいます。警察は、警察しかできないことをやってください。七丁目で、日本のヤクザたちに食い物にされているその子を助けて。お願い」

たぶん言い争っている余裕はない。百合は通話をそのままに、吉村に指示した。

「右折して。大通り七丁目広場に」

「何か」と、通話内容がわからない吉村が訊いた。

「もうひとり、助けなきゃならない子がいる」

吉村は即座に反応した。

百合は左手で助手席のウィンドウを開け、ルーフに赤色回転灯をつけた。吉村はサイレンのスイッチを入れ、右手の車列に合図しながら、一方通行の西五丁目通りの右側車線に入った。

「向かうわ」と百合は、美知に言った。「機動捜査隊にも向かってもらう。どうして山崎さんは、この件を知っているの？」

「オリーブ交流ハウスという団体があるんです。不法滞在になってしまった外国人の支援などをしている団体。そこのひととも、わたしたちは無関係じゃない。福岡から長万部に連れてこられた実習生たちを、逃がす計画を耳にしていた」

耳にしていた？　美知の口ぶりから想像するに、じっさいはもっと深く関わっていたのではないか。

吉村が、南三条通りとの交差点が赤のところに無理に車を入れ、右折した。

美知が続けた。

「オリーブ交流ハウスの日本人支援者の中に、スパイがいた。学生なんだけど、不法滞在の外国人の情報を、札幌の暴力団に流していた。それがいましがたわかったの。七丁目でオリーブ交流ハウスとそのベトナム人女性とが合流するのを、福岡ともつながる暴力団に知らせてしまった」

「七丁目広場のどのあたり？」

「凱旋門の大雪像の前」

「約束の時刻は？」

「六時」

「もう過ぎている」

「救援団体はまだ接触できていない」

「連絡はつかないの？」

「彼女の携帯も、充電切れ。場所と時間の変更ができない。直接行くしかない。でも、七丁目でその暴力団員に先に見つかったら、たぶん殺される」

「ひとつだけ」どうにも腑《ふ》に落ちないことがある。武闘派で鳴らした福岡の暴力団が、逃走した技能実習生を、殺すところまでやるものだろうか。「殺すというのは、少しだけ大げさに聞こえる。連れ戻したいとは思うでしょうけど」

「その実習生たちは」美知は、忌まわしいことを口にするような調子で言った。「福岡の宿舎で、べつの実習生が逃げようとして殺されたところを目撃している」

「殺された？」

「連れ戻されるときに抵抗して死んだら、何と言うの？　過失致死？　どうであれそのあと消息不明、連絡もつかない。スマホの中には、その場面や暴力団員たちの画像がある。

そのことを知られてしまった。つい先日、その仲間たちを北海道のひと目につきにくい宿舎に移したのも、口封じのためかもしれない」

「わかった」納得だ。福岡からわざわざヒットマンがやってきた理由も、そういうことであれば合点がゆく。

「教えて。そのベトナム人女性のこと。服装とか」

「二十二歳。赤い防寒着。小柄で黒髪。黒っぽいパンツに赤いスニーカー」

「スニーカー？」

「それしか履くものがないらしい」

「名前は？」

「レ・ミン。漢字で書けば、夜明け、の黎明《れいめい》。パスポートは取り上げられている」

「夜明けのレ・ミンちゃんね」もうひとつだけ確認した。「警察が保護してもいいのね？」

「ほんとうは逃がしたいけれども、緊急避難。まだ彼女は、法律上は不法滞在も不法就労もしていない。入管には突き出さないでしょう？」

緊急避難、という言葉は多少癇《かん》に障ったけれども、百合は言った。

「しない」

自分が約束できることでもないのだが、そうはさせない。公判には、証人として出てもらうことになるかもしれないが、供述調書だけを残して帰国してもらうこともできるはずだ。

「お願いします」

通話が切れた。

吉村が、西に向かって車を加速させながら訊いた。

「今朝のあの発砲の件ですね」

「そう」

「生活安全課にいて、ああいう事案に関われるなんて」

「嫌がってる？」

「わくわくしてるんです」

百合は車の本部系警察無線に手を伸ばし、スイッチをオンにして、マイクを左手に持った。

「どうぞ」と本部の通信指令室の声。

大通署の捜査車両ナンバーを告げてから、百合は伝えた。

「生活安全課の小島です。協力者からの情報。今朝の発砲事案の被疑者が、大通り公園七丁目広場に向かっています。凱旋門前にいる外国人女性を殺そうとしています」

「その被疑者の特徴は？」

「わかりません」

「誰か特定の外国人を狙っているのですか？」

「ベトナム人女性。赤い防寒ジャケットに赤いスニーカーの女性」

「スニーカー？」

「そう聞きました。以上です」名前は出さなかった。それは不確定情報に過ぎない。まだ警察機構の中に回す必要はない。「小島と吉村も、七丁目広場に向かっています」

「別情報で、機動捜査隊の一部も七丁目に向かっています。現場では、機動捜査隊の指揮下に入ってください」

「はい」

通話を切ってから、百合は思った。別情報というのは、どんなものなのだろう。さっき佐伯たちと話したとき、彼らもオリーブ交流ハウスを気にしていたが、きょうもうひとりベトナム人実習生を逃がすことまでは知らないはずだが。

そういえば、いましがた西五丁目通りを薄野に向かうとき、大通り公園にさしかかったところでちらりと佐伯と新宮を見たような気がした。その別情報とやらと関係のあることだったのだろうか。


津久井たちが、十四番の出口の前に車を停めようとしたときだ。長正寺からの隊内無線が入った。

「佐伯からの情報だ」と長正寺が言った。「石塚は七丁目広場だ。外国人女性を撃とうとしている。七丁目広場に向かえ」

津久井がはいと答えるのと、滝本が車を中央車線に戻して再加速するのは同時だった。


佐伯たちは、六丁目を出て、西七丁目に入る横断歩道を渡った。

佐伯は、もう駆けるのを止《や》めて、呼吸を整えた。ここから先は、いかにも雪像見学の札幌市民然としていたほうがいい。警察官と一目で見抜かれかねない仕種《しぐさ》や視線にも注意したほうがいい。

新宮が言った。

「あのグエンさんたちが置き引き被害に遭ったのも、ここです」

「今年の会場の中では、ここが一番説明しやすいし、わかりやすい」

ほかの見物客たちの歩調に合わせて通路を進みながら、佐伯は新宮に言った。

「凱旋門のある場所を、無関係の日本人に訊いているんだ。その子は携帯が使えない状態だ。そこで救援組織を待つとしても、ヒットマンに見つかるわけにはいかない。どこか物陰から、凱旋門の前を見つめているだろう」

新宮が言った。

「逆に、石塚のほうは、凱旋門のほうを、正面から注視するでしょうね」

「もう救援組織が広場から連れ出しているかもしれない。それならそれでけっこうなんだが」

「どっちを優先します。女の子の安全、保護?」

「当然だ」

土産物店が並ぶ通路を抜けると、七丁目広場の大雪像の前に出た。そこは広場の中にできた広場ということになる。広場の西寄りに、ひとの肩ほどの高さの雪で固められたステージがあり、その奥にパリのエトワール凱旋門の大雪像がある。雪像見物客たちは、この広場で雪像を見上げて歩き、位置を変えては別方向からの雪像の眺めを楽しみ、写真を撮り、記念写真のために凱旋門を背にして並ぶのだ。自撮り棒を使っている観光客も多かった。広場の中央には円形の噴水があるが、いまその部分は囲われて、見物客は入れない。噴水の囲いの東側、凱旋門に向かい合うかたちで、一段高くなった撮影台があった。

佐伯は撮影台を背にして、大雪像を眺めた。夜になって雪の凱旋門はライトアップされている。照明はさまざまな色に変化しているらしい。いまは黄色っぽく見える。

ここでは何か騒ぎが起こったような様子はない。拉致《らち》も殺害も、女性が突然倒れたりすることもなかったのだ。民間の警備員の姿がいくつも目につくが、彼らの様子もしごく平静だ。

広場の北側から、雪像前の空間の東端をゆっくりと移動して、見物客を観察した。ハンターの目をした暴力団員ふうの男はおらず、またひと待ち顔のベトナム人と見える女性も見当たらなかった。

新宮が、無理ににこやかそうな顔を作ったまま佐伯に言った。

「もう助けられたのかも」

佐伯は、視線を一カ所にとどめることなく周囲を見渡しながら言った。

「いや、左手の小屋の前を見ろ」

「運営本部のプレハブですか？」

新宮がさりげなくその方向に顔を向けた。

「プレハブの前の日本人。雪像を見ていない。ひとを見ている」

「女性と並んでいる男？　オレンジのマフラーをジャケットの上に巻いてる」

「スギタだ。オリーブ交流ハウスの」

マフラーはたぶん目印なのだ。

新宮がまた視線を広場のほうに戻した。

佐伯は言った。

「スギタの隣りにいる男、ジャケットのフードをかぶっているが、あれはパスポートを盗まれたというグエンじゃないか」

「いませんよ」

新宮がゆっくりまた運営本部のプレハブ方向に目を向けた。

「いない？」

佐伯もスギタが立っているほうに目をやった。ついいましがた見えていたグエンは、いなかった。

佐伯はまた視線を戻して、舌打ちした。

「この雪だ。確信はないが」

新宮が言った。

「彼女は、どこなんでしょう」

四丁目の救護所を出たあと、ひと目を避けるとすれば、その女性は大通り公園をいったん外に出て、北大通りの北側の歩道を歩くのが自然に思えた。地理に不案内だとしても、約束の場所が西方向だということさえわかって周囲を見れば、それが合理的だとわかる。佐伯たちは、いま歩いた線をトレースするように、広場の東側の端を北方向へと歩いた。それからこんどは、広場北側の通路部分を西へ。

南大通りの東方向から、サイレンの音が聞こえてくる。降る雪が防音材となっているから、あまり明瞭《めいりょう》な音ではない。くぐもって聞こえる。そのくぐもったサイレンの音はすぐに複数となって重なった。長正寺の指揮車と、機動捜査隊のべつの捜査車両が接近してくるのだろう。

このサイレンの接近する音で、石塚はミッション達成を諦《あきら》めて立ち去りはしないだろうか。どっちみち発砲犯として身元は割れている。少なくとも銃刀法違反で逮捕状は出るから、逃げられても逮捕は可能だが。

ベトナム人女性はどうするだろう。彼女はたぶんいまのところ、警察を畏れる理由はないはず。逃走するよりも、救援団体とのコンタクトのほうを選ぶだろう。

佐伯は携帯電話を取り出した。

長正寺からと思ったが、違った。小島百合からだ。

彼女が言った。

「さっき大通りにいるのを見た。いまも？」

「七丁目だ」と佐伯は答えた。「石塚と、石塚が狙っているベトナム人女性がいるらしい」

「もう知っていたの？」

「用件は？」

「そのこと。わたしも向かっている。協力者情報。七丁目にいるなら、殺される前にレ・ミンを保護して」

「レ・ミン？」

「ベトナム人女性の名前。日本語で言えば、夜明けの黎明。技能実習生でやってきて、逃げた。ほかの子とはぐれたけど、きょう救援団体が七丁目広場で彼女と待ち合わせしている。連絡はつかない。服装は」

「知っている。赤い防寒着、黒いパンツ。赤いスニーカー。間違いないか？」

「お願い」

通話を切ってから、佐伯は新宮に言った。

「小島からだ。ベトナムの実習生、レ・ミンという名前だそうだ。保護してくれと」

「レ・ミンですね」

「夜明けの黎明という意味だそうだ」

佐伯たちは、ステージの右手、競走馬の雪像の裏手側まで通路を歩いた。北大通りの西方向からも、接近するサイレンの音が聞こえてくる。長正寺は、市内中心部にいる捜査車両をすべて、この七丁目広場に集めているのだろうか。この広場に入る通路は、東西二カ所ずつ。十分な捜査隊員がいれば、広場の出入り口を四カ所とも封鎖することはできるが、いま短時間にその手配をするのは無理だ。

この広場の北側、並んでいる土産物や飲食店の小屋の前で、記念写真を撮っているグループがあった。にぎやかな一団だ。その後ろに、赤いジャケットを着た若い女性がいる。ジャケットの襟を立て、両手でその襟を引き上げるように、顔の半分を隠していた。目は不安げで、何かを探している。

「あれかな」と言って佐伯は立ち止まり、その女性に背中を向けた。彼女の視線は、何を見ている。彼女の位置からは何が見える？

ステージのすぐ前の見物客のせいで、ベトナム人女性はスギタが見えていないとわかった。しかもこの雪だ。見通しは悪い。広場の端と端では、そこにいるひとの顔の判別も難しく見えた。彼女がもっと雪像の前の広場の中に入っていかないと、お互いにお互いを視認できないかもしれない。

サイレンの音が消えた。南大通りの七丁目まで達していたようには聞こえなかった。長正寺が指揮車から、サイレンを止めるように指示したのかもしれない。

もう一度、赤いジャケットの女性のほうに目を向けようとした。彼女に声をかけ、広場から連れ出して、石塚の視線から隠す。警察車両があれば、すぐに乗せて、大通署へ運ぶ。

新宮が、鋭く言った。

「石塚です。たぶん。噴水の前」

佐伯はその方向を見た。肩幅の広い、ハーフコート姿の男がこちらに向かってくる。白いマフラーをだらりと首にかけた洒落《しやれ》男だ。警察官が見れば、ひと目でその筋の男とわかる雰囲気。顔は知らないが、石塚で間違いない。放つ空気が、異様に昂《たかぶ》っているように感じられた。彼の行く手の観光客が、思わず退いて道を空けている。

石塚は右手をハーフコートのポケットに入れている。石塚の左に、少し小柄な男がいた。

ふたりの視線の方向は一緒だ。

佐伯は振り返った。赤いジャケットの女性の姿はなくなっていた。

西方向に目をやった。いない。

東。

赤いジャケットの女性が逃げている。やはり彼女がレ・ミンだ。レ・ミンは背を屈《かが》め、対向してくる見物客たちを避けながら、次第に足を速めている。

石塚たちも、レ・ミンが逃げ出したことに気づいた。歩く向きを変えて、早足になった。

佐伯は、レ・ミンを追い、そして石塚たちの進路をふさぐために通路を東方向に駆けた。新宮は右手にいる。

石塚が、佐伯の右手十メートルばかりのところで滑った。受け身のように身体をひねったが、そのときコートのポケットから何かが飛び出した。小柄な男も足を止めた。石塚のそばの見物客たちが悲鳴を上げて、飛びのくように石塚から離れた。雪面に、黒いもの。拳銃だ。

石塚が手を伸ばして拾い上げたとき、石塚の向こう側の見物客のひとの波も割れた。

津久井が駆けてくる。拳銃を抜いていた。もうひとり後ろに見える男も、機動捜査隊員のようだ。

津久井が叫んだのが聞こえた。

「止まれ、撃つぞ」

石塚はかまわず拳銃を拾い上げ、レ・ミンを追うようにまた駆け出した。凱旋門前の撮影台寄りの見物客たちは悲鳴を上げて、めいめい勝手な方向に走り出した。恐慌が起こっていた。

石塚を追う津久井の後ろで、声があった。

「撃つな。撃つな」

長正寺の声だとわかった。

佐伯はレ・ミンを見た。通路の先も混乱している。見物客たちの向こうに、レ・ミンの姿は消えようとしていた。

佐伯はレ・ミンを追いながら、横を見た。石塚が拳銃を抜いて駆けてくる。もう佐伯との距離もほんの五メートルほどだ。お互いのあいだに、見物客はいない。

新宮が身体をひねって屈み、石塚に足払いをかけた。石塚の身体は前のめりに飛んだ。佐伯はさらにレ・ミンを追った。もう彼女は、七丁目広場を出るあたりだ。佐伯は見物客のひとりにぶつかって、よろめいた。

「失礼」

立ち直って、後ろを見た。

石塚が雪面から立ち上がり、再び駆けようとした。佐伯は自分も新宮に倣おうとした。足払いだ。しかしその前に、新宮が石塚の両足にしがみついた。石塚はまた転んだ。

津久井たちがそこに達した。津久井は石塚に覆い被《かぶ》さるようにダイブした。石塚が身体をねじって津久井から逃れようとした。仰向《あおむ》けになったところで、津久井が拳銃のグリップを石塚の頰《ほお》にたたき込んだ。もうひとりの隊員が石塚の横に両膝《ひざ》をついて右手を押さえつけた。抵抗する石塚に、津久井は左膝で首を押さえ込んだ。

津久井の同僚が石塚から拳銃をもぎ取った。

その顔は知っている。滝本という機動捜査隊員だ。滝本は佐伯に目で合図して、拳銃を雪面に滑らせてきた。佐伯はしゃがんで拳銃を止め、拾い上げた。すぐに安全装置をかけて、銃身部分を持って防寒着のポケットに入れた。

その佐伯の横を、スギタが駆け抜けていった。彼も、レ・ミンを追っている？　レ・ミンがコンタクトする相手は、やはりオリーブ交流ハウスだったのだ！

津久井が石塚の左腕を背中に回してねじ上げた。石塚が抵抗を止めた。

そこに長正寺が駆けつけた。

彼はさっと周囲を見渡してから、石塚の顔の脇に片膝をつけて言った。

「拳銃不法所持で、逮捕だ」

息が上がったような声だった。

そして滝本に言った。

「手錠を」

「はい」と、滝本は拳銃を腰のホルスターに収め、替わりに手錠を取り出して、石塚の両手に手錠をかけた。

佐伯は周囲を見回したが、石塚と一緒にいた小柄な男の姿がない。

レ・ミンを追っている？

通路の先にも、その姿は見当たらなかった。レ・ミン自身も見えない。

ちょうど、その通路の先、北向きの一方通行の西七丁目通りの横断歩道のところに、赤い回転灯をルーフに載せた軽自動車が停まった。

新宮が、津久井の後ろで立ち上がった。彼も、はあはあと荒く息をついている。

見物客たちのパニックは収まっていた。佐伯たちを遠巻きにして、見つめている。制服警官がふたり、駆けつけてきた。革の防寒ジャケットを着た警察官たちだ。ふたりはすぐに、見物客たちをさらに遠ざけ始めた。

長正寺が、困ったような顔で佐伯を見つめてきた。

「丸腰で、何やってんだ」

佐伯は、しかたがないでしょう、と言うつもりで顔をしかめ、滝本が滑らせてきた拳銃を、銃身を持って長正寺に渡した。

「拾い物です。ちょっと前にここで」

佐伯がその場から離れようとすると、長正寺が訊いた。

「どこに行く？」

「レ・ミンを保護しなきゃならない」

「誰？」

佐伯は新宮を促し、レ・ミンが消えた通路の先へと歩き出した。

通路の真正面から、小島百合が駆けてくる。

佐伯たちを見て、怪訝な顔だ。

百合が目の前に来たところで、佐伯は立ち止まった。

百合が、佐伯の脇ごしに後方を見てから訊いた。

「レ・ミンは？」

「無事だ。そっちに逃げた。出くわさなかったか？」

百合は振り返って答えた。

「いいえ。ヒットマンは？」

「身柄確保だ。機動捜査隊が」

百合は新宮に顔を向けて言った。

「顔をどうしたの？」

右頰に、擦り傷ができている。新宮が不思議そうに右手で頰を触った。

佐伯が代わって答えた。

「ヒットマンを、こいつが最初に組み伏せたんだ」

百合は、怒ったような表情になった。

「だって、拳銃を持ってる相手でしょ」

「あそこで倒さなければ、石塚は撃っていた。ここで死人が出たかもしれなかったんだ」

百合が背を向けて立ち去る格好となった。

「どこに行く？」

百合が答えた。

「レ・ミンを保護しなきゃ。ここはもうまかせて」

百合は通路を六丁目広場のほうに駆けていった。

佐伯は新宮と顔を見合わせた。自分は、長正寺からの事情聴取を受けたほうがいいかもしれない。

新宮が言った。

「向こう脛《ずね》が痛むんです。腰骨も」

「すごいぶつかりかただったな。けっこうな打ち身だろう」

「おれ、四丁目の救護所に行っていいですか？」

佐伯は少し戸惑ったが、言った。

「手当てが終わったら、電話をくれ」

「はい」

新宮はつらそうに身体の向きを変えると、左足を少し引きずるように、通路を歩いていった。そんな芝居をしなくても、と佐伯は思った。おれがそれほど鈍いとでも思っているのか。

ぶるりと身体が震えた。自分が落ち着いてきている。アドレナリンの分泌も終わったのだ。肌が、いまの気温を正確に感じ取り始めた。マイナス一度か二度というところか。

佐伯は、七丁目の大雪像前の広場のほうに目をやった。続々と警察官たちがその場に到着している。機動捜査隊の車も一両、広場に徐行しながら入ってくるところだった。現行犯確保した石塚を乗せるのだろう。

津久井と長正寺の背中が見える。佐伯は頭に降りかかる雪を払ってから、彼らのほうに歩きだした。

新宮の働きについて、長正寺にはきちんと伝えておかねばならない。

土曜日　午前

午前九時十五分過ぎに、係長の伊藤が刑事課の朝会議から戻ってきた。昨日、雪まつり会場が殺人現場となるところだった、という事態を受けて、土曜日であるが刑事課の管理職は全員が署に招集されたのだ。

佐伯と新宮も、雪まつりシフトだった。土曜日の出勤が命じられていた。

佐伯は、今朝伊藤が登庁したときにすぐに昨日の件について報告した。そのことも、きょうの朝会議では伝えられたのだろう。その後どうなっているのか、気になっていることもある。それも伝えられるに違いない。

昨夜は、佐伯は四時間ほどしか眠っていない。機動捜査隊は、七丁目から消えたもうひとりの男を追っていたし、発砲の背景も正確に分析しようとしていた。第二第三のヒットマンが潜入している可能性はないか、そのことも懸念していた。佐伯は大通署で待機していたが、深夜零時を回った時刻に本部に呼ばれ、駐車場に停めた長正寺の指揮車で、彼から質問攻めに遭った。あの石塚の身柄確保の時点で自分が持っていた情報と、その解釈について、細かく訊かれたのだ。そのあと、白石の自宅にタクシーで帰り、四時間だけ丸太を転がすように眠って朝を迎え、今朝定時に署に出たのだった。

昨日、午後の十時過ぎには、百合から電話があった。もうアパートに帰っているという。彼女はレ・ミンを保護できなかったと無念そうに言い、でも中林沙也香は大丈夫だったと教えてくれた。

その電話で百合は、佐伯は、いま自分は長正寺に命じられて署内で待機していると伝えた。切ってから、佐伯は自分の声が意地悪なまでに愛想がなかったことを意識した。百合もたぶん、その電話に、自分たちのあいだに何かが起こったのだと感じたことだろう。

「ご苦労だった」という伊藤の言葉に、佐伯は我に返った。

「はい」

自分は昨夜のことを反芻《はんすう》して、意識がここになかった。

伊藤は肥満した身体を苦しげに揺すりながら、デスクの前に並んで立つ佐伯と新宮に言った。

「お前たちが七丁目広場で機動捜査隊を支援した件、評判だったぞ。署長表彰をとりあえず口頭で申請した」

佐伯は黙っていた。その先を聞かせてもらいたいのだ。

伊藤はひと呼吸おいてから続けた。

「福岡の新堀組、石塚南海男はいっさい取り調べに応じていない。だけど、発砲のあと、というか、石塚の指紋が出たあとに、各課が情報収集に動いた。今朝までにわかっている事実として、福岡の会社が使っていたベトナム人技能実習生の変死との関連が浮上してきている。意外に背景の大きな事案になるようだ。午後に、本部で統括官を含めての会議がある。小柴法務事務所、それに翼会についても、関係部署から面白い話を聞かされることになるらしい」

佐伯は訊いた。

「本部への報告はまだなんですね？」

「これからだ。また、昨日の石塚の逮捕のきっかけになった通報、組織犯罪対策課からの見方として、それはおそらく翼会による垂れ込みだろうということだ」

「新堀組と翼会は、兄弟分の組織のはずです」

「らしいな。翼会は札幌から女を新堀組に送っていた。こんどの件では、新堀組に代わって逃げた実習生の口をふさげと頼まれたらしいが、翼会にはそれをやれるだけの度胸や覚悟やスキルのある男はいなかった。断ったら、新堀組が直接その道の専門職を送ることになった」

伊藤は、珍しく経営学の用語のような言葉を使った。その事案を、いくらかは無機的なものとして話したい、という気持ちがあるのだろう。

伊藤は続けた。

「それが石塚だ。翼会は頼りにならないと、小柴法務事務所に手引きを頼んだ。七丁目広場にいて消えたのが、小柴法務事務所の若いのらしい」

「らしい、という憶測ばかりなんですね」

「うちの組織犯罪対策課も、まるで想定外の事案が起こったんで動揺していた。その程度のことは解釈できる、と弁明したみたいな印象だったぞ」

佐伯は訊いた。

「石塚が狙っていたのは、ベトナム人技能実習生でしたが、その女性は保護されたのですか？」

「いいや。見つかっていない。女性は重大事案の証人になる可能性があるんで、やはり本部の組織犯罪対策課が担当して捜索する。そういえば、なんかＮＰＯ団体みたいのが、飯場から逃がすのに関わっていたとか」

「わかりません」

今朝は、オリーブ交流ハウスの名前は出さずに伊藤には報告したのだ。少なくとも、自分は昨日の事案とその団体について、関係を窺《うかが》わせる事実を何も見つけていない。報告に値するような情報は持っていなかったのだ。だったら、固有名詞を出して報告する必要はない。

もうひとつ、質問した。

「四駆の窃盗の件は、どうなります？　発砲事案に発展したということで、一時的に捜査を控えましたが」

「あれも、たぶん本部の組織犯罪対策課の扱いになる。発砲まで含めてひとつの事案で、局の捜査四課が担当する。昨日段階の捜査報告はまとめておけ」

「はい」

「そういえば、パスポートの置き引きの件、どうなった?」

それは、今朝の限られた時間では報告していなかった。

「進展なしです。バッグだけ届けられていないかと、ほうぼうに問い合わせて、新宮は会場の関係の事務所にも直接当たったのですが」

「きょうから雪まつりが本番だ。似たようなケースが増える。お前たちは、きょうは六丁目の現地本部応援に入ってくれ。盗難届、遺失届を片っ端から受理しろ。機械的処理でいい」

新宮が上目づかいに伊藤をにらんだのがわかった。

はい、と答えながら、佐伯は新宮の腿《もも》をデスクの陰で突《つつ》いた。

土曜日　午後

六丁目広場の現地警備本部のプレハブのカウンターで、佐伯たちはずっと観光客と接していた。伊藤の予測どおり、雪まつり初日のきょうは、遺失届、盗難届がひきも切らなかった。午後の二時過ぎには、佐伯と新宮のふたりで、たぶん二十件ぐらいの届けを受理していただろう。

プレハブは二間四間の広さで、長いカウンターがあり、カウンターの背後に十人ほどの警察官が配置されていた。半分は地域課の女性警察官である。生活安全課は、このプレハブの隣りに、迷子センターという名前で別の小屋を設けている。

午後二時十五分になって、伊藤が現地警備本部の部屋に現れた。彼がこのプレハブにやってくるとは思いがけないことだった。佐伯はカウンターの内側で、思わず目を見開いていた。伊藤はいくらか不機嫌そうにも見えた。

伊藤はカウンターの外に立って、佐伯の顔を見ずにプレハブの後ろの窓に目を向けて言った。

「例のイの字の件、背景の捜査については、統括官の判断待ちということになった。うちは、拳銃《けんじゅう》不法所持と発砲だけをとりあえず立件する」

佐伯の横で、新宮が驚いた顔をしたのがわかった。

佐伯は伊藤を見つめて確かめた。

「うち、というのは、大通署のことですか？」

「いや」伊藤はやはり佐伯を見ない。「本部って意味だ」

伊藤はカウンターを離れて、プレハブを出ていった。

その大きな背中を見送りながら、佐伯は昨日山際から伝えられた情報を思い起こした。

強く気になったひとことがある。

筋の悪い事案。

まさにそれだったのだ。そうでなければ、捜査をどう進めるか、統括官の判断待ちということにはならない。

伊藤と入れ代わりに、プレハブにひと組の男女が入ってきた。ふたりはカウンターに近づき、目の前の地域課の女性警察官に声をかけようとしている。

男のほうはグエンだとわかった。女性は、昨日グエンと一緒にやってきたふたりと、雰囲気がよく似ていた。黒縁のメガネをかけているせいもあるのかもしれないが。

バッグを盗まれた、とグエンが言った。

佐伯はその女性警察官に言った。

「こっちへ。届け、受けるよ」

グエンが佐伯に顔を向けた。瞬《まばた》きしている。失敗した、という感情が一瞬目に走ったように感じられた。

佐伯は自分の前のカウンターにグエンたちを招いて訊《き》いた。

「バッグを盗まれたのですか？」

「はい」グエンは少し狼狽《ろうばい》している。「パスポートが入っていました。この女性のです」

女性が、佐伯を見つめてこくりとうなずいた。二十代前半と見える小柄な子だ。白いダウンジャケットを着ている。足元は赤いハーフブーツだった。

「グエンさんでしたね」

「はい。二度もこんなことで、警察に来ることになるとは」グエンは言った。「また注意を忘れました」

「盗まれた状況をお話しください」

「きょうも、雪まつり見物をしていたのです」

佐伯はメモを取りながら、グエンの話を聞いた。きょうは五丁目の広場で、グエンのバッグを盗まれたのだという。写真を撮っている最中にだ。気がついたら、足元に置いたバッグが消えていた。中には、グエンが同行の女性から預かっていたパスポートなどが入っていた。つまり、置き引きされた状況は昨日とほとんど同じだ。グエンの言葉の調子も、きょうはなんとなく、暗記したことを口にしているように聞こえる。パスポートの持ち主の女性の名は、ファン・タオだ。

昨日よりも少し簡略めの被害届を書き、英語の翻訳係に回して、英文の被害届と紛失・盗難証明証を作った。プリントしたものに警察印と英文スタンプを押し、そのコピーをグエンに渡した。この件については、五分ほどしかかからなかったろう。

グエンに被害届を渡してから、佐伯は言った。

「グエンさん、十分だけお時間をください。もう二度とこんなことがないよう、ちょっと雪まつり見物のしかたについて、ご注意したいことがあります」

グエンが、少し不安げな顔となった。

「注意、ですか？」

「ええ。アドバイス」

「ここで？」と、プレハブの中を見渡す。

「外に、休憩所があります。そちらではいかがです？」

五丁目運営本部の少し大きめの仮設小屋の中に、まつりの運営側のスタッフが使える休憩所があった。佐伯は警察手帳を見せて中に入り、グエンたちに奥のテーブルについてもらった。

グエンの向かい側に腰を下ろすと、彼は訊いた。

「わたしたちは、これから取り調べを受けるのですか？」

「いいえ」佐伯は首を振った。「注意をお話しするだけです。グエンさんはもうご存じのように、日本には日本人でも働きたくないような民間企業があるし、日本の暴力団も、外国人を食い物にしてきた。日本の出入国管理制度が外国からよく非難されてきたことも事実です」

「そうですね」

グエンは、必ずしも同意とは聞こえぬ口調で言った。佐伯の話題の主旨が見極められず、同意したと取られること、つまり日本非難と取られることを警戒しているのだろう。

グエンの隣りにいるファン・タオはじっと佐伯を見つめているが、日本語がわかっているようではなかった。

佐伯は続けた。

「食い物にされている外国人は、命を守るために、たとえそれが違法となっても逃げる、という方法を取ることも、わたしは理解できます」

「あの」グエンは居心地が悪そうだ。「どういうことを注意しなければなりませんか？」

「あの盗難届のコピーを、失《な》くさないようにしてください。東京のベトナム大使館領事部で、パスポートを再発行してもらえるのですよね」

「はい」

「グループ旅行の場合、出国のときに友達同士が自分のではないパスポートをうっかりパスポート・コントロールに出してしまうことがあります。よくわかりませんが、外国の空港では顔認証というシステムを使っているようなので」佐伯はいったん言葉を切って訊いた。「顔認証システム、わかりますか？」

「はい、フェイス・リコグニション・システムですね」

「ええ。なので、本人とパスポートの写真が違う場合、とても厳密に見分けます。旅行者も、パスポートを取り違えたことにすぐ気がつく。故意の他人名義パスポート使用を疑われて逮捕されることはありません」

グエンは無言だ。佐伯を凝視している。

「ただ日本の空港の出入国ゲートでは、まだこの顔認証システムが使われていないそうです。つまり、うっかり顔だちのよく似た別のひとのパスポートで、出国してしまう可能性があるのです」

グエンが、椅子《いす》の上で尻《しり》の位置を直した。佐伯は同じ調子でさらに言った。

「自分が別のひとのパスポートを持っていることに気がつかないと、こんどまた日本に入国するときなど、パスポートの不正使用という罪で、我が国の入国審査官がそのひとを拘束するかもしれません」

「あの」とグエンが言った。「注意の要点はなんでしょうか」

「いまお話ししたことです。昨日のおふたりの女性は、まだ札幌にいるのですか？」

「いいえ。今朝、東京に向かいました」

「グエンさんは、いつまで札幌に？」

「きょうの夕方までです」

「あと数時間ですね。どうぞ、札幌の雪まつりを楽しんでいってください」

「終わりですか？」

「はい。盗難届のコピー、くれぐれも紛失したりしないでください」

「ほんとうに終わりですか？」

「終わりです」

佐伯は立ち上がり、新宮を促した。出るぞ、と。瞬きしながらグエンも立ち上がり、ファン・タオも立った。

休憩所を出ると、外は雪面に陽光が照り映えてまぶしかった。ただし気温は、放射冷却で昨日の日中よりも低いかもしれない。佐伯は身震いした。

現地警備本部のプレハブに歩こうとすると、グエンが呼び止めてきた。

「あの、佐伯さん」

振り返ると、グエンは、まだ顔に戸惑いを残したまま、手を差し出してきた。

「お世話になりました。わたしの国の、三人の女性のことで」

握手したいということだろう。佐伯も手を出した。

グエンが佐伯の手を軽く握って言った。

「いつか、ベトナムにいらしてください」

「グエンさんも、また札幌にいらしてください。こんどは観光で」手を離してから、続けた。「みなさん、ご無事で帰国できるといいですね」

「ええ。ありがとう」

「どういたしまして」

佐伯はグエンたちに背を向けると、あらためて雪の広場を歩き出した。

新宮が追いついてきて言った。

「何があったんです？　何か裏がある話ですよね、いまの？」

佐伯は答えた。

「根拠がある話じゃない。憶測だ。盗まれたというパスポートを使って、昨日ときょう、三人のベトナム人女性が千歳空港から出国しただろうってことだ」

「レ・ミンたち？」

「先に逃げたふたりと、合わせて三人。福岡で実習生が変死して、しかも福岡から北海道に移された。身の危険を感じた三人は、日本の救援団体と連絡を取って飯場を逃げ出した。ベトナムの救援団体も、三人がパスポートを使えるように三人の女性を連れてやってきて、札幌で待機していた。レ・ミンははぐれて怪我《けが》もしたが、なんとかきょうこの時刻、レ・ミンも出国したんだ。だから、グエンはまた盗難届を出しにきた。身代わりになった三人は、再発行されたパスポートでベトナムに帰国するだろう」

新宮が立ち止まり振り返った。

佐伯も振り返ったが、もう運営本部の建物の前にはグエンたちの姿はなかった。大勢の観光客、見物客が、六丁目の広場、屋台村を埋めている。

新宮がその雑踏に目を向けたまま言った。

「なかなか大がかりな計画だし、費用もかかったでしょうにね」

「だろうな。だけど実習生が、それも複数変死していて、日本の国会議員の利権になっている事案だ。帰国して世間に訴えれば、この先の被害者の発生を止めることができる。やる価値はあったんだ」

佐伯は話題を変えた。

「お前、今晩は?」

「あ」新宮は慌てた声を出した。「すみません、今晩はちょっと」

「そうか。ならいいんだ」

「大事な話でも?」

「ああ。もうお前は一人前だ、と言いたかったんだ。それだけだ」

新宮が、衝撃を受けたように瞬きした。

「何を言い出すんです、佐伯さん」

佐伯が言おうとした以上のことを想像してしまったようだ。ちがう。ほんとうにそれだけだ。できればもう少し洗練された口調で、祝福をこめ、グラスを持ち上げて伝えたかったのだが、要点はそこだ。

佐伯はまた身体《からだ》を現地警備本部のプレハブに向けた。

土曜日　夜

佐伯は、生家の玄関を出た。岩見沢《いわみざわ》も晴れている。雪は降っていない。

後ろから妹の浩美《ひろみ》が言う。

「ちょっと待って。あたしが駅まで送るから」

生家に来たのは去年の盆以来だ。札幌と岩見沢という、特急電車で一駅の距離であれば、もう少し頻繁に帰ってもいいと、自分でも思っている。でも佐伯は、七年前に母が亡くなったあとは、盆に帰る程度となった。妹夫婦が同じ岩見沢市内に住んでいるのをいいことに、父が孤独に住む生家には帰らなくなったのだ。

家族会議は、とくに紛糾もしなかった。父の世話をすることに妹の浩美も疲れてきたところで、父の軽い脳梗塞《のうこうそく》。要支援認定の1となって、浩美もギブアップした。当面は介護士に通ってもらうが、ひとり暮らしをさせておくのは不安だ。かといって、妹夫婦の家にも義理の父母がいる。地元の建設会社勤務の亭主も、さほど裕福というわけではないし、引き取ってもらうのは無理だ。

きょう、要点を伝えられたところで、わかったと、佐伯は言った。おれが引き取る。ふたり兄妹だから、浩美に代われるのは佐伯しかいないのだ。当然ながらもう妹夫婦にはいっさい経済的な負担はかけない。

二週間くらい時間をくれ、と佐伯は妹夫婦に頼んだ。自分の住んでいる部屋を、バリアフリー・タイプに改装する。父が住む部屋も、浴室、トイレもだ。完治が見込める病気ではない以上、生家は売ることになるだろう。

そこまで伝えて、きょうの家族会議はしごく円満に終わったのだ。

携帯電話が震えた。小島百合からだった。

「いまブラックバードにいるの」と彼女は言った。ジャズ好きの元警察官がオーナーのジャズ・バーだ。ときにライブも入る。佐伯にとって、唯一札幌で、行きつけの店といえる飲み屋がそこだ。「昨日は、ねぎらい会ができなかったから、どうかと思って待ってたの」

佐伯は言った。

「実家に来ているんだ」

「何かあった？」

「ま、身内が歳《とし》を取ってくれば出てくる問題が」

「お父さんが、去年倒れたって聞いたけど、そのことに関連する？」

「ああ」

「じゃあ、このままひとりで切り上げよう」

「ひとりなのか？」

「新宮くんは来ていない」

「津久井は？」

「いない。あんなことがあった勤務明けの夜には、来てもいいのにね」

「あいつはもう、長正寺班の中心メンバーだ。そうなるさ」

少し間が空いた。佐伯は、自分が何か訊かれたかと心配になった。やりとりは、自分の番か？

百合が言った。

「わたしたち、話し合う必要はある？」

いつになく真剣な声。仕事上で、家庭にトラブルを抱えた女性の相談に乗っているときのようだ。

「そうだな」

「いつでも。いつでも声をかけて。わたしからは、電話しない」

「ああ」

玄関から妹が出てきた。

「兄さん」

佐伯は振り返ってうなずいてから、百合に言った。

「切る」

「ええ。バイ」

「バイ」

携帯電話をポケットに収めると、妹が玄関先に停《と》めた軽自動車の運転席に乗り込んだ。

助手席に身体を入れて、佐伯は妹に言った。

「順《じゅん》さんに送ってもらってもよかったのに」

「あたしがまだ、兄さんと話があるんじゃないかと思ったんでしょう」

車を発進させてから、妹は言った。

「いまのひと、小島さん？」

「ああ」

「一緒になるんでしょう？」

「いや」と言ってから、佐伯は自分がいま結論を出したことに驚いた。

「どうして？　親しくつきあっているんでしょう」

「いろいろ事情もある」

「ひねりだせば、いくらだってできる」

「おれも向こうもばついちだ。結婚は、たったひとつの答ってわけじゃない」

「なに格好つけてるの」

「おれはきょう、親父《おやじ》を引き取るとお前たちに言った。そういくつも、結論を出させるな」

すでにひとつ、出してしまったわけだが。

「なに、不機嫌ね」

「そんなことはない。特急、間に合うか」

「十分」

岩見沢駅に、二十三時発小樽方面行き特急列車が入る五分前に着いた。

駅舎に入ろうとしたところで、浩美が呼び止めた。

「ありがとう、兄さん」

「うん」佐伯はうなずいた。「いままで、まかせきりですまなかった」

「元気にしてね」

「お前もな」

乗った特急列車は、さすがにもう空《す》いていた。シートに腰掛けて二十五分で列車は札幌駅に到着した。

佐伯は、改札口を出てから、少しだけ迷った。いまはまだ午後十一時二十五分。気分は少し沈んでいて、酒が必要な夜だ。うちに帰ってひとり飲みという手もあるが、それでは気分はいっそう沈むだろう。

ブラックバードか。小島百合はあの電話の直後に店を出ただろう。新宮もおらず、津久井も来ていない。観光客で混んでいそうな気もするが、まったく顔見知りのいないあの店のカウンターでひとり飲む、というのも悪くないかもしれない。これまでブラックバードでは、なかなかできないことだったが。

佐伯は駅舎を出ると、地下通路に降りることなく、駅前の広場を横切った。駅前通りの歩道には、まだ観光客の姿がけっこうある。雪まつりのライトアップは終わっているけれど、ビル街にはまだまだ照明があった。歩道の観光客、見物客たちも、気分は高揚したままのようだ。夜になって、アルコールを入れた者が多くなっているせいもあるかもしれない。誰《だれ》もが上機嫌だ。二月のビル街のこの寒気など、まったく気にならないようだ。若い子らの歓声が聞こえる。ほうぼうで写真を撮る姿が見える。

駅前通りを南に一ブロック歩いたところで腕時計を見た。午後十一時三十二分になっていた。ここからブラックバードまで、歩いて十五分くらいだろうか。今夜のうちには、あの店の重いドアを開けることができる。安田は、自分がひとりで店にやってきたのを見て一瞬だけ不思議そうな顔をするかもしれないが、すぐにカウンターのどこかの空きのスツールを示してくれるだろう。それから注文を訊く。かけるLPのリクエストを訊くかもしれない。

でも、自分がひとりの理由を、訊《たず》ねることはないだろう。自分としては、べつに訊かれたら正直に答えるまでだ。とくに今夜のひとり飲みに意味はないのだ。

南国から来たらしい若い女性の三人組とすれ違った。三人とも、いくらかヘビーデューティ過ぎないかという防寒着姿で、ニット帽子をかぶっている。

その三人とすれ違ったときに、佐伯はグエンというベトナム人が連れていた女性たちと、その女性たちが身代わりになったベトナム人実習生たちのことをもう一度思い出した。

実習生たちのうち、ふたりはたぶん昨日のうちに、レ・ミンはきょう、ベトナムに帰ることができたろう。

佐伯は歩きながら、その実習生たちにも言いたかったと、自分がきょう口にした言葉を思い起こしていた。

こんどは、観光でいらしてください。

彼女たちが喜んでくれるかどうかは別としてもだ。


狸小路八丁目のブラックバードに着いた。佐伯は表の重いドアを開け、風除室で念のために頭や肩の雪を手で払って、内側のドアを引いた。

テーブル席の半分ほどが埋まっている。カウンターには、少し間を空けて二組の客。ライブ演奏は入っていない。雪まつりの喧騒《けんそう》や高揚はこの店を浸食していなかった。

カウンターの中で、マスターの安田が、おやという顔を向けてきた。おひとりですか、という意味だろうか。佐伯が小さくうなずくと、安田がカウンターの端の席を手で示した。アンプとプレーヤーの正面の席だ。佐伯は防寒ジャケットを脱いでドアの脇《わき》のハンガーにかけ、その席に向かった。

スピーカーから流れてくるハードバップの音量は抑え目だ。かかっているのは、六〇年代初期のアルバムだとわかった。でも最近はこの店でも聴いたことがない。もともと地味な印象だったテナーサックス奏者の人気が、没後はすっかり落ちてしまったせいか。たしかにその演奏は、いま聴くと少し野暮ったく、また緩くも感じられるが、佐伯は嫌いではなかった。

スツールに腰をかけると、安田が真正面に立って熱いおしぼりを出し、小声で言った。

「小一時間前に、小島さんが帰られました」

佐伯は言った。

「電話をもらったけど、タイミングが合わなかったんです」

安田はそれ以上、その話題を続けなかった。

「雪まつりは、みなさん忙しいんでしょう?」

「どうなりますかね」と佐伯は答え、いつもとは違うスコッチ・ウィスキーを注文した。そしてつけ加えた。「トゥワイスアップで」

きょうはこの店では会話はないのだ。この飲み方がいい。

安田がそっと佐伯の前から離れ、酒瓶とグラスの並んだ棚のほうに歩いていった。

佐伯は目の前のアンプの横に立てられたLPのジャケットを見つめながら、おしぼりに手を伸ばした。札幌駅からここまで歩いて、頰《ほお》も額も冷えきっている。胸までも凍えていると言えばそれは嘘《うそ》だが、ともあれ今夜、いまの自分には、おしぼりと、音楽と、いい酒が必要だった。

解説

西上心太

本書は二〇二〇年十二月に刊行された、道警シリーズの九作目に当たる作品である。一作目の『うたう警官』（〇四年刊、〇七年の文庫化に際し『笑う警官』に改題）が上梓《じょうし》された時は、これほど長いシリーズになるとは思わなかった。そもそも佐々木譲には道警の刑事が重要な役割で登場する『ユニット』（〇三年）という作品はあったが、本格的な警察小説を手がけたのは『笑う警官』（以下、現行タイトル表記）が初めてだったからだ。

議会で道警の不祥事を証言しようとした警察官に対し、上層部が殺人の濡《ぬ》れ衣《ぎぬ》を着せただけでなく、拳銃を所持した覚醒剤《かくせいざい》中毒者であるとして、道警の全警察官に対して拳銃使用も許可するという命令を下す。それに反旗を翻した警察官の活躍を描いたのが『笑う警官』なのだ。その中心になった人物が当時大通署の刑事課にいた佐伯宏一警部補であり、冤罪《えんざい》によって命を狙われたのが、銃器対策課の津久井巡査部長だった。津久井はかつて佐伯とともに危険な潜入捜査に携わった相棒であり、佐伯の命の恩人でもあった。そして佐伯に協力する警察官チームの一人が、同署総務係の小島百合巡査（当時）である。

この作品は、現職刑事によるやらせの拳銃摘発事件に端を発したいわゆる「稲葉《いなば》事件」

を背景にしている。北海道警を大きく揺るがせた現実に起きた事件である。詳細は『笑う警官』の文庫解説で触れているので、興味のある方は参照していただきたい。

佐々木譲初の警察小説は「このミステリーがすごい！」で十位になるなど評判を呼び、晴れてシリーズ化された。上層部の陰謀を暴いたものの、佐伯と津久井は冷や飯を食わされることになる。前作の余波を描いた『警察庁から来た男』（〇六年）、洞爺湖《とうやこ》サミットを背景にした『警官の紋章』（〇八年）と続くシリーズ初期の三作は、組織悪と個人との戦いという構図になっているのが特徴だ。

作者の腹づもりはとりあえずこの三部作で一段落とのことだったようだが、版元の角川春樹社長から、スウェーデンの夫婦作家マイ・シューヴァル＆ペール・ヴァールーの「マルティン・ベック」シリーズのように、最低十作は続けてほしいと発破をかけられたという。こちらのシリーズは、事件と警察官の私生活を並行して描き、一九六〇〜七〇年代のスウェーデンの世相や社会問題を浮き彫りにする優れた警察小説で、刊行時に大いに評判を呼んだものだ。このシリーズの翻訳出版には、角川書店時代の角川春樹氏が関わり、力を入れた企画だったと仄聞《そくぶん》している。

そんな因縁もあり、道警シリーズを続ける決断を下した作者は、四作目から警察小説で描かれる定番の事件を取り上げようと思い、それを実行していったという。

シリーズを俯瞰《ふかん》できるようにこれまでの作品リストを掲げておく。いずれも版元は角川春樹事務所で、後にハルキ文庫に収録されている。

①笑う警官（〇四年）
②警察庁から来た男（〇六年）
③警官の紋章（〇八年）
④巡査の休日（〇九年）　ストーカー犯罪と凶悪犯
⑤密売人（一一年）　誘拐事件
⑥人質（一二年）　人質を取った立てこもり事件
⑦憂いなき街（一四年）　覚醒剤と殺人事件
⑧真夏の雷管（一七年）　爆弾テロ事件
⑨雪に撃つ（二〇年、本書）

これまで作者は『巡査の休日』で「よさこいソーラン祭り」を、『憂いなき街』で「サッポロ・シティ・ジャズ」という具合に、札幌で開かれる大きなイベントを作品に取り入れたことがあった。だがいずれも初夏のイベントに限られていた。本書でいよいよ札幌最大のイベント「さっぽろ雪まつり」を舞台にすることを決断し、見事な成果を見せてくれたのだ。

雪まつりを明日に控えた金曜日の朝。大通署盗犯係の佐伯と新宮は、自動車盗難の報を受け現場に向かう。キーを付けたまま車を離れた会社員が、営業車のSUVを盗まれたのだ。その少し後、市の中心部から離れた住宅地の路上で発砲事件が発生、機動捜査隊の津久井が真っ先に臨場する。カーチェイスがあり、後ろの車から発砲された流れ弾が、通報者の車に当たったのだ。やがて乗り捨てられた車が発見され、盗まれたSUVであると判明する。一方、大通署少年係の小島百合は、知人の高校生の姪《めい》が家出をし、釧路から札幌に向かったらしいという友人からの連絡を受け、少女を保護するための行動を起こす。

シリーズの主要登場人物である三人が、物語の冒頭からそれぞれの部署の事件に関わっていく。三つのエピソードの間に、地元の男が福岡から列車でやってきた客人を札幌駅の改札口で迎えるシーンが挿入される。飛行機に乗れない理由があることが示唆されるのだ。やがて起きる発砲事件、乗り捨てられた盗難車から発見された指紋が、福岡の武闘派ヤクザのものと分かり、道警に緊張が走る。

本書の魅力の第一は、短いカット割りで、たたみかけるように物語が進行していくところにある。自動車盗難事件、発砲事件、家出人捜索。無関係に見えた事件が互いに関連して一本にまとまりはじめ、観光客であふれる雪まつり会場でのクライマックスへと導かれていくのだ。まるで映画を見ているようだという表現が、小説を語る上で適切なのかは意見が分かれるが、「実在しない映画」を縦横に語る『幻影シネマ館』なる本を上梓するほどの映画マニアである作者であれば、素直に褒め言葉として受け取ってもらえるのではないだろうか。もちろん短いカット割りは意識的に書いていると、後述するインタビューでも述べていた。

第二の魅力が、プロローグとエピローグ的な章を除けば、雪まつり前夜祭の朝から夜まで、たった一日で収まるように、ぎゅっと凝縮された構成にある。短いカット割りと相まって、息もつかせずページを繰る手が止まらなくなるのだ。登場人物たちの移動時間など、計算され尽くした緻密《ちみつ》な時間管理があってこその成果であるが、その苦労を読者に感じさせないのはさすがである。

そして第三の魅力。それは本書がクリスマスストーリーを意識した作品であることだ。これは本書の単行本が刊行された際に行った著者インタビューで作者自ら語ってくれた。クリスマスストーリーとは、ディケンズの『クリスマス・キャロル』がその代表だが、クリスマスの季節を舞台に、小さな奇跡が起きるハートウォーミングな物語だ。

本書の事件の背景にあるのが、外国人技能実習生をめぐる問題である。劣悪な環境で彼らを酷使する事例が多々報じられている。北海道にはかつてタコ部屋という制度があったが、技能実習生は国がお墨付きを与えた、タコ部屋よりも質《たち》が悪い制度であると、ある登場人物の視点で語られる。

その制度で甘い汁を吸うブラック企業から逃げ出してきたベトナム人女性の技能実習生を救おうとする人々、彼女らが知る事実を広められないように口を塞ごうとする者、それを追う警察官たち。そこにどのような小さな奇跡が起こるのかも、読みどころだ。

また佐伯の部下の新宮昌樹巡査のエピソードも楽しい。独身の彼は、いつも合コンの最中に事件が起きて中座を余儀なくされ、振られてしまうというエピソードが、これまで何回かシチュエーションコメディのように描かれてきた。その彼についに小さな奇跡がもたらされるのだ。しかもメインストーリーと、新宮があるチャンスをつかむきっかけを、ごく自然な形で絡ませるのである。そのシチュエーション作りの巧みさには舌を巻いた。

また本書では佐伯自身の問題にも触れられる点にも注目したい。退職した先輩刑事から、警部への昇任試験の話題が出るのだ。作者は警察官の読者から、これだけ優秀な刑事だったら警部になっていないとおかしいと言われたという。そのことが頭にあったのだろう。さらにプライベートの方でも、佐伯の年齢になると避けられない事態が出来し、その対応のため、もう一つ別の決断を下すのだ。おお、この決断がどのように波紋を広げていくのか、気になってしかたがない。

降り続く雪。多くの観光客で賑《にぎ》わう華やかな雪まつり会場。そこでくり広げられる追跡劇。疾走感たっぷりの物語と、クリスマスストーリーを意識したという、警察小説には珍しいハートウォーミングな味わいを合体させた、ベテラン作家の手練の技が楽しめる傑作である。

すでに十作目の『樹林の罠《わな》』の連載も佳境で、上梓される日もそう遠くないだろう。北海道警シリーズが十作で一区切りがつくのか、佐伯の決断の影響は……。

気になる点は多々あるが、まずは本書において、雪景色の札幌でくり広げられる追跡劇を存分に味わっていただきたい。

（にしがみ・しんた／書評家）

Haruki Bunko
ハルキ文庫

さ 9-10

雪《ゆき》に撃《う》つ

著者 佐々木《ささき》 譲《じょう》

2022年5月18日第一刷発行

発行者 角川春樹

発行所 株式会社角川春樹事務所
〒102-0074 東京都千代田区九段南2-1-30 イタリア文化会館

電話 03(3263)5247(編集)
03(3263)5881(営業)

印刷・製本 中央精版印刷株式会社

フォーマット・デザイン 芦澤泰偉
表紙イラストレーション 門坂 流

ISBN978-4-7584-4485-9 C0193 ©2022 Sasaki Joh Printed in Japan
http://www.kadokawaharuki.co.jp/[営業]
fanmail@kadokawaharuki.co.jp[編集] ご意見・ご感想をお寄せください。